美麗新世界
BRAVE NEW WORLD

阿道斯・赫胥黎——著
吳妍儀——譯

Golden Age 17

美麗新世界
反烏托邦三部曲・全新譯本
【精裝珍藏｜暢銷二版】

作者　阿道斯・赫胥黎
譯者　吳妍儀

野人文化股份有限公司

社長　張瑩瑩
總編輯　蔡麗真
副主編　徐子涵
責任編輯　簡欣彥
助理編輯　余文馨
校對　八＊
行銷企劃　林麗紅
封面設計　井十二設計研究室
內頁排版　綠貝殼資訊有限公司、洪素貞

出版　野人文化股份有限公司
發行　遠足文化事業股份有限公司（讀書共和國出版集團）
地址：231新北市新店區民權路108-2號9樓
電話：（02）2218-1417　傳真：（02）8667-1065
電子信箱：service@bookrep.com.tw
網址：www.bookrep.com.tw
郵撥帳號：19504465遠足文化事業股份有限公司

法律顧問　華洋法律事務所　蘇文生律師
印製　凱林彩印股份有限公司
初版首刷　2021年08月
二版首刷　2021年09月
二版4刷　2024年03月

ISBN：978-986-384-574-4(精裝)
ISBN：978-986-384-582-9 (EPUB)
ISBN：978-986-384-576-8(PDF)

國家圖書館出版品預行編目資料

美麗新世界 / 阿道斯．赫胥黎著 ; 吳妍儀譯 . -- 二版 . -- 新北市 : 野人文化股份有限公司出版 : 遠足文化事業股份有限公司發行 , 2021.09
面 ; 公分 . -- (Golden age ; 17)
譯自 : Brave new world
ISBN 978-986-384-574-4(精裝)

873.57　　110013147

野人文化
官方網頁

野人文化
讀者回函

美麗新世界

線上讀者回函專用 QR CODE，
你的寶貴意見，將是我們進步的最大動力。

一九四六年版前言

所有道德專家都會同意，長期的自責悔恨，是最令人討厭的情緒。如果你曾經做錯事，就痛改前非，盡你所能加以補償，並且下次努力做好一點。無論如何，不要埋頭苦想你做過的錯事。在糞堆裡打滾，並不是滌淨自己的最佳方法。

藝術有自己的道德觀，在這種道德觀之中，有許多規則跟一般倫理是一樣的，或者至少可以比擬。舉例來說，在談到我們的糟糕藝術時，就像對於我們的惡劣行為一樣，悔恨是不可取的。應該先找出糟糕的特質，予以承認，接著要是可能的話，在將來加以避免。鑽研二十年前的文學缺陷，嘗試把一部有毛病的作品修補到首度成書時未曾達到的完美境界，消耗一個人的中年時期，企圖修補年輕時判若兩人的自己在藝術上的罪過——這一切都肯定是徒勞無功、沒有希望的。這就是為什麼這本新版的《美麗新世界》，跟舊版一模一樣。作為藝術品，它的缺陷相當多；但要糾正這些缺陷，我就得重寫這本書了——而在重寫的過程中，身為年紀漸長、已經不同的另一個人，我可能會去除的不只是故事本身的某些錯處，還有一些它原來具備的優點。所以，我抗拒在藝術性悔恨中打滾的誘惑。我寧願放過那些好與不好，去想些別的事情。

然而就現在來說，這個故事裡最嚴重的缺陷似乎至少值得一提；如下所述。野人先生只得到兩種選擇，在烏托邦裡的瘋狂生活，或者在印第安村落裡當原始初民的生活，這種生活在某些方面更有人性，但在其他方面，卻幾乎沒有比較不古怪、不異乎尋常。在成書當時，賦予人類自由意志，以便在瘋狂與愚行之間做選擇的想法，讓我覺得很有趣，也認為可能相當逼真。然而為了戲劇效果的緣故，通常我讓野人先生說的話，理性程度高出他的教養實際上允許的範圍——他是在一群宗教信徒之間成長的，而這個宗教一半是生殖崇拜，另一半是窮凶惡極的悔罪派。就連他對莎士比亞的熟稔，在現實中也不能合理化他這樣的發言。而當然了，到了結尾，他被迫從正常世界撤退；他原生的悔罪派信仰重申了它的權威，結果讓他瘋狂地自我折磨，然後絕望地自殺。「所以，他們從此悲慘地死去」——這樣便讓這部寓言的作者，一個愉快的皮羅式懷疑論美學家感到安心了。

時至今日，我覺得我沒有期望要展示神智健全是可能的。相反地，雖然我還是像過去一樣悲傷地確定，神智健全是一種相當罕見的現象，我很確信這種目標是能夠達成的，也樂意見到更多這樣的狀況。我在好幾本近期出版的書裡這麼說過，而且最重要的是，我還編纂了一部選集，內容是清醒之人對於神智健全與達成此目標的手段所發表的看法，所以有個顯赫的學術界評論家曾經告訴我，我是知識分子階級在危機時期一敗塗地的可悲徵兆。我想這番話的言外之意是，這位教授跟他的同僚是成功的可喜徵兆。造福人類的慈善家應該得到應有的榮耀與紀念，讓我們為這些教授蓋一座眾神殿吧。這座眾神殿應該座落於歐洲或日本，在那些被開腸破肚的其中一個城市廢墟之中，而在奉骨堂的入口上，我會用六七呎高的字體寫上獻詞，就這簡單的一句話：**以此紀念這個世界神聖的教育家們**。SI MONUMENTUM REQUIRIS CIRCUMSPICE.（如果你在尋找紀念碑，就看看周遭吧。）

但回到關於未來的話題上……如果我現在要重寫這本書，我會提供野人先生第三個選擇。在他的兩難，烏托邦與原始生活的兩處牛角尖之間，會有一種保持神智清明的可能性——在某種程度上，是一種已經實現的可能性，在一個美麗新世界流放者與難民的社群之中，保留區的界限之內生活。在這個社群裡，經濟會是去中心化與亨利．喬治式的，政治上則是克魯泡特金式的共同合作。科學與科技的使用方式，就好像安息日一樣，是為了人而造出的，而不是（像現在一樣，在美麗新世界裡還更變本加厲）好像要人去適應它們，還被它們奴役。宗教會是有意識而且知性地追求人的最終目的，追求內在的道或宇宙法則的統一知識，追求超越的神性或婆羅門。而流行的生命哲學會是一種高等的效益主義，其中的「最大快樂原則」不如「最終目的原則」來得重要——在生命中的每次偶然事件裡，必須提問並回答的第一個問題是：「這個思想或行動，對於我，還有盡可能最大多數的其他個體所能達成的人類終極目的而言，會有什麼樣的貢獻或阻礙？」

在未開化初民之間成長的野人先生，（在本書假設中的新版本裡）有機會親自接觸獻身追求神智清明的自由合作個體所組成的社會以前，不會被送到烏托邦去。在這樣的改變之下，美麗新世界會有一種藝術性與（姑且假定可以把這麼堂皇的字眼用在一部虛構作品上）哲學上的完整性，這一點在此書現有的版本裡，顯然付之闕如。

但是《美麗新世界》是一本關於未來的書，而且無論它有何藝術或哲學性質，一本關於未來的書只有當它預見的景象在想像中可能成真，才會引起我們的興趣。從我們現在的有利位置，現代歷史的斜面又往下走了十五年，這本書的預言看來有多可能為真？在這個充滿痛苦的時間間隔裡，發生過什麼事可以肯定或撤銷一九三一年的預測？

展望之中有個廣泛而明顯的失敗，是馬上就看得出來的。《美麗新世界》中完全沒提到核分裂。沒提到這個實際上相當奇怪，因為原子能的可能性，在本書寫作之前多年就已經是相當普遍的談話主題。我的老友，羅伯特·尼可斯，曾經針對這個主題寫過一個成功的劇本，而我還記得我自己在二〇年代晚期出版的一部小說裡還偶爾會提到該劇。所以如我所說，吾主福特降世第七世紀的火箭與直升機居然不是用核分裂作為動力能源，這似乎很古怪。這樣的疏忽或許不可原諒，但至少可以輕易地加以解釋。《美麗新世界》的主題不在此類科學成就，而是科學的進步對人類個體的影響。物理、化學與機械工程的勝利被默認是理所當然的。書中唯一刻意描述的科學進步，在於把未來生物學、生理學與心理學的研究成果應用到人類身上。只有透過生命科學的手段，生命的品質才能夠有根本的徹底轉變。物質科學可以應用在毀滅生命，或者讓生活變得不可思議地複雜與不適；但除非被生物學家與心理學家拿來當工具，物質科學本身無法做任何事情來更改生命本身的自然形式與表現。原子能的釋放標記出人類歷史上的一大革命，但不是最終與最徹底的革命（除非我們把自己炸成碎片，從而終結了歷史）。

這種真正有革命性的革命，不會在外在世界裡達成，而是在人類的靈魂與血肉之軀中達成。像薩德侯爵活在那樣的一個革命時期，便自然地利用了這種革命理論，以便合理化他那種獨特風格的瘋狂。羅伯斯庇爾達成了最膚淺的那種革命，政治上的革命。再深入一點點的話，巴貝夫嘗試過要掀起經濟革命。薩德自詡為真正革命性革命的使徒，這種革命遠超過僅只是政治與經濟的層面——個別男性、女性與兒童的革命，他們的身體從今以後會變成所有人共有的性資產，他們的心靈中所有天然的莊重，所有勞心費力獲得的傳統文明抑制都會被滌除。在虐待狂與真正具革命性的革命之間，當然，並沒有必然或無法避免的關聯。薩德是個癲狂之人，而且在他的革命中，或多或少意識到的目標就是全面的混亂與毀滅。統治美麗新世界的人，可能並不算是神智正常（以這個字或可稱為絕對性的意義而言）；但他們也不是狂人，他們的目標不是無政府狀態，而是社會穩定。就是為了達到穩定，他們透過科學手段實踐了最終極的、關乎個人的、真正革命性的革命。但於此同時，我們或許正處於倒數第二個革命的第一階段。它的下一個階段，可能就是原子武器，在這種狀況下，我們不必費事去理會關於未來的預言了。但可以想見的是，我們可能有足夠的理智，如果不是徹底停止對抗，至少舉止也要像我們十八世紀的祖先一樣理性。三十年戰爭難以想像的恐怖，實際上給人類上了一堂課，在超過百年的時間裡，歐洲的政治家與將軍有意識地抗拒誘惑，不把他們的軍事資源利用到接近毀滅邊緣、或者（在大多數衝突中）一直打到殲滅敵人為止。當然，他們是侵略者，貪求利益與榮耀；但他們也是保守分子，決定不計代價讓他們的世界保持毫髮無損，對此念念不忘。過去三十年裡沒有這種保守分子；有的只是右派國族主義激進分子，還有左派的國族主義激進分子。最後的保守派政治人物是第五代蘭斯當侯爵；他寫了一封信給《泰晤士報》，指出第一次世界大戰應該以一個妥協方案作結，就像十八世紀大部分的戰爭一樣，而那份一度屬於保守派的報紙主編拒絕刊登此文。國族主義激進分子遂行己願，後來的結果我們都知道——布爾什維克主義、法西斯主義、通貨膨脹、經濟蕭條、希特勒、第二次世界大戰，歐洲成為廢墟，差不多蔓延全球的饑荒。

接著，假定我們能夠從廣島學習，就像我們的祖先從馬格德堡[1]學到教訓，我們也許能期待一個時期，不盡然是和平的，但只有受到限制、並且只造成部分毀滅的戰事。在那樣的時期，我們也許能夠假定原子能會被限制在工業用途上。其結果，相當明顯，會是一連串空前迅速又徹底的經濟與社會變化。一切既有的人類生活形式都會瓦解，新的形式將必須即時應變，以順應原子能非屬人類的事實。身為現代版的普洛克魯特斯[2]，原子能科學家會準備好一張全人類必須躺在上面的床；如果人類的長短尺寸不符——唔，那麼人類就太不幸了。必須要稍微拉一拉，或者截掉一點點——從應用科學真正開始大鳴大放以來，此類拉長與截肢的行動一直在進行，只是這回改變程度將會比過去更劇烈。這些遠遠稱不上是無痛的手術，會在高度中心化的極權主義政府指導下進行。免不了會如此；因為近在咫尺的未來，很可能就像近在咫尺的過去，而在極近的過去，在大規模生產經濟模式、在大部分人都毫無資產的人口群體之中發生的迅速科技變遷，總是傾向於製造經濟與社會混亂。要處理這種混亂，權力要集中，政府也得加強控管。很有可能甚至在駕馭住原子能以前，全世界的政府或多或少都會變成徹底的極權主義政府；而在控制住原子能的期間與其後，看來幾乎可以肯定它們會變成極權主義政府。只有以去中心化與自助為目標的大規模群眾運動，才能遏阻現在這種朝著中央集權發展的傾向。就目前來說，這樣的運動還沒有任何即將發生的跡象。

當然，沒有理由說新極權主義體系會跟舊的相仿。靠著棍棒與行刑隊、人為饑荒、大規模囚禁與大規模驅逐出境來統治，不只是不人道（這年頭沒有人太在意這些事），還顯然很沒有效率，而且在一個科技進步的年代，沒有效率可是違抗聖靈的罪惡。一個真正有效率的極權主義國家會是這樣：政治巨頭們手下的全能行政部門，還有他們的大隊監督者，控制著整群用不著強逼的奴隸，因為這些奴隸喜愛受奴役的狀態。在今日的極權國家，讓他們熱愛被奴役是宣傳部門、記者編輯與學校老師的指定任務。但他們的方法仍然很粗糙不科學。老派的耶穌會修士誇口說，如果他們得以教育孩童，他們就可以為人類的宗教見解代言，這種說法是一廂情願的產物。而現代的小學教育，在

---

① 在三十年戰爭中，新教城市馬格德堡被圍困長達半年，最後在一六三一年五月二十日被天主教軍隊攻破，隨後的燒殺擄掠讓全城幾成廢墟，三萬居民僅有五千存活，這起恐怖事件成了三十年戰爭慘況的縮影。

② Procrutes，希臘神話中開黑店的強盜，會逼迫被他攔截的旅客躺在鐵床上，身體如果比鐵床短就拉長，比鐵床長就鋸掉。後來被英雄特修斯殺死。

制約學生的反射行為時，效率可能遠遜於教育出伏爾泰的那些教士。宣傳機制最偉大的勝利已經達成，並不是靠著做了什麼，而是靠著不做什麼。真理很偉大，但從實際的觀點來看，更「偉大」的是對真理保持沉默。單單靠著不提起某些主題，放下邱吉爾先生口中的「鐵幕」——夾在群眾與地方政治巨頭看了討厭的事實或論證之間——極權主義宣傳家對輿論的影響，遠比最流利的譴責、最有說服力的邏輯反駁能做到的更有效。但沉默還不夠。如果要避開迫害、清算與其他社會摩擦的徵兆，宣傳體系的積極面向必須像消極面向一樣有效。未來最重要的曼哈頓計畫，會是由政府贊助的大規模探究，研究的問題會是政治家和參與科學家所謂的「幸福的問題」——換句話說，就是怎麼讓人熱愛身受奴役狀態的問題。少了經濟上的安全感，對受到奴役的愛不可能存在；為了保持簡單扼要，我先假定全能的行政部門與其中的監督者會成功地解決永久性經濟安全感的問題。但安全感可能很快就被當成理所當然。達成這個成就，就只是一種膚淺、外在的革命。除非在人類心智與身體上進行深層而個人性質的革命有了結果，否則對受到奴役的愛不可能建立起來。要帶來這種革命，除了別的條件以外，我們還需要下面這些發現與發明。

首先，一種大幅進步的暗示技術——透過對嬰孩的制約，並且隨後利用像是東莨菪鹼這樣的藥物輔助。其次，徹底發展完備的人類歧異科學研究，讓政府的監督者可以把任何個人指派到適合他或她的社會與經濟階層去。（圓形的釘子要是被塞進方形的洞，通常會對社會體系產生危險的想法，並且用他們的不滿影響其他人。）第三點（因為不管現實是多麼烏托邦式，人類仍然會覺得有需要常常度個假逃避一下），酒精與其他麻醉物質的某種替代品，比琴酒或海洛英更不傷身又更有愉悅感的東西。第四點（但這會是個長期計畫，在極權控制下也會花上好幾代才能造就出成功的結果），一個萬無一失的優生學系統，這是設計來標準化生產人類這項產品，並且以此幫助監督者的工作。在《美麗新世界》裡，人類這項產品的標準化流程已經被推行到神奇（但或許不是不可能）的極致。在科技與意識形態上，我們距離試管寶寶與波坎諾夫斯基程序③下的大批半智能障礙者還很遠。但是到了吾主福特降生後六百年，誰知道會怎麼樣呢？在此同時，那個比較快樂也比較穩定的世界裡，其他的特徵——索麻、睡眠教學法與科學化種姓制度的等價物——可能都在兩三個世代之內就會出現。《美麗新世界》的性濫交看來也不是那麼遙遠。已經有些美國都市中的離婚數跟結婚數一致了。毫無疑問，在幾年之內，婚姻執照就會像養狗執照一樣販賣，在十二個月內有效，換成別隻狗或者同時養一隻以上都不犯法。隨著政治與經濟自由逐漸消退，通常會以提升性自由作為補償。而獨裁者會很善於鼓勵這種自由（除非他需要炮灰或家庭，去殖民空地或他們征服的領土）。連同在藥物、電影與廣播影響下做白日夢的自由，這樣能幫助他的子民甘心承受他們的命運：受到奴役。

通盤考慮之下，烏托邦看來比任何人在僅僅十五年前所想像得都還要近得多。當時，我推想

③ Bokanovsky's process 是赫胥黎在《美麗新世界》裡杜撰的程序，讓胚胎可以大量分裂、從而製造大量智能低下勞工的技術。Bokanovsky 這個名字疑似影射法國政治家 Maurice Bokanowski（1879-1928），他極強調經濟穩定的重要，認為在經濟危急時刻，即使不完全廢除政黨政治，也該淡化政黨之間的界限，以拯救經濟為主。

那是未來六百年後的景象。今天看來，這種恐怖很有可能在一個世紀之內就降臨在我們身上。這個意思是，如果我們沒在這段時間裡把自己炸成碎片的話。的確，除非我們選擇去中心化，並且在運用應用科學的時候不是把它當成目的、把人類當成手段，而是把它當成製造一群自由個人的手段，否則我們就只剩下兩種選擇了：如果不是一批國族主義的、軍事化的極權主義——其根源在於原子彈的可怕，其結果則是文明的毀滅（或者在戰事有所節制的狀況下，就是軍國主義的長存不朽）——就是超國家的極權主義，在整體迅速科技進步、特別是原子能革命所導致的社會混亂中被召喚出來，然後在效率與穩定的需要之下，發展成烏托邦的福利暴政。請你選擇，風險自負。

第一章

這是一棟只有三十四層樓的矮小灰色建築物。在大門上方有這排字，「**中倫敦孵化與制約中心**」，在一塊盾形牌子上，則刻著世界邦的座右銘：**社群**、**同一**、**穩定**。

位於一樓的巨大房間面朝北方。窗子後方整個夏天都很冷，雖然房間本身有著熱帶的暑氣，一道刺眼而冷冽的光炫目地穿過窗戶，飢渴地尋找某些被布幔蓋住的橫躺形體，一些學院培養出來、狀似雞皮疙瘩的蒼白軀體，但最後只找到一座實驗室裡的玻璃與鎳，還有閃著陰鬱光芒的瓷器。冬天般的寒冷彼此呼應。工人們的連身工作服是白色的，他們的手上戴著蒼白如死屍顏色的橡膠手套。光線是凍結的，死氣沉沉，像個鬼魂。只有從顯微鏡的黃色鏡筒下，光才能藉由某種豐富而帶著生氣的物質，沿著擦亮的試管像奶油一樣地擺著，一道道看來甜美多汁的條紋，沿著工作台長長地往後延伸。

「而這個呢，」主任打開了門：「是受精室。」

孵化與制約中心主任踏進房間裡時，三百個受精作業員正彎腰對著他們的儀器，在幾乎沒有呼吸的寂靜裡，在心不在焉、自言自語似的嗡嗡聲或哨音裡，徹底投入全神貫注的專注狀態中。一大隊新來的學生，個個都非常年輕，臉頰粉嫩又乳臭未乾，緊張兮兮、甚至帶點自卑地跟在主任後面進來了。每個人都帶著一本筆記本，每當這位偉人開口時，他們就拚命做筆記。能直接從老前輩口中聽到經驗談，可是難得的榮幸。中倫敦孵化與制約中心主任，總是堅持親自引導他的新生們到各部門走一遭。

「只是給你們一個整體概念。」他會這樣向他們解釋。因為當然了，如果他們打算活用腦袋做事，一定得有某種整體概念；不過如果他們打算成為社會裡優良又快樂的一分子，這種概念範圍要盡可能的小。因為就像人盡皆知的，特殊性導致美德與快樂，普遍性則是知性上的必要之惡。構成社會骨幹的，並不是哲學家，而是做線鋸的人跟收集郵票的人。

「明天，」他會補上這麼一句話，同時用略帶威脅的和藹態度對他們微笑：「你們會靜下心來做嚴肅的工作。你們不會有時間了解大局。同時……」

同時，這是個特權。將從老前輩口中聽到的經驗談，直接記到筆記本裡。男孩們瘋狂地抄寫著。

高大、相當瘦卻又很挺拔的主任，往房間裡前進。他有個長長的下巴，還有大而微突的牙齒，在他沒說話的時候，牙齒會剛剛好被他飽滿紅豔的彎彎嘴唇給蓋住。年老，還是年輕？三十歲？

五十歲？五十五？很難說得準。然而無論如何，這個問題並沒出現；在這個穩定的年代，吾主福特後六三二年，你不會想到要問這種問題。

「我會從頭開始。」中心主任說道，而態度更加狂熱的學生們，將他說的話記錄在他們的筆記本裡：**從頭開始**。「這些呢，」他揮揮手：「是孵化器。」他打開一道隔離門，讓他們看到一排排大量的試管。「這個星期的卵子庫存。」他解釋道：「保存在跟血液相同的溫度；同時男性配子呢，」這時他打開另一道門：「必須保存在三十五度，而非三十七度。跟體溫相同會導致絕育。」包在保溫墊裡的公羊生不出小羊。

學生用鉛筆在頁面上匆促劃過難以辨識的字體時，仍然靠在孵化器上的中心主任，簡短的對他們描述了一段現代化的受精過程；當然會先說到此過程的外科導入程序——「手術是為了社會的好處而自願接受的，更不用提事實上這樣做，可以得到相當於六個月薪水的獎金」；接下來稍微描述讓摘下的卵巢保持存活與繼續發展的技術；接著是考量最佳溫度、鹽度、黏度；再指出分離而培育成熟的卵子要存放在何種溶液中；然後，帶著他的弟子們到工作桌前，向他們實際展示如何把這種溶液從試管裡抽出；怎麼樣讓這種液體點點滴滴點在特別加熱過的顯微鏡載玻片上；怎麼樣檢查載玻片裡的卵子有沒有異常，計數後再轉移到一種多孔的容器裡；這個容器（這時他帶著學生們去觀察操作程序）如何被浸泡在一種含有自由游動精子的溫熱培養液裡——他堅定地強調，最低濃度是每立方公分十萬個精子；十分鐘後，容器怎麼樣從液體裡撈起來，再度檢查裡面的物質；如果有任何一個卵子還沒有受精，又怎麼樣再度浸泡，如果必要的話還會進行第三次；還有受精卵怎麼樣送回孵化器裡；阿爾法與貝塔繼續留在那裡，直到確定裝瓶為止；同時伽瑪、德塔與艾普西隆在僅僅三十六小時後，會再度拿出來，經歷波坎諾夫斯基程序。

「波坎諾夫斯基程序。」主任再度複述，學生在他們小筆記本裡的這個詞彙下面劃線。

一個卵，一個胚胎，一個常態人類。但是一個波坎諾夫斯基化的卵子會抽芽，會增生，會分裂。分裂成八到九十六個芽，然後每個芽都會長成一個形態完美的胚胎，每個胚胎都會長成一個尺寸完全的成人。一個卵以前只能長成一個人，現在則能夠長成九十六個人。這就是進步。

「就本質上來說，」中心主任做了個總結：「波坎諾夫斯基化包含了一系列的發展抑制方法。我們制止了正常的成長，然而弔詭的是，卵子的反應是抽芽。」

反應是抽芽。一枝枝鉛筆都在忙著書寫。

他伸手一指。在一條移動非常緩慢的輸送帶上，滿滿一架試管瓶正要進入一個大金屬盒，同時另外滿滿一架又接踵而至。機器微微發出低沉的震動聲。他告訴學生，試管要通過得花八分鐘。一個卵能承受的量大概就是八分鐘高能X光。有一些死了；其他的卵，最不敏感脆弱的那些會分裂成兩個，大多數都會分裂成四個，有些分裂成八個，全部的卵都會送回孵化器，分裂芽會在那裡開始發育；接著，兩天後會突然將卵冷卻，用冷卻來抑制它。二、四、八，輪到這些分裂芽抽芽了；在抽芽之後，再加入幾乎到致死量的酒精；最後再度急速成長，再度抽芽——抽芽、抽芽、再抽芽；

然後就讓它們靜靜地發育了——因為再度抑制成長通常會致死，到這個時候，原來的卵子就用一種不錯的方式，變成八到九十六個胚胎。你會同意，這是自然界的一種驚人進步。同卵多胞胎——但不是像過去的胎生時代那樣瑣碎無用的兩個或三個一組，那時一顆卵偶爾會意外地分裂；而是實質上一次就是成打、好幾十個。

「好幾十個，」主任重複說道，同時揮出他的雙臂，就像是慷慨地分配大禮。「好幾十個啊。」

但其中一個學生蠢到竟然問這樣有什麼好處。

「我的好孩子啊！」主任猛然一迴身轉向他。「你看不出來嗎？**看不出來嗎**？」他舉起一隻手；表情很嚴肅。「波坎諾夫斯基程序是社會穩定的主要工具之一！」

社會穩定的主要工具。

標準規格的男人與女人，整齊劃一地整批出現。一整個小工廠的全體職員，都只是同一個波坎諾夫斯基受精卵的產物。

「九十六個同卵多胞胎，操作九十六台同樣的機器！」這聲音幾乎熱忱到發抖了。「你們現在才知道自己身在何處嗎？這是有史以來第一次。」他引用了全球通用的格言：「社群、同一、穩定。」偉大的詞彙。「如果我們可以無限制地使用波坎諾夫斯基程序，就能解決整個問題。」

問題靠著標準的伽瑪、不變的德塔和一致的艾普西隆解決了。數百萬個同卵多胞胎。大量製造原則終於應用到生物學上。

「但是，遺憾的是，」主任搖搖頭：「我們無法無限制地使用波坎諾夫斯基程序。」九十六個似乎就是極限；七十二個是很好的平均值。從同一個卵巢跟同一男性的配子要製造出盡可能大批的同卵多胞胎——那是他們能做到的最佳方案（可惜只是次佳的）。然而甚至那樣都有困難。

「因為在自然界中，要花上三十年才能讓兩百個卵達到成熟。但我們的工作是現在穩定人口，就在此時此刻。在超過四分之一世紀的時間裡慢慢地製造出雙胞胎——那樣有什麼用？」

顯然完全沒有用。不過帕史納普技術已經大大加快成熟的過程了。他們可以確定，至少兩年內生產一百五十個成熟卵。受精與波坎諾夫斯基化——換句話說，乘以七十二——然後你們就會得到一個平均值：分屬一百五十批同卵多胞胎培養出的將近一萬一千個兄弟姐妹，全都相同年齡，全都在兩年之內出生。

「而在例外狀況下，我們可以讓一個卵巢替我們生出超過一萬五千個成人。」

主任對著一個氣色紅潤的金髮年輕男子點點頭，他剛好在此時經過。「佛斯特先生，」他喊道。氣色紅潤的年輕人走近了。「佛斯特先生，你可以告訴我們單一卵巢的最高紀錄嗎？」

「在這個中心裡是一萬六千零十二個。」佛斯特先生毫不猶豫地回答。他說話非常快，有雙活潑的藍眼睛，而且顯然很樂於引用數字。「一萬六千零十二個；一百八十九組同卵多胞胎。但當然了，」他繼續喋喋不休：「在某些熱帶中心，他們做得更好。新加坡常常製造出超過一萬六千五百個；蒙巴薩實際上達到一萬七千的成就。但他們有不公平的優勢。你們應該看看一個黑人卵巢對腦下垂體的反應！在你習慣用歐洲原料工作的時候，這種狀況相當讓人震驚。不過，」他笑了一聲（但鬥志之光在他眼中閃爍，他揚起的下巴充滿挑戰精神），補充說明：「如果可以，我們還是打算打敗他們。我現在正在用一個絕佳的負德塔卵巢。只有十八個月大，已經製造了超過一萬兩千七百個孩子，包括離瓶的或還在胚胎形態。而且還是很有生產力。我們就要打敗他們了。」

「我就喜歡這種精神！」主任喊道，然後拍了拍佛斯特先生的肩膀。「跟我們一起來，用你的專業知識嘉惠一下這些男孩。」

佛斯特先生謙虛地微笑。「我很樂意。」他們繼續走。

在裝瓶室裡，一切籠罩在井然有序的忙碌中。一片片已經切成適當大小的新鮮母豬腹膜，裝在小小的升降機裡，從地下室的器官儲存室裡往上衝出。咻地一聲，然後喀答！升降式艙口裂開；裝瓶人員只要伸出一隻手，拿了腹膜片，塞進去，放平，然後在排好的瓶子有時間沿著無盡的輸送帶送到搆不著的地方以前，咻，喀答！另外一片腹膜片又從地下深處射出，準備好滑進另一個瓶子裡，成為這條緩慢無盡的輸送帶上的下一個。

在裝瓶人員旁邊站的是審核人員。行列前進著；受精卵一個接一個從試管轉移到比較大的容器；腹膜襯裡巧妙地被切成片，桑葚胚落入定位，倒入生理食鹽水……接著瓶子就通過了，輪到標籤人員工作。遺傳資料、受精日期、所屬波坎諾夫斯基群組的詳細資料，從試管轉移到瓶子上。不再無名無姓，而是有了名字、確立了身分，隊伍繼續緩慢前行；穿過牆壁上的開口以後，慢慢地進入社會功能預定室。

「八十八立方公尺的索引卡。」在他們走進去的時候，佛斯特先生興味盎然地說道。

「包含**所有**相關資訊。」主任補充。

「每天早晨更新。」

「而且每天下午協同調整。」

「他們在這個基礎上進行計算。」

「有這麼多個人，有著這樣那樣的性質，」佛斯特先生說：「以這樣那樣的數量分配。」

「任何時刻都是最佳的離瓶率。」

「沒有預測到的消耗都必須立刻補正。」

「立刻補正，」佛斯特先生複述。「如果你們知道上次日本地震以後，我必須補上多少超時工作就好了！」他愉快地朗聲笑了，還搖著頭。

「社會功能預定人員把他們的工作數字傳送給受精人員。」

「他們會把預定人員要求的胚胎數量送過去。」

「然後瓶子就會來到這裡，接受詳細的功能預定。」

「在此之後他們就會被送到胚胎儲存室去。」

「我們現在就要朝那裡去。」

然後佛斯特先生打開一道門，領路沿著一道樓梯下了地下室。溫度仍然屬於熱帶。他們往下走進更暗的幽微光線裡。兩道門加上一條要轉彎兩次的通道，確保了地窖不可能透入任何日光。

「胚胎就像底片，」佛斯特先生在推開第二道門時幽默地說道。「他們只能忍受紅光。」

然而實際上學生們現在跟著他踏入的悶熱黑暗空間，裡頭閃著隱約可辨的深紅色，就像閉著眼睛面對夏日午後的那種陰暗。從凸起的兩側一排排往後延續、一層層往上疊的瓶子裡，閃爍著無數的紅寶石，而在那些紅寶石之間，朦朧如紅色鬼影的男男女女長著紫色的眼睛，全都擁有狼瘡病患似的外表。機器的嗡嗡響與喀答聲微弱地振動著空氣。

「佛斯特先生，給他們幾個數據。」主任說道，他已經講累了。

佛斯特先生巴不得趕快給他們幾個數據。

兩百二十公尺長，兩百公尺寬，十公尺高。他往上一指。就像小雞喝水一樣，學生們抬高視線面向遠處的天花板。

架子有三層：一樓、二樓走廊、三樓走廊。

一層又一層蛛網般的走廊鋼架，往四面八方消失在黑暗中。在靠近鋼架的地方，有三個深紅色鬼魂忙碌地從一個移動的梯子上卸下細頸大瓶。

這是來自社會功能預定室的電扶梯。

每個瓶子都可以放置在十五個架子的其中一個上面，雖然你看不到，但是每個架子上都有一條輸送帶以每小時三十三又三分之一公分的速度移動。在兩百六十七天的週期內，都是一天跑八公尺，總計兩千一百三十六公尺。地窖的其中一個環狀軌道是在一樓，另一圈在二樓走廊，另外半圈在三樓走廊，而在第兩百六十七個早上，日光會照進離瓶室。所謂的獨立生存。

「但是在中間的間隔裡，」佛斯特先生作了結論：「我們已經設法為他們盡了許多力。噢，非常的多。」他的笑聲顯示他什麼都知道，得意洋洋。

「我就喜歡這種精神，」主任再度說道。「咱們在這裡繞繞。佛斯特先生，你向他們說明一切。」

佛斯特先生適時地告訴他們。

告訴他們胚胎是在專屬的豬腹膜片上面成長。讓他們嚐嚐用來餵養胚胎、營養豐富的人造血液。解釋為什麼要用胎盤素跟甲狀腺素來刺激胚胎。跟他們說起黃體素萃取液。給他們看從零到兩千零四十公尺之間，每十二公尺就噴射一次的噴嘴是自動注射的。講起在這條路徑的最後九十六公尺之內，逐漸增加注射劑量的腦下垂體。描述在第一百一十二公尺處安裝於每個瓶子上的人工母體循環；讓他們看人造血液血庫，讓胎盤上的液體保持流動、並且讓液體流過人造肺與廢棄物過濾器的離心力幫浦。指出胚胎有麻煩的貧血傾向，最後必須供應大劑量豬胃萃取液與小馬胚胎的肝。

讓他們看一個簡單的機制，在每八公尺距離的最後兩公尺內，所有的胚胎都會同時被搖晃以便習慣運動。暗示所謂「離瓶創傷」的嚴重性，並且列舉將這種危險的打擊降到最低程度的預防措施，就是適當地訓練裝瓶的胚胎。告訴他們性別測試是在兩百公尺附近進行的。解釋標籤系統：T是給男性，一個圓圈則是給女性，對於那些注定沒有生殖機能的就給個問號，白底黑字。

「因為當然了，」佛斯特先生說：「在絕大多數的狀況下，繁殖力只是件麻煩事。在一千兩百個卵巢裡有一個繁殖力驚人——這樣對我們的目的來說真的就夠用了。但我們想要有個好的選擇。而且當然了，一個人總是必須留下極大的餘地以確保安全。所以我們容許多達百分之三十的女性胚胎正常發展。其他的胚胎在剩下的路程裡，每二十四公尺就會得到一劑男性荷爾蒙。結果：她們離瓶時會是無生殖能力者——結構上來說相當正常，只是絕育了。」（他必須承認：「她們確實有那麼一點點長鬍子的傾向。」）「保證絕育。」佛斯特先生繼續說：「到最後，這會帶領我們脫離只是奴隸般模仿自然的領域，踏入更有趣的世界，人類創造發明的世界。」

他搓著雙手。因為，當然了，他們不會光孵出個胚胎就自鳴得意了：任何一頭母牛都辦得到。

「我們也進行預定與制約。我們造出的寶寶是社會化的人類，是阿爾法或者艾普西隆，是未來的下水道工人或未來的……」他本來要說「未來的世界管制官，」不過他糾正了自己，反而說了：「未來的孵化中心主任。」

主任帶著微笑認可了這個恭維。

他們經過了十一號架子的第三百二十公尺。年輕的負貝塔技工忙著用螺絲起子跟扳手，處理經過的一個瓶子上方的人造血液幫浦。在他轉動螺帽的時候，電動引擎的轟鳴聲因為某種聲調的摩擦聲而變得更低沉了。往下，往下……最後一扭，瞥一眼運轉計數器，他完工了。他往行列前方再挪了兩步，然後就在下一個幫浦上面開始了同樣的程序。「每分鐘都降低運轉速度，」佛斯特先生解釋道：「人造血液循環得更慢些，間隔更長時間才流過肺部，這樣便能讓胚胎得到的氧氣較少。沒有別的因素，比缺乏氧氣更能夠讓一個胚胎保持低於平均水準了。」他再度搓著他的手。

「但為什麼你想讓胚胎低於平均水準呢？」一個天真無邪的學生問道。

「傻瓜！」主任打破一陣漫長的沉默，這麼說道。「你難道沒想過，艾普西隆胚胎一定得有艾普西隆的環境、加上艾普西隆的基因遺傳嗎？」

顯然他是沒想到。他滿臉困惑。

「社會階級越低，」佛斯特先生說：「氧氣越少。」第一個受到影響的器官是大腦。然後是頭部骨骼。只有百分之七十的正常供氧，你就會得到侏儒。少於百分之七十，就是沒眼睛的怪物。

「這樣的胚胎完全沒有用，」佛斯特先生如此作結。

反過來說（他的聲音變得像在透露機密，又很急切），如果他們可以發現一種技術，得以縮短成熟期，那是多大的勝利，對社會是多大的裨益！

「想想馬匹。」

他們想著馬匹。

在六歲就成熟了；大象十歲成熟。然而在十三歲的時候，一個男人還未達性成熟；到了二十歲才完全長成。所以，當然了，延遲發育的果實，就是人類的智能。

「但是在艾普西隆身上，」佛斯特先生很公正地說：「我們不需要人類智能。」不需要，也不會得到。但雖然艾普西隆的心智在十歲就成熟了，艾普西隆的身體在十八歲前還不適合工作。長年多餘而浪費的不成熟狀態。如果生理發育可以加速到，比方說，像母牛一樣快，對社群來說是多麼巨大的節約啊！

「巨大的！」學生們低聲私語著。佛斯特先生的熱情是有傳染性的。

他的談話變得相當技術性；講到了異常的內分泌協調，讓人成長得這麼緩慢；假定有一種幼芽時期的突變要為此負責。這種幼芽時期的突變效果可以被抵消嗎？透過某種適當的技術，個別的艾普西隆胚胎可以變成一個返祖狀態的生物，回歸狗與牛的常態嗎？問題就是這個。而這個問題幾乎就要解決了。

在蒙巴薩，皮爾金頓已經製造出在四歲性成熟、六歲半完全長成的個體。一個科學上的勝利，但在社會上毫無用處。六歲大的男女笨到連艾普西隆的工作都做不來，而這個過程是全有或全無的那一類：你要不是完全改造不成，就是一路改造到底。他們仍然試圖找出二十歲成人與六歲成人之間的理想折衷，到目前為止不見成功。佛斯特先生嘆息著搖搖頭。

他們穿過深紅色幽光的漫遊，帶著他們走向第九號架子的一百七十公尺處。從這裡開始往前，九號架子是被圍起來的，瓶子是在某種隧道中走完剩下的路程，隧道中間會穿插著兩三公尺寬的開口。

「熱制約。」佛斯特先生說。

熱冷隧道交替出現。冷卻過程會與高能X光造成的不適相結合。等到他們離瓶的時候，胚胎已經非常害怕寒冷了。他們預定要移民到熱帶去，當礦工、醋酸纖維絲織工還有鋼鐵工人。稍後他們的心靈會被塑造成認可身體的判斷。「我們把他們制約成在高溫下欣欣向榮，」佛斯特先生下了結論：「我們樓上的同事則會教他們熱愛這一點。」

「而這一點，」主任簡潔有力地補上：「就是幸福與美德的祕密——喜歡你必須做的事情。所有制約的目標都是這個：讓人喜歡他們逃不了的社會宿命。」

在兩個隧道之間的空隙裡，一位護士用細膩的手法，把一隻長而細緻的針筒，插進經過的瓶子裡像凝膠一般的內容物中。學生們跟他們的導遊站在那裡，靜默地注視她一小段時間。

「很好，列寧娜。」在她終於抽回針筒直起腰的時候，佛斯特先生這麼說。

女孩一驚，轉過身來。旁人可以看得出來，雖然她一身狼瘡似的斑紋又有紫色的眼睛，但還是漂亮得不尋常。

「亨利！」她給他一個紅色的微笑——露出一排珊瑚似的牙齒。

「真迷人，真迷人啊，」主任低聲說道，拍了她兩三下，也替他自己換得一個相當恭敬的微笑。

「妳給他們什麼？」佛斯特先生問道，他讓自己的口氣非常專業。

「噢，就是一般會注射的傷寒跟昏睡病疫苗。」

「熱帶工人在一百五十公尺處會開始接受預防接種，」佛斯特先生向學生們解釋。「胚胎還有鰓。我們讓這些『魚』對未來成為人類後的疾病免疫。」然後，他轉向列寧娜：「今天下午差十分五點的時候屋頂見，」他說：「就跟平常一樣。」

「真迷人。」主任再說了一次，然後拍了最後一下，才跟著其他人走開。

在十號架子，一排排下一代的化學工人正在接受忍耐鉛、苛性鈉、焦油、氯的訓練。一整批兩百五十個胚胎火箭動力機工程師裡的第一個，剛剛通過三號架子的一千一百公尺標的。一個特殊機制會讓他們的容器處於持續旋轉的狀態。「為了加強他們的平衡感，」佛斯特解釋。「在半空中替火箭做維修，是很棘手的工作。在他們頭上腳下的時候，我們放慢了血液循環狀態，這樣他們就會處於半飢餓狀態，而在他們頭下腳上的時候，就讓人造血液流速加倍。他們學會了怎麼把顛倒狀態跟福祉聯想在一起；事實上，他們頭下腳上的時候才真正快樂。」

「現在呢，」佛斯特先生繼續說道：「我想讓你們看看正阿爾法知識分子某些非常有趣的制約過程。我們在五號架子上有一大批正阿爾法。在二樓走廊。」他叫住兩個已經開始往一樓走的男孩。

「他們在大概九百公尺處，」他解釋。「在胚胎失去尾巴以前，你沒辦法做到任何真正有用的知性制約。跟我來。」

但主任已經在看他的手錶了。「再十分鐘就三點了，」他說：「恐怕沒時間看知識分子胚胎了。我們必須在孩子們睡完午覺以前到樓上育嬰室去。」

佛斯特先生很失望。「至少看一眼離瓶室，」他懇求道。

「那麼好吧。」主任寬大為懷地微笑。「就看一眼。」

第二章

佛斯特先生留在離瓶室裡。制約中心主任跟他的學生則踏入最近的電梯裡，被帶到五樓。

育嬰室，新帕夫洛夫制約室，布告欄上寫著。

主任打開了一道門。他們在一個大而缺乏裝飾的房間裡，這裡非常明亮，充滿陽光；因為整個南面牆壁就是一整扇落地窗。六個護士照規定穿著黏纖纖維混亞麻布料的制式白色長褲跟外套，她們的頭髮經過殺菌處理，藏在白色的帽子底下，正沿著地板放上一長排裝滿玫瑰的碗。大大的碗，裡面的花朵塞得密密實實。幾千片花瓣，成熟盛放、如絲一般光滑，就像是無數個小天使的臉頰，不過在那樣明亮的光線下，這些小天使並非全都是粉紅色的亞利安人模樣，也有光彩動人的中國人、墨西哥人，也有看來因為吹奏太多天國喇叭而顯得太過興奮的，還有一些蒼白如死，像是死後的那種大理石白。

制約中心主任進門時，護士們僵硬地立正站好。

「布置好書本，」他簡短地說道。

在寂靜中，護士們遵從了他的命令。在玫瑰碗的旁邊，書本按照合適的方式擺好——一排四開大的童書誘人地打開，展示出一幅幅色彩豐富歡樂，畫著野獸、魚類或鳥兒的畫面。

「現在把孩子們帶進來。」

她們匆匆走出房間，在一兩分鐘內回來了，每個人都推著一個高高的旋轉架，架子上總共四個網籃格子裡，都躺著八個月大的寶寶，全都長得一模一樣（很顯然是同一個波坎諾夫斯基群組），而且全部穿著卡其色的衣服（因為他們屬於德塔階級）。

「把他們放到地上。」

嬰兒們被卸下來。

「現在把他們轉過去，讓他們可以看到花朵跟書本。」

轉了個方向以後，寶寶們立刻變得安靜了，然後開始朝著那一簇簇光滑亮麗的色彩爬去，那些形狀在白色的頁面上顯得這麼歡樂又燦爛。在他們逼近的時候，太陽暫時從雲朵的遮蔽下冒了出來。像是因為一股發自內心的突來熱情，玫瑰變得更加鮮豔；這些書本閃閃發亮的頁面，似乎充滿了一種新而深刻的重要性。從一排排爬動著的嬰孩口中冒出小小的興奮尖叫、咯咯笑聲和愉快的啁啾。

主任搓著他的雙手。「好極了！」他說：「這幾乎像是刻意安排出來的。」

爬得最快的孩子已經到達他們的目的地了。小手猶豫不定地伸出去，觸碰、捕捉、撕下那些經過美化的玫瑰花瓣，揉皺那些書本的插圖頁面。主任一直等到他們全都快樂地忙著動手為止。接著他說：「仔細看著。」然後，他舉起手，打出信號。

護理長站在房間另一頭的配電盤旁邊，壓下一個小小的控制桿。一陣猛烈的爆炸。警報聲尖叫著，變得越來越淒厲。警鈴響亮得讓人發瘋。

孩子們嚇著了，放聲尖叫；他們的臉恐懼得扭曲了。

「現在呢，」主任吼道（因為噪音震耳欲聾）：「現在我們用輕微的電擊讓這個教訓更深刻。」

他再度揮揮手，護理長壓下了第二個控制桿。嬰兒的尖叫聲調突然改變了。他們現在發出尖銳又斷斷續續的吶喊，其中有種絕望、近乎瘋狂的成分。他們小小的身體抽搐、僵直；他們的四肢抽動著，就好像被看不見的繩索拉扯著。

「我們可以讓整片地板通電，」主任喊叫著解釋。「不過這樣就夠了，」他對護士打了信號。

爆炸聲止息了，警鈴不再響個不停，尖利的警報聲音調越降越低，終於陷入一片寂靜。僵硬抽搐的身體放鬆了，抓狂嬰兒本來轉為啜泣與叫喊的哭聲，再度放大成了一般受驚嚇時的正常哭嚎。

「再給他們鮮花跟書本。」

護士們照做；但玫瑰一湊近，一看到那些小貓、咯咯公雞跟咩咩黑羊等色彩鮮豔的圖片，嬰孩們就驚恐地縮起身體避開，哭嚎音量也突然放大了。

「觀察，」主任得意洋洋地說：「觀察啊。」

書本與大音量噪音，鮮花與電擊——在嬰孩心中，這些配對已經妥協地連結在一起了；在同樣或類似的課程反覆兩百次以後，就會變得密不可分。人類予以結合的事物，自然界無法加以分離。

「他們長大後，套用過去心理學家常用的說法，會『本能』地痛恨書本與花朵。反射作用受到堅定不移的制約。他們一輩子都會遠離書本與植物。」主任轉向他的護士們。「再把他們帶走。」

卡其服裝的寶寶還在叫喊著，就被裝到他們的移動籃架上推了出去，留下酸奶的味道，還有一陣最讓人歡迎的寂靜。

其中一個學生舉起手；雖然他能夠很清楚看出，為何不能讓社會低階的人把屬於整個社群的時間浪費在書本上，而且讓他們閱讀總是會有危險，某些書可能會不恰當地解除他們的某個反射制約，然而……唔，他不了解關於花朵的制約。為什麼要這麼麻煩，讓德塔在精神上不可能喜歡花朵？

制約中心主任耐心地解釋。如果孩子們被造就成一看到玫瑰就尖叫，那是基於高度經濟政策的立場。在不太久以前（大概一世紀左右以前），伽瑪、德塔、甚至艾普西隆都被制約成喜歡花朵——特別喜歡花朵，整體來說熱愛野生自然界。理想狀況是，讓他們一有機會就到鄉間踏青，這樣就可以迫使他們花錢在交通上面。

「他們沒有花錢在交通上嗎？」那學生問道。

「花得可多了，」制約中心主任回答：「但就沒別的了。」

他指出，報春花與風景有一項嚴重的缺陷：都是免費的。對自然界的愛好可不會讓工廠保持忙礙。後來決定廢除對自然界的愛好，無論如何，在社會低階人口中是這樣；廢除對自然界的愛好，但是**不去**影響交通消費的傾向。因為，當然了，重要的是他們應該繼續到鄉下去，就算他們憎恨如此。問題在於要找出一項比起只是熱愛報春花與風景還更健全的經濟理由，去增進交通消費。這方案適時找到了。

「我們把大眾制約成痛恨鄉下，」主任總結：「但同時也制約他們熱愛鄉間運動。同時呢，我們也確保了所有鄉間運動都該運用複雜精細的器具。所以他們會同時花錢在交通與加工產品上。所以才有那些電擊。」

「我懂了。」那位學生說完安靜下來，欽佩得無以復加。

這時一陣寂靜；接著，主任清清喉嚨，開口說道：「從前從前，吾主福特仍然在世的時候，有個小男孩叫做魯本·拉賓諾維奇。魯本是由講波蘭語的父母生下的小孩。」主任打斷了自己的陳述。「我猜，你們知道什麼是波蘭語吧？」

「一個已死的語言。」

「就像法文與德文，」另一個學生補充說明，多此一舉地炫耀他的學問。

「那『父母』這個詞呢？」中心主任質問。

一陣不安的沉默。有幾個男孩子臉紅了。他們還沒學到怎麼在淫穢言語跟純粹科學之間畫上那條重要、但通常很細微的分界線。最後，總算有一個人鼓起勇氣舉手。

「人類以前是……」他猶豫了；血液衝上他的臉頰。「呃，他們以前是胎生的。」

「相當正確，」主任點頭表示讚許。

「而在嬰兒離瓶的時候……」

「出生，」主任糾正。

「呃，然後他們成了父母——我指的當然不是嬰兒，是另外那些人。」這可憐的男孩混亂得不得了。

「簡而言之，」主任總結道：「父母就是父親跟母親。」這句來自真正科學的粗話，撞進這些男孩眼神閃爍的沉默之中。「母親，」他大聲地重複，強調科學上的涵義；然後，往後躺進他的椅子，嚴肅地說道：「這些是令人不快的事實；我知道。但話說回來，最有歷史意義的事實**都是**令人不快的。」

他回到小魯本身上——有一天晚上，在小魯本房間裡，因為一時疏忽，他的父親跟母親（XX跟XX！）恰好開著收音機沒關。

（「你們一定記得，在粗俗的胎生繁殖時代裡，孩子們總是由他們的父母帶大，而不是在國立制約中心裡。」）

那孩子入睡時，一個來自倫敦的廣播節目突然開始播放；到了第二天早上，他的XX跟XX（比較大膽的男孩冒險對彼此露出邪惡的微笑）大吃一驚地發現，小魯本醒來的時候，逐字逐句地複誦某位古怪老作家（「少數獲准流傳給我們的作家之一」）蕭伯納的長篇演講，根據一個相當可靠的傳說指出，他演講的內容是在講述自己有多天才。對小魯本（眨眼與竊笑）來說，這篇演講當然是完全無法理解的，他們以為自己的孩子突然間發瘋了，就找了位醫生來。幸運的是，這位醫生懂得英語，認出這就是前一晚廣播蕭伯納的演講，也領悟到發生的事情有多重要，就寄了封信給醫學期刊談這件事。

「睡眠教學法的原則，就被發現了，」制約中心主任做了個意味深長的停頓。

這個原則是被發現了；但在這個原則有效運用之前，還要虛度許多、許多年。

「小魯本的案例，發生在吾主福特第一輛T型車上市後的僅僅二十三年。」（主任說到這裡，在他腹部比了個T字，學生們也虔誠地依樣畫葫蘆。）「然而……」

學生們拚命地振筆疾書。**「睡眠教學法，官方在吾主福特後二一四年首度正式使用。為什麼不是更早？理由有二，第一……」**

「那些早期的實驗家，」制約中心主任說道：「走錯路了。他們以為睡眠教學法可以變成智識教育的工具……」

（一個小男孩朝右側睡著，右手臂伸了出來，右手軟弱無力地掛在床緣。透過一個箱子旁邊的圓形格子板，有個聲音輕柔地說話了。

「尼羅河是非洲最長的河流，也是全球第二長的河流。雖然比密西西比—密蘇里河的長度短，但以流域的幅員來看，尼羅河是所有河流之首，其流域延伸穿過三十五個緯度……」

在第二天早上的早餐時間。「湯米，」有個人問：「你知道哪條河是非洲最長的河流嗎？」男孩搖搖頭。「可是你不記得嗎，有句話的開頭是：尼羅河是非……」

「尼—羅—河—是—非—洲—最—長—的—河—流，也—是—全—球—第—二—長—的—河—流……」字句泉湧而出。「雖—然—比……」

「好，現在呢，哪條河是非洲最長的河流？」

眼神呆滯。「我不知道。」

「可是你講到尼羅河了，湯米。」

「尼—羅—河—是—非—洲—最—長—的—河—流，也—是—全—球—第—二—長……」

「那麼哪條河是最長的，湯米？」

湯米迸出眼淚。「我不知道，」他哭嚎著說。）

主任坦白地說，那聲哭嚎，讓最早的研究人員氣餒了。實驗被廢棄了。再也沒有人嘗試在孩童睡夢中教他們尼羅河的長度。這樣相當正確。你不可能學習一種科學，除非你知道這一切是在幹什麼。

「反過來想，要是他們從**道德**教育開始就好了，」主任一邊說，一邊帶頭朝門口走。學生們跟著他，在跟入電梯後一路上升的同時，他們拚命地狂抄筆記。「道德教育，在任何狀況下，都絕對不該是理性的。」

「安靜，安靜。」在他們靠近十四樓的時候，有個擴音器正輕輕說著，然後又是「安靜，安靜，」喇叭嘴不屈不撓地在每條走廊上，以固定的時間間隔重複說著這句話。這些學生，甚至是主任本人，都自動地踮起腳尖。當然了，他們是阿爾法，但就算是阿爾法也被好好制約過了。「安靜，安靜。」整個十四樓的空氣都隨著絕對命令嘶嘶作響。

躡手躡腳走了五十碼，把他們帶到一扇門口，主任小心翼翼地打開門。他們踏過門檻，走進一個裝上百葉窗的宿舍朦朧的光線中。八十張嬰兒床靠著牆壁排成一排。那裡有個輕盈規律的呼吸聲，還有持續的呢喃，就好像有個非常微弱的聲音遙遙地耳語著。

一位護士在他們進來時起身，在主任面前立正站好。

「今天下午的課程是什麼？」他問道。

「前四十分鐘是初級性教育，」她回答。「但現在已經換成初級階級意識。」

主任緩慢地沿著一長排小床走過去。玫瑰紅的臉蛋，在睡眠中顯得放鬆，八十個小男孩跟小女孩躺在那裡輕柔地呼吸。在每個枕頭底下都有個耳語聲。制約中心主任停下腳步，彎腰靠向其中一張小床，專注地聆聽著。

「妳剛才說初級階級意識嗎？讓我們透過喇叭，聽它稍微大聲點重播。」

房底牆壁上掛著一個擴音器。主任走向擴音器，按下一個按鈕。

「……都穿著綠衣，」有個輕柔但非常清楚的聲音，一句話正講到一半：「德塔小孩都穿卡其色。噢不，我不想跟德塔小孩玩。艾普西隆還更糟。他們笨到不會讀寫。此外他們穿著黑色，這種顏色真醜。我**好**高興我是個貝塔。」

然後是一陣停頓；接著聲音又開始了。「阿爾法小孩穿灰色。他們的工作比我們辛苦得多，因為他們聰明得嚇人。我真的好高興我是個貝塔，因為我不用那麼努力工作。而我們又比伽瑪跟德塔好得多。伽瑪很笨。他們全都穿著綠衣，德塔小孩都穿卡其色。噢不，我**不想**跟德塔小孩玩。艾普西隆還更糟。他們笨到不會……」

主任把按鈕壓回原位。聲音靜下來。只有這聲音薄弱的鬼影，繼續從八十個枕頭底下喃喃細語。

「他們醒來以前，還會聽到這些話重複個四五十遍；然後星期四再重複，星期六又重複。三十個月裡，每週三次，每次一百二十遍。在那之後，他們會繼續更進一步的課程。」

玫瑰與電擊，德塔的卡其色，還有一絲印度香料芸台的氣味——在孩童能夠講話以前，就結合得牢不可破。但不用語言的制約是粗略而籠統的；無法讓人徹底認識到更細緻的分別，不能反覆灌輸更複雜的行為課程。要做到這一點，就必須有語言，然而這卻是沒有理由的語言。簡而言之，就是睡眠教學法。

「史上最大的道德化與社會化力量。」

學生們把這句話抄在他們的小本子裡。直接從老前輩口中聽到的經驗談。

主任再度碰了那個按鈕。

「……聰明得嚇人，」那個輕柔、充滿迂迴暗示、不屈不撓的聲音正在說：「我真的好高興我是個貝塔，因為……」

這不怎麼像是水滴，雖然說真的，水可以滴穿最堅硬的花崗岩；這還比較像是一滴滴的液態封蠟，一滴滴黏附、結成硬殼、跟落下時碰到的東西結合在一起，直到最後那岩石整個變成紅色的團塊。

「到最後，孩童的心靈**就是**這些暗示，暗示的總和**就是**孩童的心靈。而且不只是孩童的心靈。成人的心靈也是——一輩子都是。下判斷、產生慾望、做決定的那個心靈——就由這些暗示構成。但所有這些暗示都是我們的暗示！」主任幾乎是發出勝利的吶喊了。「來自**世界邦**的暗示。」他砰一聲搥了最近的一張桌子。「所以順理成章的是……」

一陣聲音讓他轉過身去。

「噢，福特啊！」他用另一種語氣說道：「我太忘我了，把孩子們吵醒啦。」

第三章

外面的花園裡正在進行遊戲。在六月的陽光下，全身赤裸的六七百個小男孩和小女孩，有的一邊發出尖叫一邊在草坪上奔跑，有的在打球，或者是三三兩兩地靜靜蹲在開花的矮樹叢裡。玫瑰花盛放著，兩隻夜鶯在矮樹叢裡竊竊私語，一隻杜鵑在萊姆樹之間發出不成調的歌聲。在蜜蜂與直升機的嗡嗡聲響之間，空氣讓人昏昏欲睡。

主任跟他的學生們站了一會兒，觀察一場離心球遊戲。二十個孩子聚集起來，繞著鉻黃色鋼塔圍成一圈。一顆球被拋起，好讓它落在塔頂的平臺上，順著滾進內側，落在一個迅速旋轉的盤子上，然後這顆球會從圓筒狀外殼上無數孔洞中的其中一個射出來，必須有人去接住它。

「奇怪了，」在他們轉身走開的時候，主任若有所思地說：「想到就覺得奇怪，在吾主福特的時代，玩大多數遊戲時的設備不過就是一兩顆球，還有幾根棒子，然後或許還有一點網子。想想看這樣多蠢，讓人玩這些繁複的遊戲，卻不同時做任何事情來促進消費。這真是瘋了。現在的管制者不會許可任何新遊戲，除非事實能夠證明，這個遊戲需要的設備至少跟現存最複雜的遊戲一樣多。」

這時他打斷了自己的話。

「那裡有個迷人的小團體，」他指著某處說道。

一叢叢高大的地中海石楠之間有一塊小小的草地，兩個孩子——大約七歲的小男孩跟可能比他大一歲的小女孩——態度非常嚴肅，帶有科學家在實驗室裡尋找發現的全副專注，正在玩著初級性愛遊戲。

「迷人，太迷人啦！」制約中心主任多愁善感地重複讚嘆。

「很迷人。」男孩們禮貌地表示贊同，但他們的微笑頗為紆尊降貴。他們把類似的孩子氣娛樂擱到一旁去，還是沒多久前才發生的事情，以至於他們看著那些兒童的時候，無法不心生輕蔑。迷人？那只是兩個小鬼在瞎混；就這樣而已。只是小孩子。

「我總覺得……」主任繼續以同樣頗為感傷的語調說話，這時他被一陣響亮的嗚嗚哭聲打斷了。從附近的灌木叢裡冒出一個護士，她拉著一個小男孩的手走出來，這孩子邊走邊哭嚎。一個看起來很緊張的小女孩在她腳邊快步跟著走。

「怎麼回事？」主任問道。

護士聳聳肩。「沒什麼大事，」她回答。「只是這個小男孩似乎相當不情願加入平常的性愛遊戲。

我以前注意到一兩次。今天又發生一次了。他剛才開始大喊大叫……」

「說真的，」那個神情緊張的小女孩插嘴說：「我沒想要傷害他什麼的。我說真的。」

「妳當然沒有啦，親愛的，」護士用安撫的口氣說道。「所以呢，」護士轉回去面對主任，繼續說道：「我要帶他去見心理部助理督察。看看到底有沒有什麼異常的地方。」

「相當正確，」主任說：「帶他進去。」在護士帶著她還在哭嚎的被監護人走開後，他補上這句：「小姑娘，妳留在這裡。妳叫什麼名字？」

「波麗．卓斯基。」

「這是個非常好的名字，」主任說：「現在去跑一跑吧，看看妳能不能找到別的小男孩跟妳玩。」

這孩子蹦蹦跳跳地衝進灌木叢裡，消失在眾人視線之外。

「真是絕妙的小東西！」主任注視著她的背影說道。然後，他轉向他的學生：「我現在要告訴你們的話，」他說。「聽起來可能很不可思議。但話說回來，要是你們不熟悉歷史，大多數關於過去的事實**確實**聽起來很不可思議。」

他說出了驚人的事實。在吾主福特的時代之前，有很長一段時間，甚至在隨後的好幾個世代裡，孩童之間的情色遊戲被認為是不正常的（這時響起一陣爆笑）；而且不只是不正常，其實還是不道德的（不會吧！）：所以受到嚴格的壓制。

震驚到不敢相信的表情，出現在他的聽眾臉上。可憐的小朋友不准讓自己樂一樂嗎？他們無法置信。

「就連青少年，」制約中心主任說道：「就連像你們這樣的青少年……」

「不可能吧！」

「禁止任何偷偷摸摸的自慰跟同性戀——什麼都完全不准。」

「**什麼都不准？**」

「在大多數狀況下，一直禁止到他們超過二十歲為止。」

「二十歲？」學生們無法相信，一起大聲地複述一遍。

「二十歲，」主任重複一次。「我告訴過你們，你們會覺得這很不可思議。」

「但是發生什麼事啦？」他們問道：「結果是什麼？」

「結果很恐怖。」一個低沉有磁性的聲音，出乎意料地切入了對話。

他們環顧四周。在小團體邊緣站著一個陌生人——一個中等高度的人，一頭黑髮，鷹勾鼻，豐滿的紅脣，黑色眼珠有著非常犀利的眼神。「很恐怖。」他又說了一遍。

在那一刻，制約中心主任已經在散布於花園各處、方便大家使用的其中一張鋼膠混製凳上坐下了；但他一看到這個陌生人，就跳起身衝上前去，他的手伸了出來，齜牙咧嘴地笑著，顯得熱情無比。

「管制官！真是意想不到的榮幸！孩子們，你們在想什麼啊？這位就是管制官；就是管制官閣下本人，慕斯塔法·蒙德。」

在中心的四千個房間裡，有四千個電子鐘同時敲了四點。沒有形體的聲音從喇叭構成的嘴裡喊出來。

「大日班下班。小日班上班。大日班下班……」

在電梯裡，他們要往上進入更衣室的時候，亨利·佛斯特與社會功能預定室的助理主任，相當刻意地背對著來自心理部的伯納德·馬克斯：讓自己避開那種名聲不好的人。

機器微弱的嗡嗡與喀答響聲，仍然振動著胚胎儲存室深紅色的空氣。輪班人員可能會來來去去，一張狼瘡臉蛋換成另一張狼瘡臉蛋；輸送帶卻崇高而永恆地裝著未來的男男女女，緩緩往前爬。

列寧娜·克勞恩輕快地走向門口。

慕斯塔法·蒙德閣下本人！這些向他致敬的學生們，眼睛幾乎從腦袋裡跳出來了。慕斯塔法·蒙德！西歐的現任管制官！十位世界管制官之一。十位之一……而他跟主任一起坐在長椅上，他要留下來，沒錯，要留下來，而且實際對他們開口說話……直接從老前輩口中聽取經驗談。就像直接從福特本人口中。

兩個蝦棕色皮膚的孩子從附近的矮灌木叢裡冒出來，用驚異的大眼睛看了他們一會兒，然後又回到他們在樹葉之間玩的遊戲中。

「你們全都記得，」管制官用他強勁低沉的聲音說道：「我想你們全都記得，吾主福特說過這句美麗而激勵人心的話：歷史是騙人空話。歷史，」他緩慢地重複一次：「是騙人空話。」

他揮了揮手；就好像他用了一根看不見的羽毛撢子一揮，就掃開一點灰塵，而這灰塵就是哈拉帕④，就是迦勒底人的烏爾⑤；也掃去一些蜘蛛網，這些蜘蛛網是底比斯人、巴比倫、克羅諾斯與邁席尼。揮啊揮——奧德修斯何在，約伯何在，朱比特、佛陀與耶穌基督何在？再一揮——那些稱為雅典與羅馬，耶路撒冷與中世紀王國的點點遠古泥濘——全都不見了。又一揮——義大利曾經存在的那個地方空了。再一揮——大教堂不見了；揮啊揮，李爾王與巴斯卡的思想不見了。又一揮，熱情不再；再一揮，安魂曲消失了；又一揮，交響曲不見了；再一揮……

「今天晚上要去看感覺電影嗎，亨利？」助理主任問道。「我聽說在阿罕布拉有部第一流的新片。有段在熊皮上的愛情戲；他們說好得不得了。熊的每根毛都複製出來了。最驚人的觸覺效果。」

「那就是為什麼你們沒學過任何歷史，」管制官說道：「但現在時候到了……」

制約中心主任緊張地注視著他。有些奇怪的謠言說，管制官書房的保險櫃裡藏著種種古老的禁書。聖經、詩篇——只有福特才知道是什麼。

慕斯塔法．蒙德截住他焦慮的一瞥，他紅潤的嘴唇角落諷刺地抽動了一下。

「沒關係的，主任，」他用帶有輕微嘲諷的語調說道：「我不會腐化他們。」

制約中心主任滿心迷惑。

那些自覺被鄙視的人，很擅長露出一臉鄙視的表情。伯納德．馬克斯滿臉輕蔑的微笑。還真的是熊身上的每根毛呢！

「我肯定會特別安排時間去。」亨利．佛斯特說。

慕斯塔法．蒙德身體往前傾，對著他們搖晃一根手指。「只要試著去了解，」他說道，他的聲音送出一種古怪的興奮，顫動著直傳到他們的橫隔膜。「去了解有個胎生母親是什麼感覺。」

又是那個淫穢的字眼。但這一回，他們之中沒有一個人膽敢微笑。

「試著想像『跟家人住在一起』是什麼意思。」

他們嘗試了；但顯然一點都不成功。

「你們知道什麼是『家』嗎？」

④位於今日巴基斯坦旁遮普省的文明古城。
⑤美索不達米亞平原的文明古城。

他們搖搖頭。

從她幽暗的深紅地窖裡，列寧娜·克勞恩直衝上十七層樓，在她踏出電梯後轉向右邊，沿著一條長長的走廊走去，然後打開一個標示著「女子更衣室」的門，衝進一陣震耳欲聾、由手臂胸脯與內衣構成的混亂之中。激流般的熱水湧進或者灑入一百個浴缸。轟轟作響、嘶嘶噴氣，八十台震波真空按摩機，同時揉捏吸吮著八十個身體堅實、曬飽了陽光的絕美女性典型肉體。每個人都用最高亢的音量說話。一台合成音樂機正在播送著超高音短號的獨奏。

「哈囉，芬妮。」列寧娜對著使用她隔壁衣架跟置物櫃的年輕女子說道。

芬妮在裝瓶室工作，她的姓氏也是克勞恩。不過在這個有二十億居民的星球上只有一萬個姓氏，這種巧合並不特別讓人感到訝異。

列寧娜把她的拉鏈往下拉——往下拉開外套拉鏈，再雙手並用拉下扣住褲子的那兩個地方，然後再往下鬆開她的內衣。她仍然穿著鞋子跟絲襪，就朝著浴室走去。

家，家——幾間小房間，居民過多而悶得要命，住了一個男人、一個週期性生產的女人、一群各種年齡亂湊一通的男孩女孩。沒有空氣，沒有空間；儼然是一間不衛生的監獄；黑暗、疾病與臭味。

（管制官喚起的印象太過鮮明，其中一個比別人都敏感的男孩光聽描述就臉色慘白，差點就要吐出來。）

列寧娜走出淋浴室，把自己擦乾，拿了一條插進牆壁裡的彈性長管，把管口朝向她胸前，就像打算自殺的樣子，然後壓下了開關。一陣溫暖的氣流噴了她一身最細滑的滑石粉。八種不同香水與古龍水，放在洗手盆上的小水龍頭裡。她打開左邊數來第三個，替自己沾了點西普香水，然後用手拿著她的鞋襪，到外面去看看有沒有空的震動真空按摩機可以用。

家在心理上跟生理上都是一樣骯髒。心理上，那是個兔子窩，一個垃圾箱，因為緊密擁擠的生活摩擦而發熱，充滿情緒的臭氣。多麼讓人窒息的親密，家庭成員之間的關係多麼危險、不健全、猥褻！母親瘋狂地哺育她的孩子（**她的**孩子）……哺育他們，就像是貓照顧幼貓；不過是一隻會說話的貓，一隻能不斷重複「我的寶寶，我的寶寶」的貓。「我的寶寶，喔喔，在我胸口，那些小手，那股飢餓，那種難以言表又讓人苦惱的喜悅！直到最後我的寶寶睡著為止，我的寶寶睡了，他的嘴角有白色乳汁的泡沫。我的小寶寶睡了……」

「對，」慕斯塔法．蒙德點點頭說道：「你們很可能會打起冷顫。」

「妳今晚要跟誰出去？」列寧娜問道，她從震動真空按摩機那裡回來了，就像是一顆從裡到外光彩煥發的珍珠，閃爍著粉紅色的光芒。

「不跟任何人。」

列寧娜震驚地揚起眉毛。

「我最近覺得不太對勁，」芬妮解釋道：「威爾斯醫生建議我做一次懷孕替代治療。」

「可是親愛的，妳才十九歲。在二十一歲以前，沒有義務做第一次懷孕替代治療。」

「親愛的，我知道。但是有些人早點開始會比較好。威爾斯醫生告訴我，紅髮女生有比較寬的骨盆，就像我一樣，應該在十七歲做她們第一次的懷孕替代治療。所以我其實是晚了兩年，不是早了兩年。」她打開她那個置物櫃的門，然後指向上層架子上的一排排盒子以及有標籤的小藥瓶。

「黃體素糖漿，」列寧娜把藥名大聲讀出來。「卵巢素，保證新鮮：吾主福特後六三二年八月一日後請勿使用。乳腺素：一天三次，飯前配一點水服用。胎盤素：每隔兩天靜脈注射五西西……噢！」列寧娜打了個冷顫。「我超討厭靜脈注射，妳不討厭嗎？」

「討厭啊。但如果這樣做對人有好處的話……」芬妮是個特別明智的女孩。

吾主福特——或者吾主佛洛伊德，因為某種無法參透的理由，在他談到精神醫學方面的事情時，他選擇如此自稱——吾主佛洛伊德是揭露出家庭生活驚人危險性的第一人。世界上充滿了父親——所以也充滿了慘事；充滿了母親——所以有了從性虐待到禁慾在內的每一種變態行為；充滿了兄弟姐妹叔伯阿姨姑姑——所以充滿了瘋狂與自殺。

「然而，在薩摩亞的野人之間，在新幾內亞海岸外的某些小島上……」熱帶陽光像是溫暖的蜂蜜，塗在木槿花叢間翻滾雜交的孩童軀體上。家就是用棕櫚搭成的二十間房子裡的任何一間。在特羅布里恩群島，受孕是祖靈的傑作；沒人聽說過什麼父親。

「兩個極端，」管制官說道：「相會了。它們很有理由相會。」

「威爾斯醫生說，現在做三個月的懷孕替代治療會讓我未來三四年的健康狀況煥然一新。」

「喔，我希望他是對的，」列寧娜說。「可是芬妮，妳的意思真的是接下來三個月妳都不打算……」

「噢不，親愛的。只有一兩個星期，就這樣。我會在俱樂部玩音樂橋牌度過夜晚。我想妳會出門囉？」

列寧娜點點頭。

「跟誰出去？」

「亨利·佛斯特。」

「又跟他？」芬妮仁慈、酷似月亮的臉上出現一個不相稱的表情：心痛加上不贊成的驚異。「妳真的是在跟我說，妳還要跟亨利·佛斯特出去？」

母親與父親，兄弟與姐妹。但也有丈夫、妻子、愛人。還有一夫一妻制與浪漫愛。

「不過你們可能不知道那些是什麼東西，」慕斯塔法．蒙德說道。

他們搖搖頭。

家庭、一夫一妻制、浪漫愛。處處都有排他性，宣洩衝動與精力的管道狹窄。

「但人人都屬於別人。」他作了結論，引用了睡眠教學裡的諺語。

這些學生點點頭，強力同意這句在黑暗中重複六萬兩千次以上而得到他們接納的話，他們不只是把這當成真理，還把它當成公理一般，不證自明，完全無可辯駁。

「但說到底，」列寧娜在抗議：「從我跟亨利在一起以來，才過了大概四個月啊。」

「才過了四個月！我喜歡這個說法。還有更嚴重的呢，」芬妮指控似地伸出手指，繼續說道：「這整段時間裡除了亨利就沒別人了。有嗎？」

列寧娜羞紅了臉；但她的眼睛和她的聲調還是桀驁不馴。「不，沒有別人，」她幾乎是想吵架似地回答。「而且我就是看不出來為什麼應該有別人。」

「喔，她就是看不出來為什麼應該有別人。」芬妮重複了一遍，就好像列寧娜左後方有個隱形聽眾。然後，她突然換了個語氣：「可是說真的，」她說：「我真心認為妳應該小心。跟一個男人像這樣沒完沒了，真的是非常糟糕的狀況。在四十歲或三十五歲的時候，這樣還不會太糟。可是**妳**

才幾歲啊，列寧娜！不，真的行不通的。而且妳知道制約中心多麼強烈反對任何熱切或長期的關係。四個月都跟亨利・佛斯特，沒有其他男人——天啊，要是他知道會有多憤怒……」

「想一想水管裡承受壓力的水吧。」他們想像著。「我戳一下，」管制官說：「噴射得多激烈！」

他戳了二十下。有二十道撒尿似的小噴泉。

「我的寶寶。我的寶寶……！」

「母親！」瘋狂是傳染性的。

「我的愛，我唯一的一個，寶貴的，寶貴的……」

母親，一夫一妻制，浪漫愛。噴泉高高噴起；強烈且冒著泡沫的狂野噴射。這種衝勁只有單一出口。我的愛，我的寶寶。無怪乎可憐的前現代人瘋狂、邪惡又悲慘。他們的世界不容他們把事情看得輕鬆點，也不容他們神智正常、正直又快樂。怎麼處理母親與愛人，怎麼處理他們沒受到制約但要遵從的禁制，怎麼處理誘惑與寂寞的悔恨，怎麼處理所有的疾病與無窮的孤立痛楚，怎麼處理不確定感與貧窮——他們被迫有強烈的感受。且若有強烈的感受（更有甚者，還處於強烈的孤獨，置身於毫無希望的個人孤絕中），他們怎麼可能保持穩定？

「當然不需要放棄他。偶爾跟別人在一起，就這樣。他有別的女孩，不是嗎？」

列寧娜承認如此。

「他當然有。我相信亨利．佛斯特是完美的紳士——永遠正確。而且還要考慮主任。妳知道他有多頑固……」

點點頭。「今天下午他拍了我的屁股。」列寧娜說。

「看吧，妳看吧！」芬妮得意洋洋。「那顯示出他代表什麼。最嚴格的恪遵常規。」

「穩定性，」管制官說：「穩定性。少了社會穩定性就沒有文明。少了個人穩定性就沒有社會穩定性。」他的聲音有如響起的喇叭。他們聽著聽著，覺得自己更大、更溫暖。

機器轉啊轉的，而且一定得繼續轉下去——永永遠遠。如果它停滯不動，就是死亡。十億人在地殼上亂爬。輪子開始轉動。一百五十年後，有了二十億人。停止所有的輪子。一百五十個星期後，再度只剩下十億人；十億的男男女女已經飢餓而死。

輪子必須穩健地轉動，卻不能不加照顧地讓它轉。一定要有人照顧輪子，就像輪子在輪軸上那樣穩定的人，精神健全的人，順從的人，穩定而滿足的人。

哭喊：我的寶寶，我的母親，我的唯一、唯一的愛；呻吟：我的罪惡，我恐怖的神；在痛楚中尖叫，在高燒中嘟囔，哀嘆著老年與貧困——他們怎麼能夠照料輪子？而要是他們不能照料輪子……成千上萬男男女女的屍身會很難埋葬或火化。

「而且說到底，」芬妮的語氣連哄帶勸：「又不是說除了亨利以外，再有一兩個男人會是痛苦或不愉快的事。既然妳**應該**多雜交一點……」

「穩定性，」管制官堅持：「穩定性。最原初也最終極的需要。穩定性。所以才有這一切。」他一揮手，指向花園、制約中心巨大的建築物、偷偷躲在灌木叢裡或奔過草坪的赤裸兒童。

列寧娜搖搖頭。「不知怎麼回事，」她若有所思地說道：「我最近不怎麼熱衷於雜交。有些時候一個人就是不想。芬妮，妳不是也發現了嗎？」

芬妮點點頭表示同情與理解。「不過一個人總得去努力，」她簡潔有力地說：「一個人總得下場玩遊戲。畢竟人人都屬於別人。」

「對，人人都屬於別人，」列寧娜緩緩地複述，然後嘆了口氣，沉默了一陣；接著她握住芬妮的手，輕輕捏了一下。「妳說得很對，芬妮。就跟平常一樣。我會努力的。」

壓抑的衝動滿溢而出，這是感受的洪流，是熱情的洪流，甚至是瘋狂的洪流：它仰賴的是潮流的力量，還有藩籬的高度與強度。未受制止的溪流則順利地流入指定的渠道，進入一種冷靜的幸福狀態。胚胎飢餓了；日復一日，人造血液毫無止息地每一分鐘循環八百回。脫瓶的嬰兒哭嚎了；一位護士立刻出現，拿來一瓶外部的分泌液體。感覺潛伏在慾望與滿足慾望之間的間隔之中。縮短那個間隔，瓦解所有不必要的舊日藩籬。

「你們這些幸運的男孩！」管制官說。「大家不辭辛勞，讓你們的生活在情緒上很輕鬆——只要有可能，就讓你們徹底免於擁有情緒。」

「福特在他的福利佛⑥裡，」制約中心主任喃喃說道。「世界上一切美好。」

「列寧娜・克勞恩？」亨利・佛斯特說道，他一邊拉起褲子拉鏈，一邊回答助理主任的問題。「喔，她是個很耀眼的女孩。身材凹凸有致。我很驚訝你還沒擁有過她。」

「我想不出為什麼我還沒有，」助理主任說道。「我肯定會的。一有機會就去。」

站在更衣室走道對面的伯納德・馬克斯不小心聽到他們說的話，臉色都發白了。

「而且說實話，」列寧娜說：「每天除了亨利沒別人，我開始覺得有那麼一點點無趣了。」她套上她左腳的絲襪。「妳認識伯納德・馬克斯嗎？」她用顯然是裝出來的過度隨興語調問道。

芬妮看起來很震驚。「妳該不會是說……？」

「為什麼不？伯納德是正阿爾法。此外，他邀我跟他去其中一個野人保留區。我總是想去看看一個野人保留區。」

「可是他的名聲呢？」

「我幹麼在意他的名聲？」

「他們說他不喜歡打障礙高爾夫。」

「他們說，他們說。」列寧娜揶揄道。

「而且他把大部分時間都花在自己身上——**獨自一人**。」芬妮聲音裡有著驚恐。

「唔，他跟我在一起的時候就不會是一個人了。而且無論如何，大家為什麼對他那麼壞？我想他人滿好的。」她暗自微笑；他害羞到多荒謬的地步啊！嚇成那樣，幾乎像是——她是一個世界管制官，而他是個負伽瑪機器看守人員。

「考量你們自己的人生，」慕斯塔法・蒙德說。「你們之中可有任何人曾經碰到過無法克服的障礙？」

這個問題得到的答覆是一陣否定的沉默。

「你們有任何人曾經被迫在意識到慾望之後，經歷很長一段時間的間隔才得到滿足嗎？」

「唔。」其中一個男孩想說話，但他遲疑了。

⑥ flivver 在二十世紀初的美國俚語裡指的是跑起來不太順的小車（尤其是小、便宜而老舊的車），但亨利・福特曾經企圖推出像他的T型車一樣普及的輕型飛機，稱為 Ford Flivver，計畫卻不成功，只做了五台原型機就因為發生致命意外，而在一九二八年結束計畫。

「說出來吧，」制約中心主任說：「別讓閣下等候。」

「我有一次幾乎等了四個星期，某個我想要的女孩才讓我擁有她。」

「而最後你感覺到強烈的情緒？」

「恐怖極了！」

「恐怖；正是如此，」管制官說道：「我們的祖先實在太愚蠢短視，在第一批改革者出現，並且提議要把他們從那些恐怖情緒裡救出來的時候，他們不願跟這些改革者有任何瓜葛。」

「講到她就像講到一塊肉一樣。」伯納德咬著牙。「擁有她啊，擁有她啊。就像小羊肉。把她貶低到像是一塊羊肉。她說她會考慮考慮，她說她這個星期會給我答覆。喔，福特、福特、福特啊。」他很想走向他們，揍他們的臉——很用力，一拳接著一拳。

「對，我已經建議過你試試看她了，」亨利．佛斯特正好說道。

「就談體外人工生殖吧。普飛茲納與河口氏已經把整套技術開發完成了。但政府有看上一眼嗎？沒有。有種叫做基督教的東西。女人被迫繼續胎生。」

「他醜死了！」芬妮說。

「可是我還滿喜歡他的長相。」

「而且又那麼矮小。」芬妮臉一皺；矮小是這麼恐怖，通常屬於低階的人。

「我想那還滿可愛的，」列寧娜說。「讓人想要撫摸他。妳懂的，就像一隻貓。」

芬妮很震驚。「他們說在他還裝在瓶子裡的時候，有人犯了個錯——認為他是個伽瑪，把酒精加到他的人造血液裡去了。這就是為什麼他這麼矮小。」

「什麼鬼話啊！」列寧娜義憤填膺。

「睡眠教學實際上在英國被禁止了。有種叫做自由主義的東西。議會——如果你們知道那是什麼東西——通過一條禁止它的法律。那些紀錄還在。一些關於主體自由的演講。沒有效率、過著悲慘生活的自由。一個圓形釘子卻插在方孔裡的自由。」

「可是，親愛的夥伴，歡迎你，我向你保證。歡迎你。」

亨利．佛斯特拍拍助理主任的肩膀。

「畢竟人人都屬於別人。」

一週有三個晚上重複一百次，伯納德．馬克斯想著，他是睡眠教學專家。六萬兩千四百次重複，讓一句話變成真理。那些白癡！

「或者階級體系。一直建議，一直被拒。有某種叫做民主的東西。就好像人類不只是等於生理化學而已。」

「唔，我能說的就只是我會接受他的邀請。」

伯納德恨他們，恨死他們了。但他們有兩個人，他們很高大，很強壯。

「九年戰爭始於吾主福特後一四一年。」

「就算他的人造血液裡**真的**有酒精也沒關係。」

「光氣、三氯硝基甲烷、碘乙酸乙脂、二苯氰腈、三氯甲苯、氯甲酸鹽、芥子毒氣。更不要提氰化氫了⑦。」

「而且我根本不相信那種說法。」列寧娜作了結論。

「一萬四千架飛機的噪音以疏散隊形逼近。但是在選帝侯大街⑧與巴黎第八區，炭疽彈的爆炸聲幾乎不比打破紙袋的聲音來得響。」

「因為我**真的**想看看野人保留區。」

$Ch_3C_6H_2(N0_2)_3+Hg(CNO)_2$ 等於什麼呢？地面上的一個超級大洞，一堆石頭材料，一些肉跟體液，一隻腳，上面還穿著鞋子，飛過空中然後著地，噗的一聲，落在天竺葵之間——在紅色的花中間；那年夏天的表演多麼精彩！

「妳沒救了，列寧娜。我放棄妳了。」

「俄國人汙染水源的技術特別巧妙。」

背對著背，芬妮與列寧娜默默地繼續換裝。

---

⑦ 以上全都是化學武器。
⑧ 德國柏林最著名的大道。

「九年戰爭，經濟大崩潰。有個選擇，介於世界控制體系與毀滅之間。介於穩定與……」

「芬妮·克勞恩也是個好女孩。」助理主任說。

在育嬰室裡，初級階級意識課程結束了，聲音正在改造將來對未來工業供應的需求。「我真的好愛飛行，」他們耳語著：「我真的好愛飛行。我真的好愛買些新衣服，我真的好愛……」

「自由主義，當然了，死於炭疽熱，不過你還是無法靠暴力做事。」

「一點都不像列寧娜那樣豐滿。喔，差遠了。」

「但舊衣服醜死了，」那不知疲倦的耳語繼續說道：「我們總是把舊衣服丟掉。不補勝過縫補，不補勝過縫補，不補勝過……」

「政府的問題在於坐在哪裡，不是打擊哪裡。你用腦袋跟屁股治國，永遠不是靠拳頭。舉例來說，曾經有過所謂的消費徵召活動。」

「好啦，我準備好了，」列寧娜說道，但芬妮還是不說話避著她。「我們講和吧，親愛的芬妮。」

「每個男人、女人跟小孩一年都不得不做這麼多消費。為了工業的利益。唯一的結果……」

「不補勝過縫補。補越多針，越少財富；補越多針……」

「總有一天，」芬妮陰鬱地強調：「妳會惹上麻煩的。」

「極大規模的良心抗議。什麼都別消費。回歸自然。」

「我真的好愛飛行。我真的好愛飛行。」

「回歸文化。對，真的回歸文化。如果你靜靜坐著讀書，不可能有多少消費。」

「我看起來沒問題吧？」列寧娜問道。她的外套是用酒瓶綠醋酸纖維布加上綠色黏膠纖維皮毛做成的；皮毛點綴在袖口跟領口。

「八百個簡單生活奉行者在勾德斯葛林被機關槍撂倒。」

「不補勝過縫補，不補勝過縫補。」

綠色燈芯絨短褲跟白色醋酸纖維混織羊毛襪，從膝蓋處往下翻。

「繼而是著名的大英博物館大屠殺。兩千個文化迷被芥子氣毒殺。」

綠色配白色的騎師帽替列寧娜的眼睛遮蔭；她的鞋子是亮綠色，擦得極其晶亮。

「到最後，」慕斯塔法．蒙德說：「管制官們領悟到武力並不好。緩慢但可靠無數倍的方法是體外人工生殖、新帕夫洛夫制約與睡眠教學法……」

而她腰際圍著一條鑲銀的綠色摩洛哥人造皮藥劑皮帶，因正規的避孕劑備用品而鼓起（列寧娜並不是無生殖能力者）。

「普菲茲納與河口氏的發現是最後才終於應用的。反對胎生生殖的強烈宣傳攻勢……」

「十全十美！」芬妮熱烈地喊道。她永遠無法長久抗拒列寧娜的魅力。「而且那條馬爾薩斯皮帶[9]實在太可愛了！」

「同時伴隨著抗拒『過去』的運動；伴隨著博物館的關閉，歷史紀念物的炸毀（幸運的是，大部分歷史紀念建築在九年戰爭時就已經毀掉了）；伴隨著禁止吾主福特後一五〇年以前出版的所有書籍。」

「我一定得弄到一條像那樣的皮帶。」芬妮說道。

「舉例來說，有些叫做金字塔的東西。」

「我舊的那條黑色漆皮藥劑皮帶……」

⑨ 這種皮帶的名字來自英國人口與經濟學家馬爾薩斯（Thomas Robert Malthus），因為其主要用途在於控制生育（裝避孕用品）。

「還有個叫做莎士比亞的男人。當然，你們從沒聽過他們之中的任何一個。」

「我那條藥劑皮帶——完全不像樣。」

「這就是真正科學教育的好處。」

「補越多針，越少財富；補越多針，越少……」

「吾主福特引進第一部T型車……」

「那條皮帶我已經擁有三個月了。」

「那天被選為新紀元的創始日。」

「不補勝過縫補；不補勝過縫補……」

「還有個東西，我先前說過的，稱為基督教。」

「不補勝過縫補；不補勝過縫補……」

「消費不足的倫理與哲學……」

「我愛新衣服，我愛新衣服，我愛……」

「在生產不足的年代如此重要；但在一個機器與氮氣穩定的時代——肯定是反社會的罪行。」

「那是亨利·佛斯特給我的。」

「所有十字架頂端都被砍掉了，變成了T字形。還有一種叫做神的東西。」

「那是真正的摩洛哥人造皮。」

「我們現在有世界邦了。還有福特日慶祝活動，還有社群歌唱大會，與團結禮拜。」

「福特啊，我多恨他們！」伯納德・馬克斯心想。

「還有一種叫做天堂的東西；但他們還是習慣喝大量的酒。」

「像肉一樣，就像很多很多的肉。」

「還有叫做靈魂的東西，跟叫做不朽的東西。」

「請一定要問亨利從哪弄到的。」

「可是他們習慣使用嗎啡跟古柯鹼。」

「更糟的是，她也把自己想成一塊肉。」

「兩千個藥理學家跟生化學家在吾主福特後一七八年獲得津貼補助。」

「他看起來確實陰沉沉的。」助理主任一邊說，一邊指著伯納德．馬克斯。

「六年後，『它』就正式量產了。完美的藥物。」

「咱們來逗他一下。」

「有欣快感、具麻醉性、帶來愉快的幻覺。」

「悶悶不樂啊，馬克斯，悶悶不樂。」肩膀上的一拍讓他一驚，抬頭張望。是那個粗人亨利．佛斯特。「你需要的是一公克索麻。」

「具備基督宗教與酒精的所有好處；沒有它們的任何缺點。」

「福特，我真想宰了他！」但他就只是說：「不用，謝謝你。」然後擋開對方送過來的一管藥片。

「只要你想，就度個假脫離現實，回來的時候連個頭痛或者神話的概念都不會有。」

「吃吧，」亨利．佛斯特堅持：「吃吧。」

「穩定在實質上獲得保證。」

「一立方公分治癒十種陰鬱情緒。」助理主任引述了一段大家耳熟能詳的睡眠教學智慧。

「只剩下老年要克服。」

「你該死，該死！」伯納德．馬克斯吼道。

「哎呀哎呀。」

「性腺荷爾蒙、輸送年輕的血液、鎂鹽……」

「還有請記住，一索麻勝過一聲咒罵。」他們大笑著走出去。

「所有老年在生理上的恥辱痕跡都被廢除了。當然了，跟著廢除的……」

「別忘記問他那個馬爾薩斯皮帶的事情。」芬妮說。

「跟著廢除的還有所有老人家的心理特異性。性格會在整個人生裡維持不變。」

「……天黑前還要打兩輪障礙高爾夫。我一定得快了。」

「工作，玩耍——在六十歲，我們的能力與品味跟我們在十七歲時一樣。在過去那些壞日子裡，老人習慣放棄、退休、皈依宗教、把他們的時間花在閱讀跟思考上——**思考**！」

「白癡，豬玀！」伯納德．馬克斯沿著走廊走進電梯的時候，這樣自言自語。

「現在——進步就是這樣——老年人工作，老年人交媾，老年人沒有時間，忙著享樂，沒有一刻是坐下來思考的——或者要是因為某種不幸的機緣，在他們扎實的餘興活動中，出現了這樣的時間空隙，總是有索麻，甜美的索麻，半公克就是半天假日，一公克就是一個週末，兩公克就是一趟美麗東方之旅，三公克則是月球上黑暗的永恆；從那些地方回來的時候，他們發現自己在時間空隙的另一方，安安全全地在日常勞動與娛樂的堅實土地上，從一場感覺電影趕到另一場感覺電影，從一個漂亮女孩趕到另一個漂亮女孩身邊，從電磁高爾夫球道趕到……」

「走開，小女孩，」制約中心主任怒吼道：「走開，小男孩！你們看不出閣下很忙嗎？去別處玩你們的情色遊戲。」

「可憐的小孩子。」管制官說道。

緩慢而威嚴，隨著機器輕微的嗡嗡聲，輸送帶往前進，每小時三十三公分。在紅色的黑暗中，無數個紅寶石閃耀著。

第四章

第一節

電梯裡擠滿從阿爾法更衣室走出來的男人，列寧娜一走進去，就有許多人友善地點頭微笑迎接她。她是很受歡迎的女孩子，而且幾乎跟他們每個人都曾經在某個時候共度一夜。

在她回應他們的招呼時，她心想，他們真是可愛的男孩，迷人的男孩！但她還是很希望喬治·愛德索的耳朵沒那麼大（或許他在第三百二十八公尺處得到的副甲狀腺素稍多了些？）。而注視著班尼托·胡佛，讓她忍不住想起他脫掉衣服的時候，毛真的太多了。

她轉過身去，眼神因為想起班尼托黑壓壓的捲毛而變得有點悲傷，卻看到了角落裡那具瘦削的小小身體，以及伯納德·馬克斯陰鬱的臉孔。

「伯納德！」她走向他。「我本來在找你呢。」她的聲音清亮地壓過上升電梯的低沉嗡嗡聲響。其他人好奇地回顧。「我想跟你談談我們的新墨西哥旅遊計畫。」從她眼角的餘光，她可以看到班尼托．胡佛驚訝得張口結舌。那張大的嘴惹惱了她。「他很驚訝我居然沒央求再跟他去一次！」她對自己說道。然後，她放大了音量，口氣比過去都來得熱切：「七月的時候我真的很想跟你去一個星期，」她繼續說道。（無論如何，她正在公然證明她對亨利不忠誠。芬妮該要高興了，雖然對象是伯納德。）「這個意思是，」列寧娜露出她最意味深長的誘人笑容說道：「如果你還想要擁有我的話。」

伯納德蒼白的臉漲紅了。「為什麼要這樣反應？」她疑惑地想著，震驚極了，但他用如此怪異的方式讚美她的魅力，讓她非常感動。

「我們是不是最好在別處討論這件事？」他結巴了，看起來不自在得可怕。

「就好像我說了什麼驚人的事一樣，」列寧娜想道。「如果我講了個下流笑話——問他的母親是誰，或者諸如此類的話——他都不可能比現在更不安了。」

「我是說，這裡有這麼多人……」他混亂得說不出話來。

列寧娜的笑聲很坦誠，完全沒有惡意。「你真有趣！」她說道；而她相當真心地認為他很有趣。「你至少會提前一星期告訴我，不是嗎，」她用另一種語調說道。「我想我們會搭藍太平洋火箭？那是從查令T字塔出發的嗎？還是從漢普斯德？」

在伯納德能回答以前，電梯就停下來了。

「屋頂！」一個像機器嘎吱作響似的人聲響起。

電梯操作員是個人猿般的小個子，穿著負艾普西隆半低能兒穿的黑色束腰袍子。

「屋頂！」

他用力打開電梯門。午後陽光溫暖的光芒讓他一驚，眨了眨眼睛。「喔，屋頂！」他用狂喜的聲音重複唸道。他就像是突然間滿懷喜悅，從消滅一切的黑暗麻木狀態中醒來。「屋頂！」

他帶著一種小狗般充滿期待的愛慕之情，對著電梯裡那些乘客的臉孔露出微笑。他們一起聊天談笑，往外踏進光線裡。電梯操作員目送著他們。

「屋頂？」他又說了一遍，這次帶著疑問。

然後一聲鈴響，電梯天花板上的一個擴音器開始非常輕柔卻也非常專橫地發出命令。

「電梯往下，」它說道：「電梯往下。十八樓。電梯往下，電梯往下。十八樓。電梯往下，電梯……」

電梯操作員甩上門，按了一個按鈕，立刻跌回電梯井裡黯淡單調的昏暗光線裡，回到他自己習慣的麻木幽暗之中。

屋頂上溫暖而明亮。夏天的午後在直升機經過的嗡嗡響聲中，讓人昏昏欲睡；看不見的火箭飛機，在頭頂上五六哩高處加速穿過明亮的天空時，發出了更為低沉的轟鳴聲，聽起來就像是對輕柔空氣的愛撫。伯納德．馬克斯深吸一口氣。他抬頭注視著天空，環顧著藍色的地平線，最後視線往下落到列寧娜臉上。

「這不是很美嗎？」他的聲音稍微有點顫抖。

她對著他微笑，表情裡有著最具同情心的理解。「對障礙高爾夫來說真是完美，」她喜不自禁地回答：「現在我得動作快了，伯納德。如果我讓亨利等，他會生氣的。要及時讓我知道出遊日期喔。」然後她揮揮手，跑著穿過寬廣平坦的屋頂，朝著停機棚去了。伯納德站著注視那雙白色絲襪逐漸遠去的輕快動作，曬黑的膝蓋活潑地彎曲又挺直，一次又一次，還有酒瓶綠夾克下面合身的燈芯絨短褲更輕柔些地翻動著。他的臉上有著痛楚的表情。

「要我就會說她很漂亮。」一個活潑歡樂的大嗓門，就從他背後說道。

伯納德嚇了一跳，轉身回顧。班尼托．胡佛圓胖的紅臉蛋，滿是笑容地低頭看他——笑容裡有著明顯的熱忱。班尼托的性情好到簡直是惡名昭彰的地步；其他人說，他可以完全不碰索麻就過完一輩子。讓其他人必須去度個假的惡意與壞脾氣從來不會沾染到他。對班尼托來說，現實永遠陽光普照。

「也很豐滿。多豐滿啊！」然後，他換了個語調：「可是，我說呀，」他繼續講道：「你看起來悶悶不樂！你需要的是一公克索麻。」

班尼托把手探進他褲子右邊口袋，拿出一個小藥瓶。「一立方公分治好十種陰鬱情緒……可是，我說啊！」

伯納德已經突然轉過身去迅速跑走了。

班尼托盯著他的背影。「那傢伙到底怎麼回事啊？」他納悶地想，然後搖搖頭，認定這可憐蟲的人造血液裡多放了酒精的故事，肯定是真的。「影響到他的大腦了，我想是這樣。」

他把索麻藥瓶收起來，然後拿出一包性荷爾蒙口香糖，塞了一條到腮幫子裡，一邊慢慢朝著停機棚走去，一邊沉思。

亨利．佛斯特已經將他的機器推出了停放的位置，在列寧娜抵達時，他已經坐在駕駛艙裡等待了。

在她爬進去坐在他旁邊的時候，「晚了四分鐘」就是他全部的評語。他啟動引擎，然後發動了直升機的垂直方向螺旋槳。機器立刻垂直升空。亨利踩了油門；水平推進螺旋槳的轟鳴聲尖銳地響起，從虎頭蜂的程度拔尖到像是黃蜂，又從黃蜂再變成蚊子叫；里程表顯示他們加快到幾乎是一分鐘兩公里了。倫敦在他們底下縮小了。在幾秒鐘內，巨大的四方形屋頂建築物不過是一片排成幾何圖案的蘑菇，從公園與花園形成的綠地中抽長出來。在莖幹單薄的蘑菇中間，有個長得比較高、比較纖細的菌類：查令T字塔朝著天空舉起一個閃亮的混凝土碟子。

龐大而肥厚的雲，就像身手絕佳的運動員模糊的軀幹般，懶洋洋地躺在他們頭上的藍天裡。其中一朵雲裡突然間落下一隻小小的緋紅色昆蟲，往下降的時候還嗡嗡作響。

「那是紅火箭，」亨利說：「剛從紐約來的。」他看著自己的手錶。「慢了七分鐘，」他補上一句，然後搖搖頭。「這些大西洋的空中服務啊——他們真是不準時到堪稱醜聞了。」

他的腳從油門上鬆開。垂直方向螺旋槳在頭上的嗡嗡聲，下跌了一又二分之一個八度音，聲音尖銳度從黃蜂、虎頭蜂再回到小蜜蜂，再到金龜子，最後是鍬形蟲。機器的上升衝力減緩了；一會兒後，他們就靜止不動地懸在空中。亨利推動一個控制桿，發出喀答一聲。他們面前的水平推進螺旋槳開始旋轉了，起初很緩慢，接著變得越來越快，到最後他們眼前有一陣環狀的霧。往水平方向加速的風發出更加尖銳的哨音吹過他們停留的位置。亨利眼睛直視著轉速計數器；在指針達到一千兩百的時候，他就把垂直螺旋槳的排檔放掉了。機器有足夠的前進衝力，能夠在這個平面上飛行。

透過地板上介於她兩腳之間的窗戶，列寧娜俯視下方。他們飛越了區隔中倫敦跟第一圈郊區衛星城鎮的六公里公共綠地。按透視法原則縮小的生物，像蛆似地爬滿那片綠地。如森林般的一座座離心球遊戲塔，在樹木之間閃爍著微光。靠近牧羊人叢林的地方，兩千個負貝塔混雙組合在玩黎曼曲面網球。兩排電扶梯壁球場沿著諾丁丘到威勒斯頓的主要幹道兩側分布。在伊靈體育館，有個德塔體操表演跟社群詩歌吟唱大會正在進行。

「卡其色是多麼醜陋的顏色啊。」列寧娜這麼評論，說出了她這個階級在睡眠教學法中習得的偏見。

豪斯洛感覺電影片廠的建築群占地七點五公頃。這批建築群附近有一批黑衣與卡其裝勞工大軍，忙著把西大道的路面再度變成玻璃狀。其中一個巨大的移動式坩堝龍頭被打開來。熔化的石頭被倒了出來，形成一道閃閃發亮的熾熱河流，流遍了路面，石棉壓路機來了又去；在包著絕緣物質的灑水車尾端，白雲般的蒸汽裊裊升起。

在布倫福，電視公司的工廠就像個小鎮。

「他們一定是在換班。」列寧娜說。

就像蚜蟲與螞蟻，穿著葉綠色服裝的伽瑪女孩、黑衣的半低能兒們大批擠在出入口附近，或者站著排隊要登上單軌電車。穿著深紫色衣服的負貝塔在人群中來來去去。主要建築屋頂因為直升機的起降而顯得熱絡。

「說真的，」列寧娜說：「我真高興我不是個伽瑪。」

十分鐘後他們就到了史托克波吉思，開始打他們第一輪的障礙高爾夫。

第二節

伯納德大部分時候目光都朝下瞥，要是視線湊巧落在一位同伴身上，就立刻偷偷避開，匆促地穿過了屋頂。他就像個被追趕的人，但他寧願別看到追捕他的敵人，免得他們看來竟比他原本想的更有敵意，又讓他自己覺得更有罪惡感、甚至更孤獨到無可救藥。

「那恐怖的班尼托・胡佛！」然而那個男人已經夠好心的了。在某方面來說，這種好心還讓事態更糟。那些充滿善意的人跟心懷惡意的人，舉止都是一個樣。就連列寧娜都讓他受苦。他記得那些羞怯得猶豫不決的幾個星期，在那些日子裡他注視著、渴望著、絕望地期待自己有勇氣開口約她。他敢面對受到輕蔑拒絕而蒙羞的風險嗎？但如果她說好，多麼讓人大喜過望！唔，現在她說好了，而他還是慘兮兮的——他覺得悲慘，是因為她竟然認為這是打障礙高爾夫的完美下午，竟然小跑步走開去跟亨利．佛斯特會合；他不想在大庭廣眾下討論他們最私密的事，竟然讓她覺得有趣。一言以蔽之，他覺得悲慘，是因為她的舉止就像任何一個健康高尚的英國女孩應有的舉止，而不是表現出別種不正常的、異乎尋常的樣子。

他打開他自己那個機棚的門，然後叫來一對閒著沒事的負德塔服務員，把他的直升機推到外面的屋頂上。停機棚的工作人員是同一批次的波坎諾夫斯基群組，這兩個男子是雙胞胎，一樣是矮小又醜陋的黑人。伯納德用尖銳且相當傲慢、甚至冒犯人的語調下命令，一個對自身優越性不太有自信的人，就會是這種口氣。對伯納德來說，跟下層階級的成員打交道永遠是最讓人痛苦的經驗。不管是為了什麼原因（現在的謠言——他的人造血液裡有酒精成分——或許很有可能為真，因為意外是會發生的），伯納德的身材幾乎沒比一般的伽瑪好多少。他比標準阿爾法矮了八公分，也相稱地苗條些。跟他的下層階級接觸，總是讓他心痛地想起自己身體上的不足。「我就是我，而真希望我不是我」；他的自覺很尖銳又充滿壓力。每次他發現自己平視著一個德塔的臉，而不是俯視著對方的時候，他就覺得被羞辱了。這個傢伙會因為他的階級而尊敬地對待他嗎？這個問題在他心中縈繞不去。這不是毫無理由的。因為伽瑪、德塔與艾普西隆，在某種程度上被制約成把實質體積跟社會優越性聯想在一起。的確，偏愛較佳身材尺寸的微弱睡眠教學偏見，是全面性的。所以他提出邀約的那些女人會發笑，跟他同階級的男人會對他惡作劇。嘲弄讓他覺得像個局外人；既然感覺像個局外人，他的舉止也像局外人，這又加強了針對他的偏見，激化了他的身體缺陷所引起的輕蔑與敵意。這又接著增加了他的疏離孤獨感。一種唯恐被輕視的長期恐懼，讓他避開他的同儕，讓他在牽涉到下層階級的時候，很有意識地堅持他的尊嚴。他多麼苦澀地嫉妒著亨利・佛斯特跟班尼托・胡佛那樣的男人啊！永遠不必對艾普西隆大吼，就可以讓命令得到遵從的男人；把他們的地位視為理所當然的男人；在階級體系中如魚得水的男人——這樣徹底安逸自在，甚至沒有自覺，或者察覺不到自己的存在中有這樣有益而舒適的元素。

在他看來，那對雙胞胎服務員是懶散而不情願地推著他的直升機到外面的屋頂上。

「快一點！」伯納德不耐煩地說道。其中一個人瞥了他一眼。他從那雙茫然的灰眼裡偵測到的，是一種野蠻的嘲弄嗎？「快一點！」他喊得更大聲了，而且他的聲音裡有種醜陋的刺耳聲響。

一分鐘後他爬進直升機裡，飛向南方，朝著河流而去。

各種宣傳局與情緒工程學院，是坐落在艦隊街的同一棟六十層樓建築物裡。在地下室與較低的樓層是一些媒體與三家倫敦大報的辦公室——《鐘點廣播報》，一份上層階級的報紙，還有淡綠色的《伽瑪公報》，以及印在卡其色紙張上，完全用單音節字眼撰文的《德塔鏡報》。再來是電視宣傳局、感覺電影宣傳局，還有合成人聲與音樂宣傳局——他們占了二十二層樓。再往上是研究實驗室，還有隔音室，聲軌腳本家與合成樂作曲家在那裡進行他們細密的工作。最上面的十八層樓由情緒工程學院占用。

伯納德降落在宣傳大樓屋頂，然後走了出去。

「打電話給樓下的海姆霍茲．華森先生，」他對一個正伽瑪門房說道：「並告訴他，伯納德．馬克斯先生正在屋頂等他。」

他坐下來，點燃一枝菸。

訊息傳下來的時候，海姆霍茲．華森正在寫作。

「告訴他我馬上就來，」他說著掛上了聽筒。然後，他轉向他的祕書，用同一種正式而不帶個人情感的聲調說道：「我會把東西留給妳收拾。」接著，他無視於她閃亮亮的微笑，站起身來，動作俐落地走向門口。

他是個體格強健的男人，胸膛厚實，寬肩，身形巨大，然而動作迅速、輕快而敏捷。他的脖子像是強固的圓柱，支撐著形狀漂亮的腦袋。他的頭髮黑而捲曲，五官有強烈的特徵，英俊得讓人不得不注意，就如同他的祕書永遠不厭其煩重複提及的一樣，他身上每一公分都是個標準正阿爾法。從職業上來說，他是情緒工程學院的講師（屬於寫作系），在他教學活動之間的空檔，還是個直接實作的情緒工程師。他固定供稿給《鐘點廣播報》，寫作感覺電影場景，而且對於口號與睡眠教學用的韻文有著最高妙的技巧。

「能幹」是他的上司們對他的判斷。「或許，」（他們還會搖搖頭，明顯地壓低聲音）「有點太能幹了。」

對，有點太能幹了；他們是對的。心智過剩在海姆霍茲．華森身上造成的影響，很類似身體缺陷在伯納德．馬克斯這類人身上產生的結果。太少的骨頭與肌肉，讓伯納德隔絕於他的同胞之外；而根據時下的所有標準都算是心智過剩的這種孤絕感，也導致更大程度的疏離感。讓海姆霍茲對自己感到如此不自在又全然孤獨的東西，是他過剩的能力。這兩個男人的共識是，他們都是個體。不過生理上有缺陷的伯納德，一輩子都苦於自己與眾不同的意識，可是海姆霍茲．華森卻是直到最近才逐漸意識到自己才智過高，然後跟著察覺他跟周遭的人有所不同。這個電扶梯壁球冠軍、不知疲倦的情人（據說他在不到四年內擁有過六百四十個不同的女孩）、受人仰慕的委員與最佳社交能手，相當突然地領悟到，就他看來，運動、女人、社群活動都只是次佳的東西。真的，說到底，他有興趣的是別的東西。不過是什麼呢？是什麼呢？這就是伯納德跟他討論到的問題——或者更確切地說，既然永遠都是海姆霍茲在講話，是伯納德再一次聽他朋友討論這點。

三個來自合成人聲宣傳局的迷人女孩，在海姆霍茲走出電梯的時候攔截了他。

「喔，海姆霍茲，請**一定**要來，跟我們在艾克斯穆爾一起夜間野餐。」她們圍在他身邊懇求著。

他搖搖頭，從她們中間擠出一條路。「不行，不行。」

「我們沒有邀請別的男人喔。」

但即使有這樣令人欣喜的承諾，海姆霍茲仍然毫不動搖。「不，」他重複一次：「我很忙。」堅決地走他的路。女孩們亦步亦趨地跟著他。直到他真的爬進伯納德的飛機，甩上機門的時候，她們才放棄追逐。少不了有幾句責備。

「這些女人！」在直升機升入空中的時候，他這麼說道。「這些女人啊！」他搖著頭，皺著眉。「太可怕了，」伯納德假惺惺地表示同意，而在他說出這些話的時候，他真希望自己能夠像海姆霍茲一樣，想要多少女孩就有多少，還同樣不費吹灰之力。一股急切的吹噓衝動突然逮住了他。「我要帶列寧娜．克勞恩跟我一起去新墨西哥，」他用盡可能不經意的語調說道。

「是喔？」海姆霍茲說道，他徹底缺乏興趣。然後在一小段停頓以後，他繼續說道：「過去這一兩個星期，我退出我所有的委員會，也跟我所有的女孩分手了。你想像不到他們為了這一點，在學院裡鬧成什麼樣子了。但我想這樣做還是值得的。效果是……」他猶豫了。「呃，效果很古怪，非常古怪。」

一種身體上的缺點可以製造出一種心智上的過剩。這種過程似乎是可逆的。心智過剩為了自身的目的，可以製造出一種刻意保持孤獨的自願眼瞎耳聾，就如同禁慾主義造成的人為性無能。

這趟短程飛行接下來是在靜默中完成的。在他們抵達目的地，舒舒服服地躺在伯納德房間裡的充氣沙發上舒展身體時，海姆霍茲又開始講話了。

他講得很慢：「你有沒有這種感覺，」他問道，「就好像你體內有某種東西，只是等著你給它機會冒出來？某種你沒有在用的多餘力量——你知道的，就像所有從瀑布落下，而不是通過渦輪的水？」他疑惑地注視著伯納德。

「你是指如果世事不同，一個人可能會感覺到的所有情緒嗎？」

海姆霍茲搖頭。「不盡然是。我在想我偶爾會有的一種奇怪感受，一種我有某件重要的事要說，而且有力量說出來的感覺——只是我不知道那是什麼事，而且我完全沒辦法利用那股力量。如果有別種不同的寫作方式……或者有別的東西可以寫……」他靜默了；接著，他終於又說道：「你看，我相當善於發明詞句——你知道，那種突然讓你大吃一驚的話，幾乎就像你坐到一根針上似的，這些話語講的雖然只是關於某種睡眠教育中顯而易見的事情，卻如此新奇又刺激。但那似乎不夠。這樣不足以讓那些詞句成為好詞句；你用這些詞句來造就的東西，應該也要是好的。」

「但你的成品很好啊，海姆霍茲。」

「喔，就它們的用途來說是啦。」海姆霍茲聳聳肩。「但這些字句只有這麼一點點用。不知怎麼的，它們不夠重要。我感覺我可以做某種重要得多的事。對，而且是更激烈、更狂暴的。不過是什麼呢？有什麼更重要的事情該說呢？而且一個人怎麼能狂熱地對待別人要他寫的事情呢？要是你妥當利用的話，字句可以像是X光，能穿透任何東西。閱讀它，然後你就被戳穿了。這是我嘗試教給我那些學生的其中一件事——怎麼寫得有穿透力。但被一篇講社群詩歌吟唱大會、或者最新香水風琴的文章給戳穿了到底有什麼好的？除此之外，在你寫到那種事情的時候，你能夠讓字句真的有穿透力嗎——你知道的，就像強勁的X光？你對根本沒內容的事情，能說得出什麼來嗎？到最後歸結到底，就是這一點。我試了又試……」

「噓！」伯納德突然這麼說，舉起一隻手指作為警告；他們在聽。「我相信有人在門口。」他悄聲說道。

海姆霍茲站起來，躡手躡腳地穿過房間，用突然而迅速的一個動作猛然打開門。當然了，那裡什麼人都沒有。

「我很抱歉，」伯納德說道，外表與感覺都有種不自在的愚蠢。「我想我有點神經緊張。當旁人懷疑你的時候，你也會開始懷疑他們。」

他的手橫過眼前，嘆了口氣，他的聲音變得鬱鬱寡歡。他在為自己辯護。「如果你知道我最近必須忍受些什麼就好了，」他幾乎淚眼汪汪地說道——而他一湧而上的自憐，就像突然釋放的噴泉。「要是你知道就好了！」

海姆霍茲·華森傾聽著，同時覺得頗為不舒服。「可憐的小伯納德！」他暗自想著。但於此同時，他也替他的朋友覺得相當羞恥。他真希望伯納德可以表現出多一點點的傲氣。

第五章

第一節

到了八點鐘，天色暗了下來。史托克波吉思俱樂部會所塔樓上的擴音器開始廣播，用一種超越人類能耐的男高音宣布球道關閉。列寧娜與亨利拋下他們的遊戲，朝著俱樂部往回走。從內外分泌腺信託公司的場地上，傳來那幾千頭牛的嗚叫聲，這些牛提供了牠們的荷爾蒙與牛奶，充當法罕皇家村大工廠的生產原料。

暮色中充滿了一架架直升機持續不斷的嗡嗡響聲。每隔兩分半鐘，就有一聲鈴響與尖銳的哨音，宣布某一輛輕型單軌電車出發了，載著較低階級的高爾夫玩家離開他們自己那一邊的球場，回到都會區去。

列寧娜與亨利爬進他們的直升機裡，開始升空。在八百呎高處，亨利放慢了直升機垂直螺旋槳的轉速，他們懸在消逝的地面景觀之上，停留了一兩分鐘。伯恩罕山毛櫸林就像一大池的黑暗，朝著明亮堤岸般的西方天空延伸過去。最後一絲夕陽消逝了，地平線從緋紅色變成橘色，往上變成黃色，然後是一種像被水稀釋過的淡薄綠色。朝著北方，在樹木背後的高處，內外分泌工廠從它那二十層樓的每一扇窗戶裡，反射出炫目得像帶電一樣強烈的亮光。在他們之下，坐落著高爾夫俱樂部的建築物——巨大的低階級棚屋，還有在分隔牆另一邊較小的房子，留給阿爾法與貝塔成員使用。通往單軌電車車站的路黑壓壓的，充滿了較低階級螞蟻般的活動。在玻璃拱頂底下，有一輛輕型電車衝進露天空間裡。他們的視線跟著它往東南方穿過陰暗平原的路徑，然後被史勞火化場雄偉的建築物給吸引了。為了確保夜航班機的安全，火化場的四個高大煙囪都開著泛光燈，頂端也有緋紅色的警告信號燈。這裡是個地標。

「為什麼煙囪旁邊圍繞著那些像陽台一樣的東西？」列寧娜問道。

「回收磷，」亨利簡短地解釋。「氣體在送往煙囪的過程中，會經過四種不同的處理。以前他們每次火化某個人，五氧化二磷就會直接排出循環系統之外。現在他們會回收其中超過百分之九十八。每具成人屍體上有超過一點五公斤的磷化物。每年光是英格蘭，就製造出超過四百噸的磷。」亨利帶著快樂的驕傲心情說道，這個成就讓他感到由衷的全心喜悅，就好像那是他自己的成就。「想到我們甚至連死後都可以繼續對社會有用，我就覺得很好。幫助植物成長呢。」

在此同時，列寧娜避開了她的視線，朝著垂直的正下方看著單軌電車車站。「很好，」她表示同意。「但想想很古怪，阿爾法與貝塔沒有比下面那些髒兮兮的小伽瑪、德塔還有艾普西隆，更促進植物生長。」

「在生理化學上，人人平等，」亨利簡潔有力地說道。「除此之外，就連艾普西隆都提供了不可或缺的服務。」

「就連艾普西隆……」列寧娜突然間記起某個場合，那時她還是在上學的小女孩，半夜醒了過來，然後第一次察覺到在她所有睡夢中縈繞不去的那種悄聲細語。她再度看到那束月光，那排白色小床；再度聽到那種好柔好柔的聲音，說著（那些話就在那裡，在那麼多漫長夜晚裡一直重複以後，沒有被遺忘，也根本忘不了）：「每個人都為別人而工作。我們少不了任何人。就連艾普西隆都是有用的。我們少不了艾普西隆。每個人都為別人而工作。我們少不了任何人……」列寧娜記起了她第一次的驚恐衝擊；她在半小時清醒時刻的種種揣測；然後，在沒完沒了的重複語句影響之下，她的心靈逐漸平靜下來，越來越平靜，再來是睡意悄悄地蔓延……

「我想艾普西隆並不真的介意身為艾普西隆。」她大聲說道。

「他們當然不介意。他們怎麼可能介意？他們不知道做別的人是什麼感覺。當然，我們會介意。但話說回來，我們受到不同的制約。此外，我們一開始就有不同的遺傳。」

「我真高興我不是個艾普西隆。」列寧娜信心堅定地說道。

「而妳如果是個艾普西隆，」亨利說：「妳的制約就會讓妳同樣感激妳不是貝塔或阿爾法。」

他將水平推進螺旋槳打開，讓直升機朝著倫敦前進。在他們背後的西方，緋紅與橘色幾乎消逝了；一道陰暗的雲堤爬進天頂。在他們飛過火化場的時候，直升機往上衝，越過從煙囪升起的一道道熱氣柱，直到通過熱氣柱，進入下降的寒氣時，機身才往下掉。

「真不得了的雲霄飛車！」列寧娜歡暢地笑了。

但有那麼一會兒，亨利的語調幾乎是陰鬱的。「妳知道那雲霄飛車是什麼嗎？」他說道：「那是到最後明確地消失了的某個人。在一陣噴出的熱氣中往上升。知道那是誰會挺古怪的——是一個男人或女人，一個阿爾法或一個艾普西隆……」他嘆息了。然後，他用一種堅定的快活聲音說道：「但無論如何，」他做出總結：「有一件事情是我們可以確定的；不管他可能曾經是什麼人，他活著的時候是快快樂樂的。現在每個人都很快樂。」

「對，現在每個人都很快樂。」列寧娜跟著呼應。他們有連續十二年，每天晚上都聽這句話重複一百五十次。

他們降落在亨利在西敏區的四十層公寓住宅屋頂以後，直接往下到餐廳去。在餐廳裡那些吵雜而歡樂的人群中，他們吃了一頓絕佳的晚餐。索麻跟咖啡一起送上來。列寧娜拿了兩顆半公克的，亨利則拿了三顆。九點二十分，他們穿過街道，去剛開的西敏寺夜總會。這是個幾乎沒有雲的晚上，沒有月亮卻滿天星斗；但關於這整個讓人沮喪的事實，列寧娜與亨利卻幸運地一無所知。通電的高空廣告板很有效地把戶外的黑暗阻擋在外。「**卡爾文．史托普與他的十六位性感薩克斯風手。**」這些巨大的字，從新夜總會的正面誘人地散發出眩目的光。「**倫敦最佳的香水與彩色風琴。全都是最新的合成音樂。**」

他們進去了。空氣似乎很熱，在某種程度上讓人窒息，充滿了龍涎香與檀香木的味道。彩色風琴暫時在大廳的圓頂天花板上，塗上一片熱帶的夕陽。十六位性感薩克斯風手正在演奏一首人人喜愛的老歌：「世界上沒有一個瓶子，比得上我那親愛的小瓶子。」四百個人在上過蠟的晶亮地板上，到處跳著五步舞。列寧娜跟亨利很快就成為第四百零一對。薩克斯風如泣如訴，就像月光下唱得悅耳動聽的貓咪，以中音和次中音呻吟著，彷彿在享受欲仙欲死的高潮。他們充滿了豐富和弦的抖音合奏爬升到一個最高峰，變得越來越大聲——直到最後，指揮一揮手，讓這段只該天上有的音樂，放出幾乎要震碎一切的最後一道音符，讓這十六個只是區區凡人的吹奏者徹底吹到沒氣。這是降A大調的雷鳴。然後，在幾乎一片寂靜，幾乎全然的黑暗之中，隨之而來的是一個高潮逐漸消退的過程，一個逐漸往下滑的漸弱，透過一個個四分音符，往下、再往下變成一個微弱耳語般繚繞不已的全階第五音和弦（同時五四拍的節奏仍然在底下搏動著），帶著強烈的期待，朝著變暗的幾秒鐘衝刺。而到了最後，期待獲得滿足。有個突如其來的爆炸性日出，而在此同時，十六位樂手轟然唱出一首歌：

我的瓶子，我一直想要的就是你！

我的瓶子，我爲什麼要離瓶？
在你之內，天空是藍色的，
天氣永遠美好；
因爲
全世界沒有一個瓶子，比得上我親愛的小瓶子。

列寧娜與亨利跟另外四百對舞者在西敏寺夜總會裡一圈又一圈跳著五步舞，然而也是在另一個世界裡跳舞——溫暖、色彩豐富、無比友善的索麻假日世界。每個人都多麼仁慈，多麼好看，多麼令人愉快地有趣啊！「我的瓶子，我一直想要的就是你……」但列寧娜與亨利擁有他們想要的了……他們在裡面，此時此地就在裡面——安全地待在裡面，跟好天氣與整年不斷的藍天同在。而在精疲力竭的十六人放下他們的薩克斯風，合成音樂機正在播送最新的慢板馬爾薩斯藍調時，他們滿有可能成了一對胚胎，在人造血液的瓶裝海洋中，隨著波浪輕柔地一起搖擺。

「晚安，親愛的朋友。晚安，親愛的朋友。」擴音器用一種和藹親切、又像音樂般悅耳的禮貌聲調，掩飾它們正在發號施令。「晚安，親愛的朋友……」

列寧娜與亨利順從地跟著其他所有人離開了建築物。讓人沮喪的星星，已經從天空中跨過一段距離。但雖然高空廣告板造成的隔離帷幕效果，現在已經大半消融了，這兩個年輕人依舊維持著對夜色視而不見。

在打烊時間前半小時吞下的第二劑索麻，在實際的宇宙與他們的心靈之間，升起了一道幾乎無法穿透的圍牆。他們在瓶中世界裡穿越街道；在瓶中，他們搭著電梯往上抵達亨利位於二十八樓的房間。然而，儘管她在瓶子裡，儘管有第二劑一公克的索麻，列寧娜卻沒忘記採取規定指示的所有避孕措施。多年密集的睡眠教學，還有從十二歲到十七歲之間每週三次的馬爾薩斯訓練，已經讓採取這種預防措施幾乎像眨眼睛一樣自動自發，又無可避免。

「喔，那倒是提醒了我，」她從浴室回來的時候說道：「芬妮・克勞恩想知道，你從哪裡弄到你給我那條可愛的綠色摩洛哥仿皮避孕腰帶。」

第二節

每隔一週的週四是伯納德做團結禮拜的日子。在愛神俱樂部（最近海姆霍茲根據第二條規則獲選入會）早早吃過一頓晚餐以後，他離開了他的朋友，在屋頂招了一架計程直升機，叫司機飛到福特之子社群詩歌吟唱會堂。直升機升起了幾百公尺，然後朝著東方前進，而在它轉向的時候，壯麗的詩歌吟唱會堂就出現在伯納德眼前。在泛光燈照射下，它三百二十公尺高的仿卡拉拉白色大理石建築，就在勒德蓋特丘上閃爍著雪一般的燦爛光芒；它的直升機起降平臺四角，都各有一個巨大無比的T字，在夜空下閃爍著鮮紅色的光，而從二十四個龐大的金色喇叭口上，都隆隆奏出一闋肅穆的合成音樂。

「該死，我遲到了。」伯納德第一眼看到詩歌吟唱會堂的時鐘「大亨利」時暗忖。果然如此，在他付完計程直升機的錢時，大亨利的整點鐘聲響了。「**福特**，」從所有金色喇叭裡傳出一個廣大無邊的低沉聲音：「**福特**，**福特**，**福特**……」唸了九次。伯納德奔向電梯。

福特日慶祝會與其他集體的社群詩歌吟唱大會，是在這棟建築物底層。在底層之上，是各團結小組每兩星期聚會禮拜用的七千個房間，每層樓有一百間。伯納德往下降到三十三樓，匆忙地沿著走廊前進，站在三二一〇室外面猶豫了一會兒，然後鼓起勇氣，打開門走進去。

感謝福特！他不是最後一個。排在圓桌旁的十二張椅子裡，有三張還沒有人坐。他盡他所能，不引人注目地滑進空椅子中最近的一張，準備好要對竟然比他還晚到的人皺眉頭。

他左邊的女孩轉向他，問道：「你今天下午玩什麼？障礙還是電磁高爾夫？」

伯納德注視著她（福特！那是摩根娜．羅斯齊爾德），然後就必須紅著臉承認他兩樣都沒玩。摩根娜震驚地瞪著他。有一陣尷尬的沉默。

然後她刻意轉向一旁，向她左邊更熱愛運動的男人說話了。

「對於一次團結禮拜來說，真是好的開始。」伯納德慘兮兮地想著，然後預見了自己又一次無法補贖罪過。要是他給自己一點時間環顧四周，而不是匆匆忙忙坐到最近的一張椅子上就好了！他本來可以坐在菲菲‧布萊拉福跟喬安娜‧迪索之間。但他反而不長眼地讓自己坐到摩根娜旁邊。摩根娜！福特啊！她那對黑色的眉毛——更精確地說，是連成「一條」的眉毛——因為兩邊眉毛在鼻子上方交會了。福特！而在他右邊是克拉拉‧狄特丁。的確，克拉拉的眉毛沒有連成一氣。但她的身體曲線真的**太**誇張了。菲菲跟喬安娜倒是絕對沒問題。豐滿、金髮、不會太大隻……然而卻是那個大老粗，湯姆‧川口現在坐在她們中間。

最後到的人是莎拉金妮‧恩格斯。

「妳遲到了，」小組主席嚴厲地說道：「別再發生這種狀況了。」

莎拉金妮道了歉，然後溜進夾在吉姆‧波坎諾夫斯基與赫伯特‧巴枯寧之間的位子。小組現在到齊了，團結圈完整無缺。男人、女人、然後又是男人，在桌子周圍無止境地交替，圍成一圈。他們十二個人準備好變成一體，等著要匯聚起來、要被熔接、要失去他們十二個人個別的身分，變成一個更大的存在。

主席站了起來，劃出T字手勢，然後打開合成音樂，放出柔和又持續不懈的擊鼓聲與各種樂器的合奏——近似風聲與超級弦樂器——如泣如訴地一再重複著《第一號團結頌》陰魂不散得讓人逃不開的簡短旋律。又一次，再一次——而聽到這種脈動旋律的不只是耳朵，還有腹部；那些一再重現的和聲，鏗鏘加上悲鳴，不只縈繞於心，也糾纏著同情共鳴渴望發動的深處。

主席又做了一個T字手勢，然後坐了下來。禮拜儀式已經開始了。奉獻用的索麻錠劑擺在桌子中央。裝著草莓冰淇淋索麻的共用杯子在人手之間傳遞著，伴隨著這句慣用語：「我為我的毀滅而暢飲。」十二個人各喝一大口。然後伴著合成管弦樂團的樂聲，唱出《第一號團結頌》。

福特，我們是十二人；喔，讓我們成爲一體，
就像社會之河裡的水滴，
喔，讓我們現在一起奔流
像祢閃閃發亮的福利佛一樣迅速。

十二個充滿渴望的詩節吟唱。然後共飲杯傳遞了第二輪。現在唸的句子是：「我為了更大的存在而暢飲。」所有人都喝了。音樂毫不疲憊地繼續演奏。鼓點敲著。和音的哭嚎與衝撞，在融化的五臟六腑裡成了一種執迷。唱出第二號團結頌。

來吧，更大的存在，社會之友，
毀滅十二個，合而爲一！
我們渴望死亡，因爲在我們終結時，
我們更廣大的生命才開始。

再度唸出十二段詩節。到這個時候，索麻已經開始生效了。眼睛閃閃發光，臉頰潮紅；普遍性善意的內在光芒，在每張臉上快樂友善的微笑中綻放開來。就連伯納德都覺得自己融化了一點點。在摩根娜．羅斯齊爾德轉身對他微笑的時候，他盡全力也回應一個熱忱的笑容。但是那副眉毛，那偏偏從兩條合成一條的黑色眉毛，還是在那裡；他無法忽略那道眉毛，無論他多努力嘗試，就是不能。融化的程度還不夠。或許，要是他坐在菲菲跟喬安娜中間的話……共飲杯傳了第三輪；「我為了祂降臨在即而暢飲。」摩根娜．羅斯齊爾德說道，剛好輪到她開始這一輪的儀式。她的聲調響亮而狂喜。她喝下一口，然後把杯子傳給伯納德。「我為了祂降臨在即而暢飲。」他複述一遍，誠心誠意地嘗試要感受降臨在即；但是那道眉毛繼續糾纏著他，而祂的降臨，就他看來，卻是遙遠得可怕。他喝了一口，把杯子交給克拉拉．狄特丁。「這回又會是一次失敗，」他對自己說道：「我知道會的。」但他繼續盡全力滿臉堆笑。

共飲杯繞完它的輪迴。主席舉起他的手，打出信號；合唱隊伍猛然唱出第三號團結頌。

感覺更大的存在如何降臨！
歡欣鼓舞吧，然後在歡欣鼓舞中，死吧！
融化在鼓聲的音樂裡！
因爲我是你，你也是我。

隨著一句接一句的歌詞，人聲在越來越激烈的興奮之情中顫抖著。降臨在即的意識，在空氣中就像一種帶電的緊張感。主席關掉了音樂，然後隨著最後一句歌詞的最後一個音符，到來的是絕對的靜默——拉長的期待感帶來的靜默，以一種帶著電流的生命力在顫抖、爬行。主席伸出他的手；突然間有一個聲音，一個深沉、雄壯的聲音，比任何區區凡人的聲音都更悅耳、更豐富、更溫暖，更充滿愛意、渴望與同情，一個了不起的、神祕的、超自然的聲音，從他們頭上的高處開口講話了。非常緩慢地，「喔，福特，福特，福特。」它以逐漸縮小、節節下降的音量說道。一種溫暖的感覺，從聆聽者的心窩到身體的每個末梢，令人興奮地輻射出來；他們的心臟、他們的肺腑，似乎都在他們體內移動了，就像是有著獨立的生命似的。「福特！」他們在融化。「福特！」溶解，溶解。然後，突然那聲音換了種聲調，讓人震驚。「聽好！」那聲音大聲說道。「聽好！」他們聽好了。在一陣暫停後，那聲音降低成耳語，但這種耳語不知怎麼的，比最大聲的吶喊更有穿透力。「更大存在的雙足，」它繼續說著，重複這些話：「更大存在的雙足。」耳語幾乎消失。「更大存在的雙足就在樓梯上。」此時再度出現靜默；曾經一時放鬆的期待感，再度拉長了，變得更緊更緊，幾乎到了即將斷裂的臨界點。更大存在的雙足，他們聽見那雙腳了，他們聽見了，輕輕地從樓梯上下來，越來越近、越來越近，下了看不見的梯級。更大存在的雙足。然後突然間斷裂的臨界點到了。瞪著眼睛，雙唇分開了的摩根娜・羅斯齊爾德跳起身來。

「我聽見祂了，」她叫道：「我聽見祂了。」

「祂來了。」莎拉金妮．恩格斯吼道。

「對，祂來了，我聽見祂了。」菲菲．布萊拉福跟湯姆．川口同時站了起來。

「喔，喔，喔！」喬安娜口齒不清地作證。

「祂來了！」吉姆．波坎諾夫斯基喊道。

主席身體往前靠，然後伸手一摸，釋出一陣狂亂的鐃鈸與銅管樂器吹奏，一陣發燒似的手鼓聲。

「喔，祂來了！」克拉拉．狄特丁尖叫著。「哎！」就好像她的喉嚨被人割開了似的。

伯納德感覺到現在該輪他做點什麼了，他也跳起來大吼：「我聽見祂了；祂來了。」但這不是真的。他什麼都沒聽到，而且對他來說，根本沒有人來。沒有人——儘管有音樂，儘管有逐漸升高的緊張感，還是沒有人。但他揮舞著他的手臂，他跟他們大多數人一起嘶吼；在其他人開始上下抖動、跺腳、拖著腳走動時，他也跟著抖動、拖著腳走動。

他們繞著圈子，由舞者們構成的環狀隊伍，每個人都把雙手搭在前一個舞者的髖部，一圈圈地繞著，異口同聲地吼叫，用腳跟著音樂的節奏頓足，用手在前面的臀部上拍著，拍出節奏來；十二雙手融為一體地拍打著；融為一體的十二個屁股，發出濁重的響聲。十二人融為一體，十二人融為一體。「我聽見祂了，我聽見祂來了。」音樂加快了；腳踏得更快，更快，符合節奏的手落下得更快。然後突然之間，一陣巨大的合成低音轟然說出那些話，宣告將至的贖罪，還有團結最終的完成；十二人融為一體的降臨，更大存在的化身具現。「狂歡—解放，」那聲音唱著，同時手鼓繼續敲打著狂熱的節奏：

狂歡—解放，福特與歡暢，
親吻女孩，讓她們合一。
男孩與女孩，和平融一體，
狂歡—解放，給予釋放。

「狂歡—解放，」舞蹈者們跟上這個禮拜儀式的疊句：「狂歡—解放，福特與歡暢，親吻女孩……」而在他們歌唱的時候，光線慢慢地變暗——變暗，同時變得更溫暖、更豐富、更紅豔，直到最後，他們都在胚胎儲存室的緋紅色微光中舞蹈著。「狂歡—解放……」在他們血紅色的胎兒式黑暗中，舞蹈者們繼續繞圈繞了一會兒，一而再再而三地拍打出那不屈不撓的節奏。「狂歡—解放……」然後這個圈子動搖了，破裂了，變成崩裂瓦解的局部，落在一圈沙發上，那圈沙發圍繞著桌子，還有桌子周圍羅列如行星的椅子——圓圈圍著圓圈。「狂歡—解放……」那深沉的聲音溫柔地輕哼低吟；在紅色的微光下，就好像某個黑人化成的巨大鴿子，在目前正趴著或躺著的舞蹈者們上空，充滿善意地盤旋著。

他們站在屋頂上；大亨利剛好唱出十一點整。夜晚平靜而溫暖。

「這不是很美妙嗎？」菲菲．布萊拉福說道。「這不就是很美妙嗎？」她帶著狂喜的表情注視伯納德，但在這種狂喜之中沒有一絲激動或興奮——因為興奮仍舊意味著未得滿足。她的表情是達到圓滿的鎮靜狂喜，這種平和不只是空洞的飽足與虛無，而是生命達到平衡，能量得到安寧，並且處於均衡狀態。一種豐富而活生生的平和。因為團結禮拜是付出也是給予，流失只為了補滿。她被充滿了，她變得完美，她仍然不只是她自己。「你不認為這很美妙嗎？」她堅持要問，用那雙閃亮得不可思議的眼睛，注視著伯納德的臉孔。

「對，我認為這很美妙。」他撒了謊，然後瞥向別處；看到她變美的臉孔同時既是一種譴責，也是一種諷刺的提醒，讓他想起自己的疏離。他現在就跟禮拜開始時一樣可悲地孤立——因為他自己沒有被補滿的空虛，他麻木的饜足感變得更加孤立。疏離而未得救贖，同時其他人卻融入了更大的存在；甚至在摩根娜的擁抱中也是孤獨一人——說實話，是更加孤獨得多，比他過去的人生都要更無望地就只是他自己。他從那緋紅色的微光中冒出來，進入一般的電燈白光時，帶著一股強烈到極端痛苦程度的自覺。他悲慘到底了，而且或許（她閃亮的眼睛在指控他），或許這是他自己的錯。

「相當美好。」他重複說道；但他能想到的唯一一件事，就是摩根娜的眉毛。

第六章

第一節

怪異，怪異，就是**怪異**，這就是列寧娜對伯納德·馬克斯做出的裁決。實際上，因為他這麼怪，在接下來幾週的時間裡，她不止一次納悶地想，她是否該反悔不去新墨西哥度假，改成跟班尼托·胡佛到北極去。問題在於她了解北極，去年夏天才跟喬治·愛德索去過，而更重要的是，她發現那裡相當陰森。沒別的事好做，旅館又老派到無可救藥的地步——臥房裡沒有電視，沒有香水風琴，只有最糟糕的合成音樂，超過兩百名賓客只能使用不超過二十五個電扶梯壁球場。不，她肯定不能再面對北極了。再者，她先前只去過美國一次。而就連那次假期都很不夠格！在紐約的廉價週末——那趟假期是跟尚—賈克·哈比布拉還是波坎諾夫斯基·瓊斯去的？她想不起來了。無論如何，這完全不重要。再度飛向西方，住上一整週的展望非常誘人。此外，那一週至少有三天，他們會在野人保留區裡。在整個中心裡，不到六個人進去過野人保留區。伯納德身為一個正阿爾法心理學家，在她認識的人之中，是少數有權取得許可證的人。對列寧娜來說，這種機會獨一無二。然而伯納德的古怪也是獨一無二，讓她感到猶豫，甚至真的想過要跟有趣的老班尼托再度冒險去一次北極。至少班尼托很正常。伯納德卻……

「他的人造血液裡有酒精。」這是芬妮對每一種怪癖的解釋。但某天晚上列寧娜跟亨利一起躺在床上的時候，她頗為焦慮地跟亨利討論她的新情人時，亨利把可憐的伯納德拿來跟犀牛相比。

「妳不能教一隻犀牛玩雜耍，」他用他簡潔有力的風格解釋道。「有些男人幾乎就是犀牛；他們對制約就是沒有恰當的反應。可憐蟲！伯納德就是其中之一。算他幸運，他在工作上相當能幹。要不然中心主任絕對不會留著他。不過呢，」他加上一句安撫的話：「我想他相當無害。」

相當無害，也許如此；但也相當讓人不安。首先是那股背著人私下做事的狂熱。在實際層面上，就表示根本什麼都不做。因為一個人有什麼事情**能夠**私下做的呢？（當然了，上床睡覺例外；但一個人也不可能時時刻刻做這個。）是啊，有什麼事情呢？少之又少。他們一起出去的第一個下午是特別好的例子。列寧娜建議去托凱鄉村俱樂部游泳，然後在牛津辯論社吃晚餐。但是伯納德認為那樣人太多了。那麼在聖安德魯斯球場來一輪電磁高爾夫怎麼樣？他再度說不：伯納德認為電磁高爾夫是浪費時間。

「那麼時間是用來幹麼的？」列寧娜有些震驚地問道。

顯然是用來在大湖區散步；因為他現在建議的是這個。降落在史基鐸山山頂，在石楠灌木叢裡散步一兩小時。「跟妳獨處，列寧娜。」

「可是伯納德，我們整晚都會獨處啊。」

伯納德臉紅了，別開視線。「我指的是單獨談話。」他嘟囔道。

「談話？但是要談什麼？」散步跟談話——用這種辦法打發一個下午似乎很怪異。

到最後她說服了他，相當違背他的意願，飛到阿姆斯特丹去看女子重量級摔角錦標賽的半準決賽。

他嘟囔抱怨著：「就跟平常一樣，擠在人群裡。」他整個下午都固執地保持陰鬱的心情；他不願跟列寧娜的朋友講話（他們在摔角賽之間的空檔，在索麻冰淇淋店裡碰到幾十個）；儘管他這麼慘了，還徹底拒絕吃她硬塞給他的半公克索麻覆盆子聖代。「我寧願做我自己，」他說：「做我自己，而且心情惡劣。不管多快活，我都不要做別人。」

「及時來一公克抵得上九公克。」列寧娜提出睡眠教學智慧裡的某條寶訓，這麼說道。伯納德不耐煩地推開拿給他的那個玻璃杯。

「現在別發脾氣了，」她說：「記得，一立方公分索麻治癒十種陰鬱情緒。」

「喔，看在福特的份上，安靜點吧！」他吼道。

列寧娜聳聳肩。「一公克索麻永遠勝過一聲咒罵。」她很有尊嚴地做出結論，然後自己吃掉那杯聖代。

在他們橫跨英倫海峽的路上，伯納德堅持停下他的水平推進螺旋槳，靠著他的直升機螺旋槳懸浮在波浪上一百呎高的地方。天氣已經變壞了；吹起一陣西南風，天空陰沉多雲。

「看啊。」他這麼下令。

「但這很恐怖，」列寧娜一邊說，一邊從窗口邊往後縮。這些都讓她驚駭：夜晚來勢洶洶的虛無，在他們之下往上湧、點綴著黑色浮沫的海水，還有月亮蒼白的臉，在加速流動的雲層之間如此不馴，像是發狂一般。「咱們打開廣播吧。快點！」她把手伸向儀表板上的旋鈕，隨便亂轉一通。

「……在你之內，天空是藍色的，」十六個顫音假聲唱道：「天氣永遠……」

然後是一陣打嗝似的聲音，接著是一片寂靜。伯納德把廣播關掉了。

「我想在寧靜中注視大海，」他說道：「有那種可惡的噪音在播送，就會甚至連一眼都看不下去。」

「但那首歌很美妙。而且我不想看。」

「但我想看啊，」他堅持己見。「這讓我覺得好像……」他猶豫了一下，在腦中搜尋能夠表達心意的字眼：「好像我更是**我自己**了，如果妳聽得懂我的意思。更獨自一人，不是這麼完全屬於其他東西的一部分。不只是社會整體裡面的一個細胞。這樣沒讓妳有那種感覺嗎，列寧娜？」

但列寧娜在哭了。「這好恐怖，好恐怖，」她一直重複。「還有你怎麼可以那樣講，說什麼不想當社會整體裡的一部分？說到底，每個人都為別人而工作。我們少不了任何人。就連艾普西隆……」

「對，我知道，」伯納德用嘲弄的口氣說：「『就連艾普西隆都是有用的！』我也是。而我真他媽的希望我不是！」

他的褻瀆之詞讓列寧娜大吃一驚。「伯納德！」她用驚異苦惱的聲音抗議道：「你怎麼可以這樣？」

他用不同的語調，沉思著重複：「我怎麼可以這樣？不，真正的問題是：我為什麼不可以，或者更精確地說——因為到頭來我相當清楚地知道，我為什麼不可以——如果我可以的話，如果我是自由的，不受我的制約奴役，那會是什麼樣。」

「可是伯納德，你在講的是最可怕的事情。」

「妳不希望妳是自由的嗎，列寧娜？」

「我不懂你是什麼意思。我是自由的。可以自由地擁有最美好的時光。現在每個人都很快樂。」

他笑出聲來。「對，『現在每個人都很快樂』。我們在小孩子五歲的時候開始灌輸這句話。但妳不想以別的方式自由地享受快樂嗎，列寧娜？舉個例來說，照著妳的方式；而不是照著其他所有人的方式。」

「我不懂你是什麼意思，」她再度重複。然後她轉向他：「喔，拜託讓我們回去吧，伯納德，」

她哀求道：「我真的很討厭在這裡。」

「妳不喜歡跟我在一起嗎？」

「當然喜歡了，伯納德。但這裡是個恐怖的地方。」

「我還以為我們在這裡會更……更有在一起的感覺——除了大海與月亮之外，沒別的東西。比起在人群中，甚至是比在我房間裡更像是在一起。妳不明白這一點嗎？」

「我什麼都不懂，」她毅然決然地說道，決心徹底維持她的不理解。「完全不懂。尤其是，」她用另一種聲調繼續說道：「在你有這些可怕的念頭時，你為什麼不來點索麻呢。你會忘記這所有的念頭。而且你不會再感覺悲慘了，你會很快活。快活得**不得了**。」她重複說道，然後為這個應該很誘人又淫靡的甜言蜜語而微笑，雖然她眼中充滿了困惑的焦慮。

他靜默地注視她，他的臉沒有反應，專注而非常嚴肅地注視著她。幾秒鐘以後，列寧娜的眼睛畏懼地躲開了；她發出一聲緊張的小小笑聲，設法要想句話說，卻辦不到。靜默自動延長了。

在伯納德終於開口的時候，發出的是一個小而疲憊的聲音。「那麼好吧，」他說道：「我們會回去的。」然後他重重踩了加速器，將這台機器猛然送上天際。在四千公尺處他打開了推進器。他們沉默地飛了一兩分鐘。然後，伯納德突然開始大笑。真是相當古怪，列寧娜心想，不過這至少還是個笑聲。

「覺得好些了？」她冒險問道。

作為回答，他把一隻手從控制桿上舉起，然後把他的手臂滑過去環住她，開始愛撫她的乳房。

「多謝福特，」她暗自說道：「他又沒事了。」

半小時後，他們回到他房間裡。伯納德一大口吞下四顆索麻，打開廣播跟電視，然後開始脫衣服。

「喔，」第二天下午他們在屋頂上相遇時，列寧娜顯然很淘氣地問道：「你覺得昨天好玩嗎？」

伯納德點點頭。他們爬進飛機裡。微微一震，他們就升空了。

「每個人都說我豐滿得要命。」列寧娜一邊拍著自己的雙腿，一邊反省道。

「要命。」但伯納德眼中有一抹痛楚的表情。「就像一塊肉。」他這麼想著。

她帶著某種焦慮抬頭張望。「但你不覺得我太胖，對吧？」

他搖搖頭。就像好多肉。

「你認為我沒問題吧，」另外一次點頭。「從各方面來說？」

「完美，」他高聲說道。然後在內心深處這麼想。「她也那樣看待自己。她不在意變成一塊肉。」

列寧娜露出勝利的微笑。但她的滿足來得太早了。

在一陣短促的停頓後，他繼續說道：「但我還是寧願這一切有不同的結尾。」

「不同的？還會有別的結尾嗎？」

「我不想讓這一切以我們上床做為結束。」他具體說明。

列寧娜相當震驚。

「不是立刻，不是在第一天就這樣。」

「但那是要怎麼……？」

他開始講起一大堆無可理解的危險鬼扯。列寧娜盡全力在心裡遮住耳朵；但三不五時就會有一句話堅持讓人聽到。「……嘗試抑制我的衝動所造成的效果。」她聽到他這麼說。這些話似乎觸動了她心裡的某個彈簧。

「絕對別把你今天就能擁有的樂趣推遲到明天。」她嚴肅地說道。

「從十四歲到十六歲半，每週兩回、每回重複兩百次。」他就只這麼評論。那瘋狂的糟糕談話沒完沒了地繼續。「我想知道熱情是什麼，」她聽到他這麼說。「我想對某件事有強烈的感覺。」

「個人有了感覺，社會就頭暈了。」列寧娜說出這句話。

「呃，為什麼社會不能稍微頭暈一下？」

「伯納德！」

但伯納德還不知道要慚愧。

「就知性來說，在工作時間裡是成人，」他繼續說道：「在關乎感覺與慾望的時候就是嬰孩。」

「我們的福特愛著嬰孩。」

他忽略她插嘴說的話。「有一天我突然想到，」伯納德繼續說：「也許有可能總是當個成人。」

「我不懂。」列寧娜的語調很堅定。

「我知道妳不懂。這就是為什麼我們昨天一起上床——像嬰孩一樣——而不是像成人一樣等待。」

「但那很好玩啊，」列寧娜堅持她的看法：「不是嗎？」

「喔，好玩到極點了。」他這麼回答，但聲音聽起來這樣哀傷，帶著這樣慘到極點的表情，讓列寧娜覺得她所有的勝利感都蒸發掉了。或許，到頭來他還是覺得她太胖了。

「我早跟妳講過了，」在列寧娜去找芬妮談心事的時候，芬妮就只說了這麼一句話。「他們在他的人造血液裡放了酒精。」

「還是一樣，」列寧娜堅稱：「我真的喜歡他。他有一雙好得可怕的手。而且他移動肩膀的樣子——非常有吸引力。」她嘆息了。「可是我真希望他沒這麼怪異。」

第二節

伯納德在中心主任房門外暫停了一下子，深吸一口氣，挺起肩膀，振作起精神，去面對他在房門內肯定會發現的厭惡與不認同。他敲敲門，走了進去。

「主任，有份許可證要給你簽核。」他盡可能輕快地說道，然後把文件放在寫字桌上。

主任酸溜溜地瞥了他一眼。但世界主宰辦公室的印章就在文件開頭，慕斯塔法．蒙德又黑又粗的簽名就橫過文件結尾。一切完全遵照規定。主任別無選擇。他用鉛筆寫下他的姓名縮寫——兩個小而淡的字母，難堪地貼在慕斯塔法．蒙德腳邊——然後正要一語不發地歸還文件，甚至不加一句親切的「願福特保佑，一路順風」，這時他的眼睛被寫在許可證中間的某句話給吸引住了。

「去新墨西哥保留區？」他說道，而他的語調、他抬起來面對伯納德的臉，都表現出一種激憤的震驚之情。

他的驚訝引起了伯納德的驚訝，伯納德點點頭。接著一陣沉默。

主任往後靠在他的椅子上，皺起眉頭。「那是多久以前了？」他這麼說，與其說是對伯納德說話，不如說是自言自語。「我想有二十年了，將近二十五年。我那時一定跟你差不多年紀……」他嘆息了，然後搖搖頭。

伯納德覺得極端不自在。像主任這樣傳統，這樣謹慎小心力求正確的男人——卻做出這麼粗俗的失禮行為！這讓他想掩面逃出這個房間。這倒不是說，他自己覺得一個人談到遙遠的過去，有任何本質上的可議之處；這是其中一個來自睡眠教學的偏見，他（自以為）已經完全棄之如敝屣。讓他覺得不好意思的是，知道主任並不贊同如此——不贊同，然而又透露出他被誘惑著去做了這種禁忌之事。是在什麼樣的內在強迫衝動之下做的？伯納德一邊覺得不自在，一邊熱切地聆聽著。

「我有過跟你一樣的想法，」主任正在說：「想看看那些野蠻人。拿到一份去新墨西哥的許可，然後在我的夏季假期裡去了那邊。跟一個我當時擁有的女孩一起去。她是個負貝塔，我想（他閉上雙眼），我想她有金黃色的頭髮。無論如何她身材很豐滿，特別豐滿；我記得這一點。嗯，我們去了那裡，我們看著那些野人，我們騎馬到處馳騁等等。然後——幾乎是在我休假的最後一天了——然後……呃，她走失了。我們騎馬到其中一個討厭的山脈上去，那天悶熱得可怕，在午餐以後我們去睡了一覺。或者至少我是這麼做了。她一定是去散步了，獨自一個人去。無論如何，在我醒來的時候，她不在旁邊。然後我見識過最嚇人的雷陣雨就這樣澆到我們頭上。雨狂澆猛灌、又是怒吼又是閃電；馬匹掙脫逃走了，而我想抓住牠們的時候跌倒了，傷到我的膝蓋，所以我幾乎走不了路。但我還是到處找，大喊大叫又找個不停。但哪裡都看不到她。然後我想她一定是自己回到招待所去了。所以我循來時路爬進山谷裡。我的膝蓋痛得要命，我又搞丟了我的索麻。我花了好幾個小時。在過了午夜以後才回到招待所。而她不在那裡；她不在那裡。」主任重複了一次。一陣沉默。「嗯，」他終於重新開口：「第二天展開了一場搜救行動。但我們找不到她。她一定掉進某處的小山溝了；或者被一隻山獅吃掉了。福特才知道。無論如何，這很恐怖。那時候我非常難受。我敢說，超過應有的程度。因為說到底，這種意外可能會發生在任何人身上；而且當然了，雖然組成細胞可能改變，但社會整體會延續下去。」不過這個睡眠教學中的慰藉，似乎並不是非常有效。他搖搖頭：「實際上我有時候會夢到這件事，」主任低聲繼續說道：「夢到被隆隆雷聲驚醒，發現她不見了；夢見我在樹下一直不停地找她。」他陷入回憶的沉默之中。

「你一定受到可怕的驚嚇。」伯納德幾乎很嫉妒地說道。

聽到他的聲音，主任為之一驚，很有罪惡感地發現他身在何處；他瞥了伯納德一眼，避開了視線，暗地裡臉紅了；然後他帶著突如其來的疑心，再度注視著伯納德，然後為他的尊嚴而發怒了，他說：「別以為我跟那女孩有任何不得體的關係。沒有任何情緒化的、長期性的東西。這一切都完全健康而正常。」他把許可證交給伯納德。「我真的不知道我為什麼用這個瑣碎往事來煩你。」他氣自己竟然道出這樣可恥的祕密，就把氣出在伯納德身上。現在他眼中的神情明明白白帶著惡意。「馬克斯先生，我希望能藉著這個機會說出來，」他繼續說道：「收到關於你下班後行為的報告，我一點都不高興。你可能說這不干我的事。但這確實干我的事。我必須考慮到這個中心的好名聲。我的工人必須不受人懷疑，特別是那些處於最高階層的人。阿爾法受到的制約，讓他們不必有幼稚的情緒行為。但這樣讓他們更有理由付出特別的努力，來遵從規範。他們的責任就是要像個孩子，甚至要違背他們的天性。所以說，馬克斯先生，我給你公平的警告。」主任的聲音在義憤中顫動著，這種義憤現在變得完全正直又無私——表現的是社會本身的不贊同。「如果我再聽說有任何偏離合宜標準嬰孩式禮儀的閃失，我就會要求把你調到次級中心去——最好是調到冰島。祝你早安。」然後他的椅子一旋，拿起鋼筆，開始寫字。

「那樣就可以替他上一課。」他這樣自忖。但他錯了。因為伯納德離開房間的時候得意洋洋，開心得很，在他猛然關上背後的門時，他想著他一個人對抗著世事的秩序；他酣醉地意識到自己獨特的意義與重要性，為之興高采烈。就連遭受迫害的想法也沒讓他驚恐氣餒，他很振奮，而不是沮喪。他覺得自己強悍到足以面對並克服摩擦，強悍到甚至可以面對冰島。而他自己沒有一刻真心相信他會被叫去面對任何事，因此這份信心又更為增強。沒有人會因為那種事情被調走，冰島就只是個威脅而已，一個最刺激、最讓人充滿活力的威脅。沿著走廊前行的時候，他其實還吹著口哨呢。

他那天晚上把他跟制約中心主任的面談講得很英雄式。這段陳述的結尾如下：「於是，我就叫他滾去那無底洞似的過往吧，然後就大步走出房間。事情就是這樣。」他充滿期待地注視著海姆霍茲・華森，等著他應得的回報：同情、鼓勵與仰慕。但他沒說一句話。海姆霍茲靜靜地坐著，盯著地板看。

他喜歡伯納德；他很感激伯納德，因為在他認識的人裡，他只能跟伯納德談他覺得重要的主題。雖然如此，伯納德身上有些東西是他所憎恨的。舉例來說，這番吹噓。還有與之交替的、突然迸發的難堪自憐。還有他這種可嘆的習慣：在事後才變得膽大包天，在沒事時才有的那種最獨特的鎮定自若。他痛恨這些事——就因為他喜歡伯納德才會恨。這幾秒鐘過去了。海姆霍茲繼續盯著地板。然後突然之間，伯納德臉紅了，轉向別處。

第三節

旅程相當平靜無事。藍太平洋火箭提早兩分鐘半到了紐奧良，又因為德州上空的龍捲風損失四分鐘，但在西經九十五度飛進順向氣流裡，因此能夠比預定時間慢了不到四十秒就在聖塔菲著陸。

「六個半小時的航程只慢了四十秒。還不壞。」列寧娜讓步了。

他們在聖塔菲睡了一晚。旅館棒極了——舉例來說，比起去年夏天讓列寧娜受苦受難的那間恐怖旅館，奧羅拉波拉宮殿旅館，好了不知道多少倍。液態空氣、電視機、震動真空按摩、廣播、煮沸的咖啡因溶液、熱的避孕用具，而且每間臥室都有八種不同的香氛。合成音樂機在他們一走進大廳的時候就開始運作，他們想要的都有了。電梯裡的一張告示宣布，旅館裡有六十座電扶梯英式與美式壁球場，公園裡可以打障礙高爾夫與電磁高爾夫。

「這聽起來真是太美好了，」列寧娜喊道：「我幾乎希望我們可以待在這裡。六十座電扶梯壁球場……」

「在保留區不會有任何一座，」伯納德警告她：「也沒有香氛，沒有電視，甚至沒有熱水。如果妳覺得妳受不了，就留在這裡等我回來。」

列寧娜覺得深受冒犯。「我當然可以忍受。我只是說這裡很美妙，因為……呃，因為進步**就是**美妙的，不是嗎？」

「從十三歲到十七歲，每週一次，每次重複五百遍。」伯納德疲倦地說道，就好像是說給自己聽的。

「你說什麼？」

「我說進步是美妙的。這就是為什麼妳不必到保留區去，除非妳真的想去。」

「但我真的想去啊。」

「那麼很好。」伯納德說道；這幾乎是個威脅了。

他們的許可證需要保留區區長的簽名，第二天早上他們照規定地出現在他的辦公室。一個正艾普西隆黑人門房接過伯納德的名片，他們幾乎立刻就獲准入內。

區長是個頭型很短的金髮負阿爾法，矮小、紅皮膚、有張月亮臉，還有寬闊的肩膀，還有雷鳴似的大嗓門，很能夠適時吐出睡眠教學法的智慧小語。他有著源源不絕的無關緊要資訊與不請自來的良心建議。話匣子一開，他就說個不停——聲若洪鐘。

「……五十六萬平方公里，劃分成四個不同的次保留區，每一區周圍都環繞著高壓電網圍牆。」

在這一刻，伯納德沒有特別的理由，就突然想起他忘記關上浴室裡的古龍水水龍頭，古龍水正大量地猛流著。

「……供應的電流來自大峽谷水力發電站。」

「等到我回去的時候，我會損失一大筆錢。」伯納德用想像之眼，看到了香水表指針一圈又一圈地爬著，就像螞蟻一樣不知疲憊。「得快點打電話給海姆霍茲．華森。」

「……超過五千公里的圍牆有六萬伏特的電壓。」

「你不是這意思吧！」列寧娜禮貌地說道，她對於區長講的話一點都不懂，只是從他戲劇性的停頓裡接收到暗示，該她回應了。在區長開始大聲說話的時候，她不著痕跡地吞下半公克索麻，結果是她現在可以坐在那裡，態度平靜地不去傾聽，什麼也不去想，只是用她藍色的大眼睛牢牢盯著區長的臉，做出全神貫注的表情。

「碰觸圍牆立刻致死，」區長嚴肅地說道。「沒有可能逃出野人保留區。」

「逃跑」這個字眼有暗示性。「或許，」伯納德人站起來一半，同時說道：「我們該考慮離開了。」那個小小的黑色指針正匆促地跑著，像隻昆蟲，在時間之中小口嚙咬，吃掉他的錢。

「沒有可能逃出，」區長又講了一次，揮揮手要他坐回椅子裡；因為許可證還沒經過區長副署，伯納德別無選擇，只能從命。「那些在保留區裡出生的人——而且請記得，我親愛的年輕女士，」他補上這句話，色迷迷地瞄著列寧娜，然後用一種不怎麼得體的耳語說道：「記得喲，在保留區裡，孩子們還是會被生出來，對，真正地生出來，那可能顯得很噁心……」（他希望這樣指涉到一樁可恥的主題，會讓列寧娜臉紅；但她只是帶著知性受到刺激的微笑說道：「你不是這意思吧！」失望的區長再度開口。）「我重複一遍，那些生在保留區的人注定要死在那裡。」

注定要死……每一分鐘流掉十分之一公升的古龍水。一小時六公升。「或許，」伯納德再接再厲：「我們應該……」

區長往前一靠，用他的食指輕敲桌面。「你問我有多少人住在保留區裡。而我回答，」──與高采烈地──「我回答，我們不知道。我們只能猜測。」

「你不是這意思吧！」

「我親愛的年輕女士，我確實是這意思。」

二十四的六倍──不，這會接近三十六的六倍。伯納德臉色蒼白地顫抖著。但那雷鳴之聲冷酷無情地繼續。

「大約六萬名印第安人與混血兒……徹底的野蠻人……我們的督察員偶爾會拜訪……在其餘狀況下，他們跟文明世界徹底沒有任何交流……仍然保有他們令人反感的習慣與風俗……婚姻，如果妳知道那是什麼，我親愛的年輕女士；家庭……沒有制約……可怕的迷信……基督教跟圖騰信仰，還有祖先崇拜……失傳的語言，像是祖尼語、西班牙語跟阿薩巴斯卡語……美洲獅、豪豬跟其他凶猛的動物……傳染病……教士……毒蜥蜴……」

「你不是這意思吧！」

到最後他們終於離開了。伯納德衝向電話。快點快點；但他幾乎花了三分鐘才跟海姆霍茲・華森講到話。「我們可能已經置身於野人之間了，」他抱怨道：「該死的無能！」

「吃一公克索麻吧。」列寧娜提議。

他拒絕了，寧願保持他的憤怒。然而到了最後，感謝福特，他接通了，而且沒錯，對方是海姆霍茲；他對海姆霍茲解釋發生了什麼事，海姆霍茲則答應立刻去那裡，立刻，而且關掉水龍頭，沒錯，立刻就去，但他利用這個機會告訴伯納德制約中心主任昨天晚上在公開場合說了什麼……

「什麼？他在找人取代我的位置？」伯納德的聲音苦惱不已。「所以真的決定了？他有提到冰島嗎？你說他真的講了？福特！冰島……」他掛上話筒，然後轉回去面對列寧娜。他的臉色蒼白，表情全然沮喪。

「出了什麼事？」她問道。

「什麼事？」他沉重地跌坐到一張椅子上。「我要被送去冰島了。」

他在過去常常納悶地想，被迫經歷某種重大試煉、某種痛苦、某種迫害（沒有索麻，而且除了自己的內在資源以外沒別的東西可以仰賴），會是什麼樣子；他甚至渴望折磨。近在一週之前，在主任辦公室裡，他曾經想像自己勇氣十足地抗拒，一句話都不說就堅忍不拔地接受苦難。主任的威脅實際上讓他興奮，讓他覺得自己比實際上更偉大。但就如同他現在所領悟到的，那是因為他沒有很認真看待那些威脅，他本來並不相信會走到這一步，不相信制約中心主任會做出任何事情。現在看來那些威脅好像真的會實現，伯納德驚恐不已。那種想像出來的堅忍，那種理論上的勇氣，已經絲毫不剩了。

他對自己充滿憤怒——好個蠢材——去對抗主任——不給他別的機會是多麼不公平，他現在一點都不懷疑，他一直都打算爭取另一個機會。而冰島，冰島……

列寧娜搖搖頭。「過去跟未來讓我不適，」她引用這句老話：「我服下一公克索麻，然後就只有現在。」

到最後她說服他吞下四顆索麻。五分鐘後，現狀的因與果都被徹底破壞了；屬於現在的花朵，帶著玫瑰色的希望綻開。門房帶來的訊息宣布，依據區長的命令，一位保留區警衛駕著一架直升機過來了，正在旅館屋頂等候。他們立刻到了上面。一個有八分之一黑人血統、穿著伽瑪綠制服的人行了禮，然後繼續背誦今天早上的行程。

鳥瞰十或十二個主要印第安村落，然後在熔岩區的山谷裡降落吃午餐。那裡的招待所很舒適，而村落裡的野人可能正在慶祝他們的夏季慶典。那裡會是打發夜晚時光的最佳場所。

他們在直升機裡坐下，然後出發。十分鐘後他們就穿越分離文明與野蠻的邊界了。上升又下降，越過結著鹽或沙的沙漠，穿過森林，進入峽谷紫色的深淵，越過峭壁、山尖跟平坦如桌面的台地，圍牆不斷地前行，無可抗拒地蓋成了直線，這是人類意圖獲勝的幾何學象徵。在圍牆底部的某些地方，會有排列如馬賽克的白骨，或者某個還沒腐爛的黑色屍骨躺在黃褐色的地面，標示出在這個地方，有過鹿或小牛、美洲獅、豪豬或土狼、或者貪婪的紅頭美洲鷲，被腐肉的微弱氣味吸引過來，然後就好像被某種因果報應給引爆了；牠們離那毀滅性的通電鐵網太近了。

「牠們從來學不會，」綠衣駕駛員一邊說，一邊往下指著他們下方地面上的骸骨。「而且永遠學不會。」他補上這句話，然後笑了出來，就好像他以某種方式達到個人的勝利，贏過那些受了電刑的動物。

伯納德也笑了；服用兩公克索麻以後，基於某種理由，這個笑話似乎滿好的。他笑完以後，幾乎馬上就陷入夢鄉，然後一路睡過了陶斯與塔蘇奇；睡過了南貝、皮克利斯與波哈奇，睡過了席亞與柯奇地，睡過了拉古納、阿柯瑪與魔魅台地，睡過了祖尼、西波拉與歐荷卡利恩泰，然後終於醒過來，發現機器站在地面上，列寧娜拿著行李箱進入一個小小的四方形房子裡，綠衣混血兒伽瑪正在對一個印第安青年講些聽不懂的話。

「熔岩區，」駕駛員在伯納德下機時解釋道。「這是招待所。今天下午在村子裡有一場舞蹈會。他會帶你們去那裡。」他指向那個表情不悅的年輕野人。「我想會很好玩。」他咧嘴笑了。「他們做的每件事都很好玩。」講完這句話，他就爬進直升機裡，發動了引擎。「明天再回來。還有記住，」他補上這句話要讓列寧娜安心：「他們是完全馴服的；野人不會對你們造成任何傷害。他們對毒氣彈有過足夠的經驗，知道他們絕對不能玩任何花招。」他還在大笑的時候，就發動了直升機的螺旋槳，加速之後便飛走了。

第七章

這個台地就像一艘船，在無風狀態下停泊在一個有著獅毛色塵土的地峽裡。運河從陡峭的堤岸之間蜿蜒而過，而有一道綠色從一邊峭壁歪向另一邊，跨越了谷地——一條河跟河畔的田野。在那艘石船位於地峽中央的船頭，有個裸露岩石構成、形狀清楚的幾何狀露頭，看起來像是船的一部分，熔岩區的印第安村落就矗立在此。一塊疊著一塊，每一層都比下面那一層小一些，這些高聳的房屋就像一階階堆起、頂端卻被切掉的金字塔，一路高升到藍色的天空中。在房屋底部躺著一批零零落落的低矮建築物，呈十字交叉的牆面；而在三個邊上，斷崖陡峭地直下平原。幾道煙柱垂直地往上攀進無風的空氣裡，然後消失無蹤。

「真古怪，」列寧娜說：「非常古怪。」這是她表達譴責的常用語。「我不喜歡這個。我也不喜歡那個男人。」她指向那個印第安嚮導，他被指派來帶他們往上爬，進入村落。她的感覺顯然得到同樣的回敬；當那男人走在他們前面的時候，光是他的背影就有敵意，帶著不快的輕蔑之情。

「除此之外，」她壓低她的聲音：「他有體臭。」

伯納德沒有嘗試否認這一點。他們繼續走著。

突然之間，整個空氣好像都活了過來，而且在搏動著，隨著血液不知疲憊的奔流在搏動。在上方的熔岩區裡，有人在敲著鼓。他們的腳步落在那神祕心臟的節拍上；他們加快了步伐。路徑帶著他們走向那峭壁的底部。台地大船的側面聳立在他們之上，要三百呎才到船舷邊緣。

「我真希望我們可以帶著那架直升機來，」列寧娜說道，同時怨恨地抬頭看著逼近的單調岩石表面。「我討厭走路。而且當你身處一座山丘底部的地面上時，會覺得自己好渺小。」

他們在台地陰影下走了一段路，繞過一個突出部位，然後在那裡，在一個被水侵蝕出來的深谷裡，有一條伴隨著梯級的上升路線。他們攀爬著。這是一條非常險峻的小徑，在峽谷裡左曲右拐，呈之字形延伸。有時候鼓聲的搏動幾乎聽不到，其他時候卻像是就在轉角處。

在他們往上爬到一半的時候，一隻老鷹飛掠過去，離他們如此之近，翅膀拍出來的風還冷冷地吹在他們臉上。在岩石的裂縫裡，躺著一堆骨頭。這全都古怪得讓人產生壓迫感，而那印第安人的體味變得越來越濃。他們終於從深谷裡冒出來，進入了完整的日照之中。台地頂端是一片平坦的石桌。

「就像查令T字塔。」這是列寧娜的評語。但發現這個令她心安的相似性之後，她沒能享受太久。一陣輕柔腳步聲啪嗒啪嗒響起，讓他們轉過身去。兩個印第安人沿著小徑奔跑著過來，他們從喉嚨到肚臍都赤裸裸的，暗棕色的身體上面畫著白色的線條（「就像鋪柏油的網球場。」列寧娜以後會這麼解釋），他們的臉因為鮮紅色、黑色與黃褐色的塗抹痕跡，變得不像人類。他們黑色的頭髮跟狐毛還有紅色法蘭絨編織在一起。火雞羽毛斗篷在他們肩膀上飄動；巨大的羽毛冠冕俗麗地在他們腦袋周圍往外爆開。他們每走一步路，他們的銀色手鐲、沉重的骨頭與綠松石珠項鍊就鏗鏘作響。他們一語不發地來到，穿著他們的鹿皮莫卡辛鞋悄然無聲地奔跑。其中一個握著一把羽毛撢；另一個人兩手都拿著從遠處看像三四條粗繩索的東西。其中一條繩索不自在地扭動著，列寧娜這時突然看出牠們是蛇。

男人們越靠越近；他們黑色的眼睛注視著她，卻沒有表現出任何確認的信號，沒有透露出最小的一點信號，表示他們看到了她，或者察覺到她的存在。扭動的蛇再度跟其他的蛇一樣軟趴趴地掛著。男人們走了過去。

「我不喜歡這樣，」列寧娜說：「我不喜歡這樣。」

她更不喜歡的是在村落入口等著她的東西，在那裡嚮導留下他們，自己進去裡面聽候指示。首先是泥土、一堆堆垃圾、灰塵、狗，還有蒼蠅。她的臉皺起來，變成一張厭惡的怪臉。她拿起手帕遮住鼻子。

「他們怎麼能像這樣過日子啊？」她用一種義憤填膺到不敢置信的聲音迸出這句話。（這不可能。）

伯納德以哲人的態度聳聳肩。「無論如何，」他說：「過去五六千年他們一直是這樣過的。所以我想到現在他們一定已經習以為常了。」

「但是整潔的重要性僅次於遵從福特教誨。」她這麼堅持。

「對，文明就是消毒殺菌，」伯納德繼續說下去，以一種諷刺的語調為睡眠教學基本衛生第二課作結。「但這些人從來沒聽說過我們的福特，他們並不文明。所以根本沒必要去……」

「喔！」她緊抓住他的手臂：「你看。」

一個幾乎赤裸的印第安人，非常緩慢地從隔壁房屋的二樓陽台爬著梯子下來——一階跟著一階，帶著耄耋之人那種顫巍巍的小心翼翼。他的臉上有很深的皺紋，又黑黑的，像是黑曜石做的面具。沒有牙齒的嘴已經凹陷。在嘴角跟下巴的兩側，有幾根長長的刺毛，在黑色皮膚襯托下幾乎閃爍著白光。沒有編成辮子的長髮是一綹綹的灰絲，從他的臉孔周圍垂下。他的身體彎曲著，而且瘦到見骨，幾乎沒有肉了。他非常緩慢地下來，每下一階都停頓一下，才冒險再多踏一步。

「他是怎麼了？」列寧娜悄悄說道。她的眼睛恐懼驚訝地睜大了。

「他老了，就只是這樣。」伯納德盡他所能輕描淡寫地回答。他自己也很震驚；但他努力表現得無動於衷。

「老？」她重複了一次。「但是主任是老了；有很多人也都老了；他們就不像那個樣子。」

「那是因為我們不讓他們變成那樣。我們保護他們免於疾病侵襲。我們以人為方式平衡他們的內分泌，保持在青春的均衡狀態。我們不讓他們的鎂鈣比例降到三十歲以下的水準。我們替他們輸送年輕的血液。我們固定促進他們的新陳代謝。所以，他們當然看起來不像那樣。有一部分，」他補充說明：「是因為他們大多數早在到達這些老傢伙的年紀以前就死了。幾乎青春無損到六十歲，然後喀！就結束了。」

不過列寧娜沒有在聽。她注視著那個老人。他很慢、很慢地往下爬。他的腳碰到了地面。他轉身。他那雙眼睛在深深凹陷的眼窩裡，仍然異常閃亮。那雙眼睛毫無表情地注視她良久，眼中沒有訝異，就好像她根本不在那裡似的。緩緩地，這個駝著背的老人蹣跚經過他們身邊，然後離去。

「但這樣很恐怖，」列寧娜耳語道：「這好可怕。我們不該來這裡的。」她尋找口袋裡的索麻——結果只發現，因為某種史無前例的疏忽，她把那個瓶子留在下面的招待所裡了。伯納德的口袋也是空的。

列寧娜孤立無援地被撇下，得要面對熔岩區的恐怖狀況。這些恐怖景象濃密而迅速地湧向她。兩個年輕女子用乳房餵嬰兒的奇觀讓她臉紅，把臉轉開了。她這輩子從來沒見過這麼不莊重的場面。而讓狀況更糟的是，伯納德沒有巧妙地忽視這一幕，還接著公開評論這個令人反感的胎生場景。現在索麻的效果消退了，伯納德對自己早上在旅館裡表現出的軟弱感到羞恥，於是刻意要表現得自己很強悍又不拘正統。

「多麼美妙親密的關係啊，」他這麼說，刻意要驚世駭俗。「而且這樣必定會滋生出多麼強烈的感覺！我常常想到，一個人沒有母親可能會錯失某種東西。或許妳沒**做過**母親，就錯過了某種東西，列寧娜。想像妳自己坐在那裡，有個妳自己的小寶寶……」

「伯納德！你怎麼能這樣？」一個眼睛發炎、還有某種皮膚病的老女人經過，讓她的注意力從她的義憤上面轉開了。

「咱們走吧，」她懇求著：「我不喜歡這樣。」

但在這一刻，他們的嚮導回來了，而且招手要他們跟上，帶路沿著房屋之間的狹窄街道走過去。他們繞過一個轉角。一條死狗躺在一個垃圾堆上；一個甲狀腺腫大的女人正在一個小女孩頭髮裡找頭蝨。他們的嚮導在一道梯子底部停下來，垂直地舉起他的手，然後再猛然往前平舉。他們照著他默默下的命令做——爬上梯子，然後走進門口，這道門通往一個狹長的房間，相當陰暗，而且有菸味、烹飪的油膩味道、還有穿了很久沒洗的衣服氣味。在房間的另一頭，有另外一個門，穿過這道門出現的是一道陽光，還有噪音——非常大而且很近的鼓聲。

他們越過門檻，發現自己置身於一個寬廣的陽台上。在他們底下，封閉在那些高聳屋子裡面的，就是村莊的廣場，擠滿了印第安人。色彩明亮的毯子，黑髮上的羽毛，還有在熱氣下閃閃發亮的暗色皮膚。列寧娜再度把她的手帕擱到鼻子前面。在廣場中央的開放空間裡，有兩個石造的環狀平臺跟踩踏過的黏土——顯然是地下房間的屋頂；因為在每個平臺中央都有個露天的地窖口，還有一道梯子從較低的暗處冒出來。一個來自地下的長笛演奏聲傳了上來，幾乎淹沒在無休無止、穩定持續的鼓聲裡。

列寧娜喜歡那些鼓。她閉上眼睛，讓自己盡情沉浸在它們輕柔重複的雷聲之中，容許那聲音越來越完全地侵入她的意識，直到最後世界上什麼都不剩了，只有那一個聲音的深沉搏動。這讓她安心地想起團結禮拜，還有福特日慶祝活動中的合成噪音。「狂歡—解放。」她對自己耳語道。這些鼓聲敲出的就是一樣的節奏。

突然有一陣讓人震驚的歌聲爆了出來——幾百個男人嗓音，凶猛地喊出刺耳如金屬敲擊的一致聲響。幾個拖長的音符與沉默，那些鼓打雷似的沉默；然後，在一種馬嘶般的高音裡，女人們發出尖厲的回應。然後鼓聲又響起了；男人們低沉野蠻地肯定了他們的男子氣概。

古怪——對。這個地方很古怪，音樂也怪，衣服、甲狀腺腫大、皮膚病跟老人也怪。但這表演本身——似乎沒有什麼特別古怪的地方。

「這讓我想起某個低階層的社群詩歌吟唱大會。」她這樣告訴伯納德。

但稍過一會兒以後，這表演讓她想起的遠非那種毫無害處的社會活動。因為從那些地下房間裡突然蜂擁而出的，是一支恐怖的怪物大軍。他們戴著可怕的面具，或者塗上了油彩，遮著所有與人類相近之處，在廣場周圍大步踩出一種奇怪的跛行舞蹈；繞了一圈又一圈，跳的時候還一邊唱歌，繞啊繞的——每次都稍微加快一點點；然後鼓聲改變了，加快了它們的節奏，因此在耳朵裡變成像是發燒時的搏動；人群開始跟舞者們一起歌唱，聲音越來越大；起初一個女人開始尖叫，然後另一個尖叫了，接著又是一個，就好像有人正在殺害她們似的；接著帶頭的舞者突然從隊伍裡衝出來，奔向一個矗立在廣場一頭的大木櫃，掀起蓋子，然後拉出一對黑蛇。一聲巨大的吶喊從人群中揚起，其他所有舞者都雙手大張奔向那個人。他把蛇甩到第一批來到的人身上，然後伸手到櫃子裡去拿更多蛇。越來越多的黑蛇、棕蛇與花斑蛇——他都甩了出來。然後舞蹈以一種不同的節奏再度開始。他們帶著他們的蛇，一圈又一圈地跳著，像蛇一樣，膝蓋跟髖部有一種柔和的起伏動作。一圈又一圈。然後帶頭者打出一個信號，一個接著一個，所有的蛇都被拋向廣場中央；一個老人從地下出來，把玉米粉撒在蛇身上，而從另外一個地窖口來了一個女人，用一個黑罐子裡的水澆在蛇身上。然後老人舉起他的手，讓人震驚害怕的是，這時有一陣全然的寂靜。鼓停止拍打，生命似乎來到了終點。老人指向通往下面那個世界的兩個地窖口。然後慢慢地，由看不到的手從下方舉起，從一邊地窖口冒出一幅畫出來的老鷹圖像，另一邊地窖口則是一個男人的圖像，他赤裸裸的，被釘在一個十字架上。

他們懸在那裡，似乎是靠自己的力量，就好像在注視著。老人雙手一拍。有個大約十八歲的男孩從人群裡走出來，除了一條白色腰布以外全身赤裸，站在老人面前，雙手交叉在胸前低著頭。老人在他身上畫了個十字記號，然後轉開身體。男孩慢慢地繞著扭動的蛇堆步行。他完成了第一圈，第二圈走到一半的時候，舞者之中有個高大的男人戴著土狼的面具，手中握著一根編成辮子狀的皮鞭，朝著他走近。男孩繼續走著，就像是沒察覺到另一個人存在似的。土狼男子揚起鞭子，有一陣長時間的期待，然後是一個輕快的動作，鞭子一抽的哨音，與鞭子衝擊皮肉時那種響亮扁平的聲音。男孩的身體顫抖著；但他沒有出聲，他用同樣緩慢而穩定的步調走著。土狼又揮鞭了，然後再揮鞭；起初每次出擊都引起群眾的一聲驚喘，後來就變成一種低沉的呻吟。男孩走著。他走了兩圈，三圈，四圈。血在流淌。第五圈，第六圈。突然間列寧娜用雙手蓋住她的臉，開始啜泣。「喔，阻止他們，阻止他們！」她哀求著。但鞭子無情地一再落下。第七圈。然後突如其來的，男孩步伐搖晃了，還是一聲不吭，臉朝下往前一倒。老人彎腰俯視著他，用一根長長的白色羽毛觸碰他的背，舉起來一會兒，羽毛是緋紅色的，讓眾人看看，然後朝著蛇堆甩了三次。有幾滴血落下，然後突然間鼓聲再度爆出，變成一陣驚慌急促的旋律；有一陣很大的叫喊。舞者們衝上前去，拾起那些蛇，奔出廣場之外。男人、女人、孩童，所有群眾跟著他們奔出去。一分鐘後，廣場就空了，只有男孩留在那裡，臉朝下趴在他跌倒之處，動都不動。三個老女人從其中一間屋子裡走出來，有些困難地舉起他，把他抬進去。老鷹跟十字架上的男人，繼續守衛著空村子一小段時間；然後，就好像它們已經看夠了似的，緩慢地從地窖口往下沉，消失在視線之外，進入下面的世界。

列寧娜還在啜泣。「太可怕了，」她一直重複著，而伯納德所有的安慰都無濟於事。「太可怕了！那些血！」她打著冷顫。「喔，我真希望我有帶著索麻。」

裡面的房間之中有一陣腳步聲。

列寧娜沒有動，只是坐著用手遮住臉，什麼都沒看見，脫離這一切。只有伯納德轉身了。

現在踏出陽台的年輕人衣服是印第安式的；但他編成辮子的頭髮卻是稻草色的，眼睛是淡藍色，他的皮膚是白皮膚，曬成了古銅色。

「哈囉。晨安，」這個陌生人說道，講了一口完美無缺卻古怪的英語。「你們是文明人，不是嗎？你們來自『異地』，來自保留區之外？」

「到底是誰……？」伯納德震驚地開口了。

年輕男子嘆息著搖搖頭。「一位最不幸的紳士[10]。」然後，他指向廣場中央的血跡：「你看到那該死的血跡[11]了嗎？」他用充滿感情的顫抖聲音問道。

「一公克索麻勝過一聲咒罵，」雙手掩面的列寧娜機械式地說出這句話。「我真希望我有帶著索麻。」

「**我**本來應該在那裡，」年輕男子繼續說道：「他們為什麼不讓我做犧牲品？我會有辦法繞上十圈——十二圈，十五圈。帕婁希提瓦只能走七圈。他們本來可以從我身上取得兩倍多的血。無垠的海水染成一片殷紅[12]。」他雙臂往外一揮，做出一個形容海量的手勢；然後，絕望地讓那雙手再度落下。「但他們不肯讓我做。他們不喜歡我，就為了我的面容。一直都是這個樣子。一直如此。」年輕男子的眼睛淚盈於睫；他羞愧地轉過身去。

震驚讓列寧娜忘記她沒有索麻。她露出她的臉孔，然後第一次注視著那個陌生人。「你的意思是說你想被那根鞭子抽打嗎？」

那年輕人仍舊閃避著她，做出一個肯定的信號。「為了村落的緣故——讓雨落下，讓玉米生長。還有取悅普空與耶穌。然後，是為了顯示我可以忍受痛苦而不叫出聲來。對，」他的聲音突然有一種新的反響，他轉過來，肩膀驕傲地一挺，下巴桀驁不馴地一揚：「為了顯示出我是個男人……喔！」他倒抽一口氣，然後靜默了，目瞪口呆。他這輩子第一次看到，一個女孩子的臉頰不是巧克力色或者狗皮色，她的頭髮是紅褐色，還燙成波浪狀，而她的表情（驚人地新穎！）帶著善心的興趣。列寧娜在對他微笑；她正在想，這樣好看的男孩，還有個真正漂亮的身體。血液湧上這年輕人的臉；他視線往下落，又暫時再度揚起，只發現她仍然在對他微笑，這微笑這樣讓他傾倒，以至於他必須轉開身體，假裝非常專注地看著廣場另一邊的某樣東西。

伯納德的問題分散了注意力。誰？怎麼會？什麼時候？從哪裡？年輕男子的眼睛一直盯著伯納德的臉（因為他這麼熱切地渴望看到列寧娜微笑，他就是不敢望著她），試著要說明他自己。琳達跟他——琳達是他母親（這個字眼讓列寧娜看起來很不安）——在保留區裡是外人。琳達是很久以前從「異地」來的，早在他出生以前，跟一個是他生父的人來到這裡。（伯納德豎起了耳朵。）她

---

⑩《維洛納二紳士》（*The Two Gentlemen of Verona*），第五幕第四景。約翰經常引用他熟讀的莎劇台詞，本書中大部分使用的是木馬文化出版的《新莎士比亞全集》方平的譯文，但少數時候為了配合小說本身的脈絡會另行翻譯。

⑪「該死的血跡」出自《麥克貝斯》（*Macbeth*），第五幕第一景，木馬版方平譯本。

⑫這句話出自莎劇《麥克貝斯》第二幕第二場，麥克貝斯的台詞：「不，倒是我這隻手要叫大海變色，把萬頃碧波染成血紅的一片。」

獨自在那邊的那些山脈裡散步，朝著北方走，卻掉進一個陡峭的地方，撞傷了頭。（「繼續說，繼續說。」伯納德興奮地說道。）某些來自熔岩區的獵人找到她，把她帶到村落裡。至於那個是他生父的男人，琳達再也沒有見過他。他的名字叫湯瑪金。（對，「湯瑪斯」是制約中心主任的名字。）他必定是飛走了，回到異地去，沒帶著她就走了——一個壞心、不仁慈、反常的男人。

「所以我就出生在熔岩區，」他做了結論。「在熔岩區。」他搖搖頭。

那棟位於印第安村落邊緣的小屋髒成什麼樣了！

一片塵土與垃圾構成的空間，把小屋跟村落隔離開來。兩隻餓得發慌的狗下流地聞著小屋門口的垃圾。在裡面，他們一進去的時候，這個幽暗之地發出臭味，還有很響的蒼蠅嗡嗡聲。

「琳達！」年輕男子喊道。

從內層房間裡，有個相當粗啞的女聲說道：「來啦。」

他們等待著。地板上的碗裡有著一餐剩飯——或許是許多餐的剩飯。

門打開了。一個非常矮胖的金髮女人踏過門檻，站在那裡注視著那些陌生人，難以置信地瞪著，她的嘴巴張開了。列寧娜厭惡地注意到有兩顆前排牙齒不見了。而剩下的那些牙齒顏色……她打起冷顫。比那老人還要糟糕。這麼肥胖。還有她臉上所有的線條，那種鬆軟的肉，那些皺紋。還有下陷的臉頰，那些紫色的斑塊。還有她鼻子上的紅色血管，充血的雙眼。還有那個脖子——那脖子；

還有她蓋在頭上的那條毯子——破爛又骯髒。在那棕色布袋形狀的連身裙底下，那對巨大無比的乳房，鼓突的肚腹，還有屁股。喔，比那老人更糟，更糟得多！而突然間這個生靈冒出一串滔滔不絕的話，展開雙臂衝向她，然後——福特啊！福特！這實在太令人反感了，在別的時刻她會吐出來的——女人把她壓到那鼓起的肚子、胸脯上，還開始親吻她。福特！親吻，滿是口水，味道這麼恐怖，顯然從來沒洗過澡，而且就是散發出放進德塔與艾普西隆瓶子裡那種恐怖玩意的惡臭（不，關於伯納德的傳說不是真的），肯定有酒精的臭味。她盡可能迅速地掙脫開來。

一張抽泣著的扭曲臉孔直接面對著她；那個東西在哭泣。

「喔，我親愛的，我親愛的。」滔滔不絕的話語在啜泣中流瀉出來。「如果妳知道我有多高興——過了這些年以後！一張文明的臉孔。對，還有文明的衣服。因為我以為我永遠不會再看到一塊真正的醋酸纖維絲了。」她用手指觸碰著列寧娜的襯衫袖子。那些指甲是黑的。「還有那些可愛的黏膠纖維天鵝絨短褲！親愛的，妳知道嗎，我還留著我的舊衣服，我進來這裡時穿的衣服，收在一個箱子裡。隨後我會讓妳看看那些衣服。不過當然啦，醋酸纖維變得都是洞了。不過那樣可愛的白色避孕皮帶——雖然我必須說，妳的綠色摩洛哥皮帶還更可愛些。這倒不是說那條避孕皮帶有給我多少好處。」她的眼淚再度開始奔流。「我想約翰告訴過你們了。我必須忍受些什麼——而且弄不到任何一公克索麻。只有偶爾來一杯龍舌蘭酒，以前波佩會帶來。波佩是我以前認識的一個男孩。但龍舌蘭酒事後會讓妳感覺糟得不得了，真的會，妳會被酒裡的仙人掌弄得想吐；除此之外，龍舌蘭酒總是會在第二天讓那種恐怖的羞恥感變得更糟。而我覺得這麼羞愧。光想想看就知道了：我，一個貝塔——生了個寶寶：想像妳自己處於我的位置。」（光是這種建議就讓列寧娜打冷顫。）「雖然這不是我的錯，我發誓；因為我還是不知道這是怎麼發生的，既然我做了所有的馬爾薩斯訓練——妳知道的，用數的，一、二、三、四，永遠如此，我發誓；但這種事還是發生了，當然了，這裡沒有任何類似墮胎中心的東西。順便一問，墮胎中心還在卻爾西嗎？」她問道。列寧娜點點頭。「而且星期二跟星期五還是會開探照燈？」列寧娜再度點頭。「那美妙的粉紅色玻璃塔啊！」可憐的琳達抬起她的臉，閉上眼睛，心醉神迷地想著記憶中的明亮影像。「還有晚上的泰晤士河，」她悄聲說道。大滴的淚水慢慢地從她緊閉著的眼皮後面滲出來。「還有在晚上從史托克波吉思飛回去。然後是一場熱水澡，還有真空震動按摩……只有那裡。」她深吸一口氣，搖搖頭，再度睜開眼睛，吸著鼻子一兩下，然後在手指上擤了鼻涕，然後抹在她那件連身裙的裙襬上。「喔，我真是抱歉，」為了回應列寧娜不由自主擺出的厭惡表情，她這麼說道。「我不該那樣做的。我很抱歉。但在沒有任何手帕的時候，妳要怎麼做呢？我記得以前這樣讓我多難過，所有的塵土，什麼都沒有消毒。他們當初把我帶回這裡時，我頭上有個可怕的傷口。妳無法想像他們用什麼蓋住傷口。骯髒，就是骯髒。『文明就是消毒，』我以前會跟他們這樣說。還有『從鏈球菌G到班伯里T，看到好浴室與盥洗間。』就好像他們還是孩子。但當然了，他們不懂。他們怎麼會懂？到最後，我想我習慣了。而且無論如何，在沒有供應熱水的時候，妳怎麼能讓東西保持乾淨呢？再看看這些衣服，這醜陋的羊毛不像醋酸纖維。羊毛會一直用下去。如果它破了，妳就該去縫補它。但我是個貝塔；我在受精室裡工作；沒有人教過我怎麼做那種事，那不是我的事。此外，以前縫補衣服是絕對不正確的做法。衣服上面有洞了就丟掉買新的。『補越多針，越少財富。』不是嗎？縫補是反社會的。但在這裡一切都不一樣。就像跟瘋子一起生活。他們所做的每件事都瘋了。」她環顧四周；她看到約翰跟伯納德離開了他們，在屋外的塵土跟垃圾之間走來走去；但她還是像講祕密似地壓低聲音，靠了過去——列寧娜則身體一僵往後縮——近到那種胚胎毒藥呼出來的臭氣，都讓列寧娜臉頰上的汗毛抖動起來了。「舉例來說，」她用粗啞的聲音耳語道：「他們在這裡彼此擁有的方式。我告訴妳，瘋了，徹底瘋了。人人都屬於別人——不是嗎？不是嗎？」她堅持追問，同時一邊扯著列寧娜的袖子。列寧娜點了點她撇向別處的頭，呼出她一直屏住的氣，然後設法再吸一口相對來說沒受汙染的空氣。「唔，在這裡，」那女人繼續說道：「沒有人該屬於超過一個人。而如果妳照著正常方式擁有別人，其他人就認為妳很邪惡又反社會。他們恨妳又鄙視妳。有一次一大堆女人來大吵大鬧，因為她們的男人來見我。唔，為什麼不呢？然後她們就衝向我……不，那太恐怖了。我不能告訴妳那件事。」琳達用雙手蓋住臉顫抖著。「她們真是可恨，這裡的女人啊。瘋顛、瘋狂又殘酷。而且當然了，她們根本對馬爾薩斯訓練一無所知，也不知道瓶子，或者離瓶，或者任何那類的事。所以她們隨時都在生小孩——像狗一樣。這太噁心了。再想想我……喔，福特，福特，福特啊！然而約翰對我來說是一大安慰。我不知道要是少了他我該怎麼辦。就算每次有男人來，他都會變得這麼生氣……甚至很像個小男孩。有一次（不過那是在他比較大的時候了）他想要殺死可憐的威胡希瓦——還是波佩啊？——就只因為我以前有時候會擁有他們。因為我從來無法讓他了解文明人該做什麼。我相信發瘋是會傳染的。無論如何，約翰似乎是從印第安人那裡染上的。因為，當然了，他常常跟他們在一起。雖然他們總是對他這麼惡劣，不讓他做所有其他男孩做的事情。在某方面來說這是好事，因為這讓我比較容易稍微制約他一下。雖然妳根本不知道這樣有多難。有好多事情是一個人不知道的；知道不是我的分內事。我的意思是，當一個孩子問妳一架直升機怎麼運作的，或者誰造出這個世界——唔，如果妳是個貝塔，一直都在受精室裡工作，妳要回答什麼？妳要回答什麼？」

第八章

在外面，在塵土與垃圾之間（現在有四條狗了），伯納德與約翰慢慢地來回踱步。

「對我來說很難明白，」伯納德正在說話：「很難重建。就好像我們住在不同的星球上，活在不同的世紀。一位母親，還有這些泥巴，還有眾神，還有疾病……」他搖搖頭。「這幾乎是無法想像的。我永遠不會懂，除非有你解釋。」

「解釋什麼？」

「解釋這個。」他指向印第安村落。「那個。」指的是座落在村外的小房子。「每一件事。你的整個人生。」

「但是有什麼好說的呢？」

「從頭說起。盡可能回溯你能想起來的。」

「盡可能回溯我能想起來的。」約翰皺起眉頭。有一陣漫長的沉默。

天氣非常熱。他們吃了一大堆玉米餅跟甜玉米。琳達說：「過來躺下，寶貝。」他們一起躺在大床上。「唱歌，」然後琳達唱了。唱著「從鏈球菌G到班伯里T」還有「掰，班廷寶貝，很快你就需要離瓶了。」她的歌聲變得越來越微弱，越來越微弱……

有個很大的噪音，他驚醒了。一個男人在對琳達說些什麼，琳達在笑。她先前把毯子拉高到她的下巴，但那男人又再度把毯子拉下來。他的頭髮就像兩條黑色繩索，他的手臂周圍有個漂亮的銀色臂鐲，上面還嵌著藍色的石頭。他喜歡那個臂鐲；但他還是很害怕；他把臉藏在琳達身後。琳達把手放在他身上，他就覺得安全些了。用那些他不是那麼明白的話，她對那個男人說：「約翰在這裡就不行。」那男人注視著他，然後又去看著琳達，用輕柔的聲音說了幾個字。琳達說：「不要。」但那個男人彎腰到床上朝著他去，他的臉很大、很恐怖；黑繩索般的頭髮碰到了毯子。「不要，」琳達再說了一次，他感覺到她的手捏他捏得更緊了。「不要，不要！」但那個男人抓住他的一隻手臂，這樣很痛。他尖叫出聲。男人拉起他的另一隻手，把他舉起來。琳達仍然抱著他，仍然在說：「不行，不行。」男人說了某句很簡短而憤怒的話，然後她的雙手突然就不在那裡了。「琳達，琳達！」他踢騰扭動著；但男人把他帶到門邊去，打開了門，把他放在另一個房間中央的地板上，然後就走開了，把他背後的門鎖上。他起身奔向那道門。踮著腳尖，他能夠剛好摸到大大的木頭門栓。他舉起門栓來推門；但門就是不開。「琳達！」他大喊。她沒有回答。

他記得一個巨大的房間，光線相當陰暗；那裡有些大大的木製物品，上面繫著繩索，還有一大堆女人站在那些東西周圍——琳達說，是在做毯子。琳達叫他跟其他孩子坐在角落裡，同時她過去幫助那些女人。他跟那些小男孩玩了很久。突然間人群開始非常大聲地說話，有些女人把琳達推開，琳達則在哭。她走向門，他跑過去追上她。他問她，她們為什麼生氣？「因為我弄壞某個東西，」她說道。然後她也生起氣來。「我怎麼會知道要怎麼做她們那種野蠻的編織？」她說：「可惡的野人。」他問她野人是什麼意思。在他們回到屋子時，波佩正在門口等著，他跟著他們一起進去。他拿著一個大葫蘆，裝滿看起來像是水的東西；只是那不是水，而是某種有可怕味道，會燒你的嘴巴、讓你咳嗽的東西。琳達喝了一些，然後波佩也喝了一些，接著琳達就一直笑，還很大聲講話；然後她跟波佩進了另一個房間。波佩離開的時候，他走進那個房間。琳達在床上，睡得這麼熟，他都叫不醒她。

波佩以前常過來。他說葫蘆裡的東西叫做龍舌蘭酒；但琳達說那應該稱作索麻；只是那種東西事後會讓你覺得不舒服。他痛恨波佩。他痛恨他們所有人——所有來見琳達的男人。有一天下午，他在跟別的孩子玩的時候——他記得那天很冷，而且山脈上有雪——他回到屋子去，聽到臥室裡有憤怒的聲音。那是女人們的聲音，她們說的字眼是他不懂的，但他知道那些話很可怕。接著突然之間，轟隆！某個東西被弄倒了；他聽到有人迅速地移動，接著就是另一聲巨響，然後是像打一匹騾子的聲音，只是被打的東西不是瘦到只有骨頭；接著琳達尖叫道：「噢，不要，不要，不要！」她這麼說。他衝進去。有三個披著暗色毯子的女人。琳達在床上。其中一個女人握著她的雙手手腕。另一個人橫躺在她腿上，這樣她就不能踢人。第三個女人用一根鞭子打她。一次、兩次、三次；每次琳達都在尖叫。他哭著拉住那女人的毯子邊緣。「拜託，拜託。」她用空出來的那隻手擋開他。鞭子再度落下，琳達再度尖叫。他用自己的雙手抓住那女人棕色的大手，然後用全力咬下去。她叫出聲來，她的手一扭掙脫開來，然後用力推他一把，讓他跌倒在地。他躺在地上的時候，她用鞭子打了他三次。那種痛超過他感受過的任何東西——就像火一樣。鞭子再度呼嘯著，然後落下。但這回是琳達在尖叫。

「但是為什麼她們想要傷害妳呢，琳達？」他那天晚上問道。他在哭，因為鞭子落在他背上的紅印還是痛得可怕。但他哭也是因為人這麼可惡又不公平，因為他只是個小男孩，不能做任何事來對抗他們。琳達也在哭。她是大人了，但她也沒有大到足以抵抗她們三個。這對她來說也不公平。

「為什麼她們想要傷害妳，琳達？」

「我不知道，我怎麼會知道？」要聽到她說什麼很困難，因為她趴著，而她的臉埋在枕頭裡。「她們說那些男人是**她們的**男人。」她接著說道；而她似乎根本不是在跟他說話；她似乎是在跟她體內的某個人講話。一段她不明白的漫長談話；到最後，她開始哭得比先前還要大聲。

「噢，不要哭，琳達，不要哭。」

他靠過去貼在她身上。他用手臂環抱她的脖子。琳達哭喊出來。「喔，小心點。我的肩膀！喔！」

然後她把他推開，推得很用力。他的頭撞到了牆壁。「小白痴！」她吼道。然後，突如其來地，她開始掌摑他。一巴掌，又一巴掌……

「琳達，」他哭喊出來：「喔，母親，別這樣！」

「我不是妳母親，我不會是你母親。」

「可是琳達……喔！」她一巴掌打到他臉頰上。

「變成野人了，」她喊道：「像動物一樣生了幼崽……如果不是因為你，我可能早就去了督察員那邊，我可能早就走了。可是帶著嬰兒就不行。那樣太可恥了。」

他眼看她又要再打他，就舉起他的手臂要護住他的臉。「喔，不要，琳達，拜託不要。」

「小野獸！」她拉下他的手臂；他的臉毫無遮蔽。

「不要，琳達。」他閉上雙眼，預期著將來的一擊。

但她沒有打他。過了一下子以後，他再度睜開眼睛，然後看到她正在注視他。他試著要對她微笑。突然間她用雙臂環抱住他，然後一次又一次地親吻他。

有時候，一連好幾天，琳達根本都不起床。她躺在床上，心情哀傷。或者在別的時候，她會喝波佩帶來的東西，笑得很厲害，然後再去睡覺。有時候她會生病。她常常忘記替他洗澡，而且除了冷玉米餅以外什麼都沒得吃。他記得她第一次在他頭髮裡發現那些小生物的時候，她怎麼樣一直尖叫、一直尖叫。

最快樂的時光是她跟他講起異地的時候。

「妳真的可以飛來飛去，妳想要的時候就飛？」

「妳想要的時候就飛。」而且她會告訴他從一個箱子裡跑出來的美妙音樂，還有你能玩的所有好遊戲，可以吃喝的美味食物，你一壓牆上的一個小玩意就會出現的光，你不只可以看到，還可以聽到、感覺到跟聞到的圖畫，跟另外一種製造好聞香氣的盒子，像山一樣高的粉紅色、綠色、藍色與銀色房子，每個人都很快樂，沒有人傷心或者憤怒，而且人人都屬於別人，還有某些盒子，你可以從中看到、聽到世界另一邊發生什麼事，還有裝在可愛乾淨瓶子裡的寶寶——一切都這麼乾淨，沒有惡臭的味道，根本沒有泥土——人絕對不會孤獨，會生活在一起，過得這麼愜意幸福，就像在熔岩區這裡的夏季舞蹈會，不過更快樂些，而且那種幸福快樂每天都在，每天……他按時聽著。而有時候，在他跟其他孩子玩太多玩累了的時候，村莊裡的其中一個老人就會跟他們說話，用別種語言，講起偉大的世界改革者，還有「右手」與「左手」之間、「濕」與「乾」之間漫長的戰鬥；講起阿翁那維羅納，這位神祇在夜間思索造成一片大霧，然後又讓整個世界脫離了這片霧；講起地母與天父；講起阿黑尤塔與馬塞烈瑪，戰爭與機運的雙生神；講起耶穌與普空；講起瑪麗與埃薩那特列希，這個女人讓自己再度回春；講起拉古納的黑石、巨鷹，還有阿柯瑪聖母。這些奇異的故事，用他半懂不懂的另一種語言講出來，對他來說又更加神奇。躺在床上的時候，他會想到天國、倫敦跟阿柯瑪聖母，還有一排又一排的裝在乾淨瓶子裡的寶寶，飛上天的耶穌、還有飛上天的琳達，還有世界孵化中心偉大的主任與阿翁那維羅納。

一大堆男人來見琳達。男生們開始對他指指點點。他們用另外那種奇怪的語言說琳達很壞；他們用難聽話咒罵她，他聽不懂，卻知道那是難聽話。有一天他們唱起一首關於她的歌，唱了一次又一次。他對他們扔石頭。他們也回扔他；有顆尖銳的石頭割傷他的臉頰。血止不住；他滿臉是血。

琳達教他閱讀。用一塊木炭，她在牆上畫畫——坐下來的動物，瓶子裡的嬰兒；然後她寫下字母。**貓在墊子上，孩子在鍋裡**。他學得很快很容易。在他知道怎麼讀她寫在牆上的所有字詞以後，琳達打開她的大木箱，從她絕對不穿的古怪小號紅色長褲底下拉出一本薄薄的小書。他以前常常看到那本書。「等你長大一點，」她說過：「你就可以讀這本書。」唔，現在他夠大了。他很驕傲。「恐怕你不會覺得這本書很刺激，」她說：「不過我就只有這個。」她嘆了口氣。「要是你可以看到我們以前在倫敦的那種可愛閱讀機器就好了！」他開始閱讀。《胚胎的化學與細菌學制約。胚胎儲存室貝塔工人實用指南》。光是讀標題他就花了十五分鐘。「討厭，討厭的書！」他說道，然後開始哭。

男生們還是唱著他們那首關於琳達的恐怖歌曲。有時候他們也嘲笑他穿得這麼破爛。當他衣服扯破的時候，琳達不知道要怎麼縫補。她告訴他，在異地，大家會把有洞的衣服扔掉，取得新衣服。「破布，破布！」男生們習慣這樣對他大叫。「但是我能閱讀，」他暗自想著：「他們卻不能。他們甚至不知道什麼叫閱讀。」如果他夠努力去想閱讀的事，假裝他不在意他們怎麼取笑他就容易多了。他要琳達再給他那本書。

越多男生對他指指點點、唱歪歌，他就讀得越努力。很快他就可以把所有的字讀得相當好了。就連最長的字也是。但那些字是什麼意思？他問琳達；但就連她能回答的時候，答案似乎也沒把意思解釋得很清楚，而通常她根本無法回答。

「什麼是化學物質？」他會這麼問。

「喔，像是鎂鹽之類的東西，還有讓德塔與艾普西隆又小又退化的酒精，還有給骨頭用的碳酸鈣，跟所有那類的東西。」

「可是琳達，妳要怎麼做化學物質？那些東西從哪來的？」

「唔，我不知道，你是從瓶子裡拿到的。瓶子空了的時候，你就去化學儲藏室要更多過來。我想，是那些化學儲藏室的人在製造化學物質，要不然他們就是派人去工廠拿那些東西。我不知道。我從來沒做過任何化學相關的事。我的工作一直都跟胚胎有關。」

他問的任何事結果都一樣。琳達似乎從來就不知道。村落裡的老人有的答案就確定多了。

「男人跟所有生物的種子，太陽的種子跟土地的種子，還有天空的種子——全都是阿翁那維羅納從成長之霧裡製造出來的。現在世界有四個子宮；他把種子種在四個子宮裡最低的一個中，然後種子逐漸開始成長……」

有一天（根據約翰後來的計算，那一定是在他第十二個生日之後不久）他回到家裡，發現一本他以前從沒看過的書擺在臥室地板上。那是一本厚書，看起來非常老了。封皮被老鼠吃了；某些頁面鬆脫或者碎裂了。他拿起這本書，注視著標題頁：這本書叫做《**威廉．莎士比亞全集**》。

琳達躺在床上，從一個杯子裡啜飲著有著恐怖臭味的龍舌蘭酒。「波佩帶來的，」她說道。她的聲音很渾濁粗啞，像是別人的聲音。「那本書擺在羚羊地洞的其中一個櫃子裡。那本書應該在那裡好幾百年了。我想這說法是真的，因為我看那本書裡面似乎充滿了鬼扯。不文明。不過對你來說，用來繼續練習閱讀是夠好了。」她喝了最後一口，把杯子放在床旁邊的地板上，轉向側邊，打了一兩次嗝然後就睡了。

他隨意打開那本書的某一頁。

對，只會生活在
齷齪床鋪的臭汗裡面，
泡在腐爛當中，卿卿我我

在汙穢的豬欄裡……⑬

這些奇特的字眼滾進他的心裡；隆隆作響，就像會說話的雷聲；就像夏季舞蹈會上的鼓聲——要是那些鼓會說話的話；就像唱著《玉米歌》的男人們，那麼美、那麼美，讓你哭了出來；就像老米特西馬說出魔法咒語，透過他的羽毛、他那有雕飾的拐杖、還有他的一塊塊骨頭與石頭——kiathla tsilu silokwe silokwe silokwe. Kiai silu silu, tsithl——但比米特西馬的魔法更棒，因為它的意義更多，因為它在對他說話，說得很神奇，卻只能懂得一半，一種美得恐怖的魔法，講的是關於琳達的事；關於琳達躺在那裡打鼾，床旁邊的地板上擺著空杯；關於琳達與波佩。

他越來越恨波佩。一個男人可以一再地微笑，卻還是個惡棍。無情、陰險、好色、變態的惡棍。⑭那些詞彙到底是什麼意思？他一知半解。但這些詞彙的魔法很強大，繼續在他腦袋裡隆隆作響，不知怎麼的，這就好像他以前從沒有真正恨過波佩；沒有真正憎恨過，是因為他從未能夠說出他到底有多恨波佩。不過現在他有這些詞彙了，這些詞彙就像鼓聲、歌聲與魔法。這些詞彙很奇特，它們都是從奇特的故事裡出來的（他沒辦法搞懂那些故事，但那故事很神奇，還是很神奇）——它們給他一個理由去憎恨波佩；而它們讓他的憎恨變得更真實；它們甚至讓波佩本人也變得更真實了。

有一天，他在外頭玩完進屋去，內室的門開著，他看到他們一起躺在床上睡著了——白皙的琳達，跟她旁邊幾乎是黑色的波佩，一隻手臂在她的肩膀下方，另一隻黑色的手則放在她胸脯上，他的其中一條長髮辮橫擺在她喉嚨上，就像一隻企圖勒斃她的黑蛇。波佩的葫蘆跟一只杯子擺在靠近床鋪的地板上。琳達在打鼾。

他的心似乎消失了，留下一個洞。他是空的。空虛，冰冷，相當想吐，還頭暈眼花。他靠在牆上，好穩住自己。無情、陰險、好色……就像鼓聲，就像為了玉米而歌唱的男人，就像魔法，這些詞彙在他腦中自動重複再重複。他突然間從發冷變成發熱。他的臉頰因為血液上湧而灼熱，房間在他眼前載浮載沉、變得陰暗。他咬著牙。「我會殺了他，我會殺了他，我會殺了他。」他重複說道。而突然之間，更多詞彙出現了。

趁他酒醉熟睡，或是暴怒
或是享受亂倫的床笫之樂……[15]

魔法站在他這邊，魔法做了解釋，下了命令。他走回外面的房間。「趁他酒醉熟睡……」切肉

⑬《哈姆雷》（*Hamlet*），第三幕第四景，聯經版彭鏡禧譯文。
⑭《哈姆雷》，第二幕第二景，聯經版彭鏡禧譯本。
⑮《哈姆雷》第三幕第三景，聯經版彭鏡禧譯本。

刀擺在靠近火爐的地板上。他拿起刀，再度踮著腳尖走向門口。「趁他酒醉熟睡，酒醉熟睡……」他奔跑著穿過房間，然後一刺——喔，血啊！——然後再刺一刀，這時波佩被拉出睡夢之外了，約翰舉起他的手要再戳一次，卻發現他的手腕被抓住，被握牢，然後——喔，喔！——被扭住了。他動彈不得，他被困住了，波佩黑色的小眼睛就在那裡，靠得非常近，瞪著他的眼睛。他撇開視線。波佩左肩膀上有兩道割傷。「喔，看那些血啊！」琳達在哭喊：「看那些血！」她從來就受不了見血。波佩舉起他的另一隻手——他心想，這是為了揍他。他僵住了，要承受這一擊。但那隻手只是從下巴處抓住他，把他的臉扳過去，這樣他才能再度跟波佩四目相望。他們相望許久，幾小時又幾小時。然後突然之間——他忍不住——他開始哭了。波佩爆出大笑。「去，」他用另外那種印第安語說道：「去吧，我勇敢的阿黑尤塔。」他跑進另一個房間裡，去隱藏他的眼淚。

「你十五歲了，」老米特西馬用印第安語說道。「現在我可以教你怎麼捏黏土。」

他們蹲在河邊一起工作。

「首先，」米特西馬說著，拿起一團濕黏土放在兩手之間，「我們做個小月亮。」老人把那個團塊擠成一個碟子，然後彎起邊緣，月亮變成一只淺杯。他緩慢而不熟練地模仿老人細緻的手勢。

「一個月亮，一只杯子，現在是一條蛇。」米特西馬把另一塊黏土滾成一長條有彈性的圓柱，把這條圓柱撮成一個圓圈，然後壓在杯子邊緣。「然後是另一條蛇。接著再一條。又是另一條。」一圈又一圈，米特西馬把罐子的邊緣做起來了；罐子窄窄的，鼓凸出來，然後在罐頸的地方再度變窄。米特西馬又擠又拍，撫弄又刮擦；最後它終於站住了，形狀就像熔岩區常見的水罐，不過是奶白色的，而不是黑色的，而且摸起來還是軟的。他自己的罐子站在旁邊，是米特西馬那個罐子的扭曲仿作。注視著這兩個罐子，他不得不發笑。「但下一個會比較好，」他說著，開始沾濕另外一塊黏土。

去塑造，去賦予形狀，去感覺他的手指越來越有技巧、越來越有力──這給他某種異乎尋常的樂趣。「A，B，C，維他命D，」他工作時會一邊哼歌給自己聽。「脂肪在肝裡，鱈魚在海裡。」米特西馬也會唱歌──一首講殺熊的歌。他們整天工作，他整天都充滿了那種強烈、專注的快樂。

「下個冬天，」老米特西馬說：「我會教你做弓。」

他站在屋外良久，最後裡面的儀式結束了。門打開來；他們走了出來。卡斯魯先出來，他的右手往外伸出，而且緊緊合著，就好像握著某種珍貴的珠寶。奇雅姬美被緊握住的手同樣往外伸，她跟著出來。他們靜默地走著，而在他們後頭靜靜跟出來的，是兄弟姐妹表親跟一整隊的老人。

他們走出村莊，跨越台地。在懸崖邊緣他們停下腳步，面對清晨的朝陽。卡斯魯打開了他的手。手掌心有白色的一撮玉米粉；他朝著那撮粉末吹氣，喃喃說了幾個字，然後將那一把白色粉塵拋了出去，拋向太陽。奇雅姬美也做了一樣的動作。然後奇雅姬美的父親走上前來，舉起一個有羽毛裝飾的祈禱杖，說出一長串祈禱詞，然後把祈禱杖丟出去，追隨那些玉米粉。

「結束了，」老米特西馬大聲說道：「他們成婚了。」

「唔，」在他們轉身走開的時候，琳達說：「我能說的就只有這個，這確實看起來像是為了一點小事瞎忙一大通。在文明國家裡，一個男孩想擁有一個女孩的話，他就只要……可是你要去哪裡啊，約翰？」

他根本不管她的叫喚，而是繼續跑，跑走，跑遠，跑向任何能讓他獨處的地方。

結束了。老米特西馬的話在他心頭自動重複著。結束了，結束了……在靜默中，從很遙遠的地方，他暴烈地、拚命地、絕望地愛過奇雅姬美。現在都結束了。他十六歲。

在月圓的時候，在羚羊地洞裡，會有祕密之事被說出來，做出來，孕育出來。他們男生會到下面去，進入地洞裡，然後再度出來，成為男人。男孩子們全都很害怕，同時也急不可耐。最後那一天到了。太陽下山了，月亮升起。他跟其他人一起去。男人們站在那裡，黑壓壓的，站在通往地洞的入口；梯子往下通往有紅色照明的深處。領頭的男孩子們已經開始往下爬了。突然間，其中一個男人走上前來，抓住他的手臂，把他拉出行列。他掙脫了，閃躲著回到他夾在其他人中間的位置。這次那男人打了他，還拉著他的頭髮。「不是給你參加的，白髮人！」「不是給母狗的兒子參加的。」其他男人裡有一個這麼說。男孩們笑了。「滾！」他仍然在團體邊緣徘徊的時候，「滾！」那些男人再度叫喊著。他們之中有一個彎下腰去，撿起一顆石頭，扔了出來。「滾，滾，滾！」有一陣石頭雨。他流著血，逃進黑暗之中。從亮著紅光的地洞裡傳出歌唱的雜音。最後幾個男孩已經爬下梯子。他完全孤獨了。
孤獨一人，待在村落外面，在台地空無一物的平原上。在月光下，岩石就像被曬到褪色的骨頭。在山谷底下，土狼對著月亮嚎叫。瘀傷讓他疼痛，割痕還在流血；不過他啜泣並不是因為疼痛；是因為他孤獨一人，因為他被趕出來，自己一個，被趕進這個岩石與月光的骸骨世界。在斷崖邊緣，他坐了下來。月亮在他背後；他俯視著台地的黑色陰影，望進死亡的黑色陰影之中。他只要跨出一步，小小的一躍……他在月光下伸出他的右手。他手腕上割傷還在冒血。每隔幾秒鐘就有一滴滴下，顏色陰暗，在這死氣沉沉的光線下幾乎不像有顏色。一滴，一滴，又一滴。明天，明天，明天……

他發現了時間，死亡，神祇。

「孤獨一人，永遠孤獨一人。」年輕男子這麼說著。

這些話在伯納德心裡喚醒一個哀愁的回音。孤獨一人，孤獨一人……

「我也是，」在一股推心置腹的衝動之下，他說道：「孤獨得可怕。」

「你是嗎？」約翰看起來很訝異。「我還以為在異地……我是說，琳達總是說那裡從來沒有人是孤獨的。」

伯納德不自在地臉紅了。「你懂嗎，」他眼神閃爍、含糊不清地說道：「我想，我跟大多數人都不太一樣。如果一個人恰好離瓶時不太一樣……」

「對，就是這個。」年輕男子點點頭。「如果一個人不一樣，他就注定要孤獨。他們對個體的態度醜惡。你知道嗎，他們完全把我屏棄在所有事情之外？在其他男孩被送進山裡過夜──你知道的，在你必須夢見你的神聖動物是什麼的時候──他們不讓我跟其他人一起去；他們不會告訴我任何祕密。不過，我還是自己辦到了，」他補充說明。「我五天沒吃任何東西，然後在某天晚上獨自出發，進入那邊的那些山裡。」他伸手去指。

伯納德露出紆尊降貴的微笑。「那麼你有夢到什麼嗎？」他問道。

約翰點點頭。「不過我絕對不可以告訴你是什麼。」他靜默了一會兒；然後，低聲說道：「有一次，」他繼續說：「我做了某件其他人都沒做過的事：我在日正當中的時候，靠在一顆岩石上站著，那是夏天，我伸出手臂，就像十字架上的耶穌一樣。」

「到底為什麼要這樣做？」

「我想知道被釘上十字架是什麼樣。在太陽底下掛在那裡……」

「但這是為什麼？」

「為什麼？呃……」他猶豫了。「因為我覺得我應該這樣做。如果耶穌可以忍受這個。然後如果一個人做了某種錯事……此外，我不快樂；那是另一個理由。」

「對於你的不快樂，這似乎是一種古怪的療法。」伯納德說道。但經過三思，他認定其中畢竟還是有點道理。好過服用索麻……

「過一陣子以後我昏過去了，」年輕男子說：「臉趴地撲倒。你看到我害自己割傷的疤痕了嗎？」他撩起前額上濃密的黃色頭髮。疤痕露了出來，蒼白又皺縮著，就在他的右邊太陽穴。

伯納德看著，然後很快就隨著一陣微微的顫抖，避開了他的視線。他的制約讓他不怎麼憐憫，反而是深受驚嚇。光是暗示生病或受傷，對他來說不只是恐怖，甚至還是讓人反感、相當噁心的。就像泥土、畸形或者老邁。他匆匆改變話題。

「我很想知道，你想不想跟我們一起回倫敦？」他問道，踏出這個鼓吹活動裡的第一步，從他在那座小屋裡，領悟到這個年輕野人的「父親」肯定是什麼人以後，他就一直祕密籌劃著這個活動的策略。「你想這樣做嗎？」

年輕男子的臉為之一亮。「你真是這意思嗎？」

「當然；這是說，如果我能取得許可的話。」

「琳達也一起？」

「呃……」他懷疑地猶豫著。那讓人反感的東西！不，這是不可能的。除非，除非……伯納德突然間想到，事實可能證明，她那種令人反感的性質正是極其珍貴的資產。「那當然啦！」他喊道，用過度吵鬧而親切的態度彌補他一開始的猶豫。

年輕男子深吸一口氣。「想到這竟有可能成真——我這輩子一直夢想的事情。你記得米蘭達說過的話嗎？」

「誰是米蘭達？」

但年輕男子顯然沒聽到這個問題。「神奇啊！」他在說話；他的眼睛閃閃發光，他的臉紅得發亮。「瞧這兒，那麼多風度不凡的人兒！人類是多美好啊！[16]」那股羞紅突然間加深了；他想起列寧娜，一個穿著酒瓶綠黏膠纖維衣服的天使，因為青春與臉部保養品而燦然發光，豐滿，帶著善意的微笑。他的聲音顫抖了。「這個新世界多棒呀。」他開口了，然後突然打斷了自己；血色從他臉頰上褪去；他蒼白如紙。

「你跟她結婚了嗎？」他問道。

「我什麼？」

「結婚了嗎？你知道的——永遠。他們在印第安語裡會說『永遠』；這是不能打破的。」

「福特啊，不！」伯納德忍不住大笑。

約翰也笑了，不過是為了另一個理由——純粹喜悅的笑。

「這個新世界多棒呀，」他重複道：「這個新世界多棒呀，有這麼好的人們。咱們立刻開始吧。」

「有時候你講話的方式極端奇特，」伯納德一邊說，一邊困惑而震驚地瞪著那個年輕男子。「而且無論如何，等你真正看到新世界再說，不是比較好嗎？」

---

⑯《暴風雨》（*The Tempest*），第五幕第一景，木馬版方平譯本。

第九章

在這一天的種種怪異與恐怖事件之後，列寧娜覺得自己有權得到一個完整而徹底的假日。他們一回到招待所，她就囫圇吞下六顆半公克的索麻片，在她床上躺下，不到十分鐘就出發奔往永恆的月世界了。至少要十八小時，她才會再度回到此時此刻。

同時伯納德卻在黑暗中睜著眼睛躺著沉思。過了午夜許久之後他才睡著。雖然過了午夜許久，但他的失眠並不是毫無成果的；他有個計畫了。

第二天早上，準時十點鐘，穿著綠制服的混血兒踏出了他的直升機。伯納德在龍舌蘭灌木叢裡等著他。

「克勞恩小姐去度索麻假期了，」他解釋道：「五點以前不太可能回來。這讓我們有七小時要等。」

他可以飛到聖塔菲，做他必須做的所有事情，然後在她醒來以前早就回到熔岩區。

「她自己一個人在這裡會很安全吧？」

「就像直升機一樣安全。」混血兒向他保證。

他們爬進機器裡，立刻發動引擎。十點三十四分，他們降落在聖塔菲郵局屋頂；十點三十七分，伯納德已經到了白廳的世界管制官辦公室；十點三十九分，他在跟管制官閣下的第四祕書說話；十點四十四分，他對著第一祕書重複了他的故事，然後在十點四十七分又三十秒，在他耳中迴響的，是慕斯塔法・蒙德本人低沉洪亮的聲音。

「我大膽地認為，」伯納德結巴地說道：「閣下您可能會覺得這件事在科學上有足夠的重要性……」

「對，我確實認為這件事在科學上有足夠的重要性，」低沉的聲音說道。「帶著兩個人跟你一起回倫敦。」

「閣下您知道我會需要一份特別許可……」

「必要的命令，」慕斯塔法・蒙德說：「此刻已經送到保留區區長那裡了。你會立刻前往區長辦公室。祝你早安，馬克斯先生。」

一片靜默。伯納德掛掉聽筒，匆匆趕到屋頂。

「區長辦公室，」他對那個綠衣伽瑪混血兒說道。

十點五十四分，伯納德在跟區長握手。

「太好了，馬克斯先生，太好了。」他的大嗓門顯得恭恭敬敬。「我們剛剛接到特別命令……」

「我知道，」伯納德說著打斷了他。「我一會兒以前剛跟閣下本人通過電話。」他不感興趣的語調暗示，他每週的每一天都很習慣跟閣下本人說話了。他跌坐到一張椅子上。「如果你可以好心地盡快採取所有必要步驟就好了。要盡快。」他為了強調而重複。他對此享受得不得了。

在十一點零三分，他口袋裡已經裝著所有必要文件了。

「再見了，」他紓尊降貴地向區長這麼說，區長一路送客送到電梯口。「再見。」

他走到對面的旅館去，洗了個澡，享受真空震動按摩，然後是電解刮鬍程序，聽過晨間新聞，看了半小時電視，吃了一頓悠閒的豐盛午餐，然後在兩點半隨著混血兒飛回了熔岩區。

年輕男子站在招待所外面。

「伯納德，」他喊道：「伯納德！」沒有人回應。

他穿著寂靜無聲的鹿皮莫卡辛鞋跑上樓梯，試著要打開門。門上鎖了。

他們走了！走了！他生平發生過最恐怖的事情。她要他來見他們，現在他們卻走了。他坐在台階上哭了。

半小時後，他想到要從窗戶往裡望。他看到的第一樣東西是一只綠色公事包，蓋子上寫著縮寫L.

C。喜悅像火焰一樣在他體內燃起。他拾起一顆石頭。砸碎的玻璃在地板上叮噹作響。一會兒以後，他就進了房間。他打開綠色的行李箱；然後突然間他就吸進列寧娜的香水味，他的肺裡充滿了她最本質的存在。他的心臟狂跳著；有一會兒他幾乎暈厥了。然後，彎腰對著那寶貴的箱子，他觸摸著，把東西舉起面對光線，他檢視著。列寧娜多帶的一條黏膠纖維天鵝絨短褲，它的拉鏈起初是一個謎，然後又得到解決，變成一件樂事。拉上，拉下，拉下，再拉上，他著迷了。她的綠色便鞋是他見識過最美麗的東西。他打開一件拉鏈內衣褲，羞紅了臉，然後匆匆再度把它們擺到一旁；但他親吻了一條沾了香水的醋酸纖維手帕，然後把一條圍巾圍到他脖子上。打開某個盒子的時候，他灑出一陣香噴噴的粉末雲。那個東西讓他的雙手像沾了麵粉一樣。他把那些粉末抹到自己胸口、肩膀跟裸露的手臂上。真好聞的香味！他閉上雙眼；用自己的臉頰摩擦著塗上粉的手臂。

貼在他臉上的柔滑膚觸，吸進他鼻孔裡的麝香粉塵味道——那就是她真實的存在。「列寧娜，」他悄聲說道：「列寧娜！」

一陣雜音讓他嚇了一跳，他充滿罪惡感地轉過身去。他把偷拿出來的東西塞進行李箱裡，然後蓋上蓋子；然後再度聆聽著，觀望著。沒有一絲生氣，沒有一個聲音。然而他肯定聽到了什麼——像是一聲嘆息，像是一塊板子的嘎吱響聲。他躡手躡腳地走到門口，然後小心翼翼地打開門，發現自己正看著一個開闊的平臺。在平臺對面，是另外一個微微開著的門。他踏了出去，推門，然後窺視。

在那裡的一張矮床上，被子往後掀開，躺著的是穿著一件粉紅色連身拉鏈睡衣的列寧娜，她睡得很沉；在她的捲髮襯托下如此美麗，她粉紅色的腳趾與嚴肅的睡臉看起來稚氣得如此動人，她無力的雙手與癱軟的肢體顯得無助，卻又如此充滿信任，讓他熱淚盈眶。

以相當不必要的無限謹慎——因為任何比一聲槍響還小聲的東西，都不可能提前把列寧娜從她的索麻假期裡喚回——他進入了房間，跪在床旁邊的地板上。他凝視著，緊箝著雙手，挪動著嘴脣。「她的眼睛，」他喃喃說道：

她的眼睛、頭髮、臉頰、步態和聲音，你在談話中總讚美她的玉手，任何潔白跟它比都成了黑墨水，而自慚形穢；比起它柔軟的一握，天鵝絨顯得硬……[17]

一隻蒼蠅在她身旁嗡嗡響；他把牠揮開了。「蒼蠅，」他想起來：

輕輕地碰一下朱麗葉雪白的玉手，趁她不留神，從她的朱脣上偷取了永恆的幸福；多純潔啊，這兩片嘴脣，跟自個兒親吻，也看作少女的羞恥。[18]

---

⑰《特洛伊羅斯與克瑞西達》（*Troilus and Cressida*），第一幕第一景，木馬版阮珅譯文。
⑱《羅密歐與朱麗葉》（*Romeo and Juliet*），第三幕第三景，木馬版方平譯本。

非常緩慢地，以一個人伸手上前撫摸一隻害羞、可能還相當危險的鳥兒時那樣猶豫的姿態，他把他的手放上去了。那隻手懸在那兒顫抖著，距離那些癱軟的手指只有一吋，就在瀕臨接觸的邊緣。他敢嗎？敢用他那隻最不配的手去褻瀆那[19]……不，他不行。這隻鳥太危險了。他的手落了下來。她多麼美麗啊！多麼美麗！

然後他突然間發現自己在思索著，他只要握住她脖子上的那個拉鏈，使力、長長地一拉……他閉上雙眼，以一隻狗冒出水面時搖著耳朵的那種姿態，搖著他的頭。可鄙的念頭！他對自己引以為恥。純淨貞潔……

空中出現一個嗡嗡響聲。另外一隻蒼蠅企圖竊取天堂一般的幸福嗎？一隻黃蜂？他注視著，什麼都沒看到。嗡嗡聲變得越來越大聲，確定了它的位置是在百葉窗外。直升機！在恐慌中，他匆促起身，跑進另一個房間裡，跨過打開的窗戶，然後匆促地沿著夾在高大龍舌蘭樹叢之間的小徑奔跑，及時在伯納德．馬克斯爬出直升機時接待他。

---

⑲ 這句話部分借自《羅密歐與朱麗葉》，第一幕第一景。

第十章

在布魯斯貝里中心的四千個房間裡，全部四千個電子鐘的指針，都指出現在是兩點二十七分。「這個企業的蜂巢。」一如同主任愛用的稱呼，這裡正在全力進行忙碌的工作。每個人都很忙，每樣東西都井然有序地動作。在顯微鏡下，游動的精子長長的尾巴拚命地抽動著，先一頭鑽進卵子裡；然後受精了的卵子則擴張、分裂，或者在經過波坎諾夫斯基程序之後，冒芽然後分裂出一整群不同的胚胎。從社會功能預定室裡，電扶梯發出隆隆響聲往下進入地下室，然後在那裡的緋紅色幽暗之中，胎兒在燉煮似的暖意中躺在他們的豬腹膜片墊子上，大量吸收人造血液與荷爾蒙，不斷地成長、再成長，或者在中毒狀態下，凋零成發育不全的艾普西隆。在微弱的嗡嗡聲與喀答聲裡，移動的軌道讓人難以察覺地爬過好幾週與簡潔版的亙古，一直送到離瓶室，剛從瓶子裡倒出來的寶寶，發出他們第一聲帶著恐怖與驚異的吶喊。

發電機在地下第二層嗡嗡作響，電梯衝上去又衝下來。在育嬰中心的全部十一層樓，此刻都是餵食時間。從一千八百個瓶子裡，一千八百個被細心標記過的嬰孩，自動飲下他們那一品脫高溫殺菌過的外部分泌液。

在他們頭上，在連續十層的宿舍裡，還小到需要睡個午覺的小男孩跟小女孩就跟別人一樣忙——雖然他們並不知道——無意識地聆聽著關於衛生與社交性，階級意識與幼兒愛情生活的睡眠教學課程。又比這些孩子更高的地方是遊戲室，在這裡氣候已經變成雨天，九百個大些的孩子正在用磚塊與黏土模型、「找拉鏈」跟性愛遊戲自娛。

嗡，嗡！蜂巢在嗡嗡響著，忙碌而充滿喜悅。一切歡樂無比：年輕女孩在她們的試管上哼歌，社會預定人員工作時吹著口哨，在離瓶室裡，在空瓶子上方說的笑話多麼精彩啊！但主任跟亨利．佛斯特走進受精室時，他的臉很嚴肅，嚴厲到表情木然了。

「這是個公開範例，」他正在說：「在這個房間裡，因為這裡的高階工人比中心的其他任何地方都多。我已經叫他在兩點半的時候跟我在這裡見面。」

「他非常擅長他的工作。」亨利裝出假惺惺的慷慨寬大，插進這句話。

「我知道。但這樣就更有理由採取嚴厲手段。他知性上的卓越包含了相應的道德責任。一個人的才智越高，他走上歪路的能力就越大。最好由一個人受罪，而不是任由許多人被腐化。佛斯特先生，屏除感情來考慮這件事，你就會看出沒有一種罪過像非正統行為這樣邪惡了。謀殺只是殺死一個人——而且到頭來，什麼是個人呢？」隨著一個揮手的手勢，他指著一排排顯微鏡、試管跟孵化器。「我們可以用最不費力的方式造出一個新的——我們想要多少就有多少。非正統性威脅的卻不只是單單一個人的生命；它打擊的是社會本身。對，打擊社會本身，」他重複了一次。「喔，不過他來到這裡了。」

伯納德已經進了房間，正在一排排受精人員之間朝他們前進。一種故作輕鬆的自信矯飾，微弱地掩蓋著他的緊張。他說「早安，主任」的聲音太大聲太荒謬；而為了糾正他的錯誤，他說「你要我到這裡來跟你談話」的時候，聲音又柔和得荒謬，像是老鼠吱吱叫。

「對，馬克斯先生，」主任盛氣凌人地說道：「我確實要你來這裡找我。就我的理解，你昨晚度完假回來了。」

「對。」伯納德回答。

「對——的，」主任重複了一次，字尾拉長了徘徊著，像是一條蛇。然後，他突然間提高了嗓門，「各位女士先生，」他大聲說道：「各位女士先生。」

女孩子在試管上的歌聲，顯微鏡人員全神貫注的口哨聲，突然間都停了。這裡有一股深刻的靜默；每個人都環顧四周。

「各位女士先生，」主任再度重複：「請原諒我這樣打斷你們的工作。有個痛苦的責任在約束我。社會的安全與穩定面臨危機了。是的，危機，各位女士先生。這個男人，」他為了控訴指向伯納德：「現在站在這裡面對你們的這個男人，這個正阿爾法，得到眾多的資源，也因此必然受到眾多的期待；但你們這位同事——或者我應該搶先一步說，你們的前同事？——下流地背叛了加諸於他的信任。他對運動與索麻的異端觀點，他在性生活上堪稱醜聞的不正統，他拒絕遵從吾主福特的教誨，還有他在工作時間之外的行為，甚至是他還在嬰兒時期的作為，」（在此主任劃了個T字記號）「他用這些證明了自己是社會的敵人，各位女士先生，他還是所有秩序與穩定的破壞者，對抗文明本身的陰謀家。就因為這個理由，我建議開除他，讓他恥辱地從他在這個中心擁有的職位上被踢出去；我建議立刻就申請把他調到最低階的次級中心去，而且為了讓他的懲罰能夠符合社會的最佳利益，要讓他盡可能遠離任何人口眾多的重要中心。在冰島，他不合福特教誨的身教，只有很小的機會誤導別人。」主任頓了一下；然後，交叉起雙臂，他令人印象深刻地轉向伯納德。「馬克斯，」他說道：「你能提出任何理由，顯示我為何不該現在執行加諸於你的判決嗎？」

「是的，我可以。」伯納德用非常響亮的聲音回答。

主任有點吃驚，但態度還是很威嚴，「那就提出吧。」他說道。

「當然。不過證據在走廊上，請等一下。」伯納德匆匆走向門口，把門打開。「進來吧。」他下了命令，那理由進來了，自動現身。

有一陣驚喘，一陣震驚與恐怖的喃喃低語；一個年輕女孩尖叫了；某個人站在一張椅子上，想爭取更好的視野，弄倒了兩個裝滿游動精子的試管。在那些結實的青春肉體，那些未經扭曲的臉龐中間，出現一個腫脹、鬆弛、奇怪而嚇人的中年怪物，琳達往前走進房間裡，賣弄風情地露出她殘破失色的微笑，在她走路的時候，以某種本來想要勾起肉慾的波動，晃動著她巨大的屁股。伯納德走在她旁邊。

「他在那裡。」他指著主任說道。

「你以為我認不出他嗎？」琳達義憤填膺地問道；然後，她轉向主任：「我當然認識你；湯瑪金，無論在哪裡，我在一千個人裡都認得出你。不過你或許已經忘記我了。你不記得了嗎？你不記得嗎，湯瑪金？你的琳達啊。」她站在那裡注視他，頭歪向一邊，仍然在微笑，但面對主任驚駭得目瞪口呆的厭惡表情，那個微笑變得越來越沒自信，變得搖搖欲墜，最後終於消失。「你不記得了嗎，湯瑪金？」她用顫抖的聲音重複道。她的眼睛很焦慮，很苦惱。鬆弛又長斑的臉醜惡地扭曲成極端悲痛的怪臉。「湯瑪金！」她伸出雙臂。有人開始竊笑。

「這是什麼意思，」主任開口了：「這種醜惡的……」

「湯瑪金！」她衝上前去，她的毯子拖在背後，她用雙臂環住了他的脖子，還把她的臉埋進他胸前。

一陣大笑抑制不住地冒出來。

「……這種醜惡的惡作劇。」主任吼道。

他紅著臉，設法讓自己掙脫她的擁抱。她死抱不放。「但我是琳達，我是琳達啊。」笑聲淹沒了她的聲音。「你讓我有了個寶寶。」她尖叫著壓過喧囂。出現了一陣突如其來而嚇人的噤聲時刻：眼神不自在地游移著，不知道該看哪裡。主任突然間變得臉色蒼白，停止掙扎，就站在那裡，手按著她的手腕，低頭瞪著她，驚恐不已。「對，一個寶寶——我還是他的母親。」她把這句骯髒話當成一種挑戰似地拋進被激怒的沉默；然後，她突然從他身邊掙脫，羞恥，十分羞恥地用雙手掩蓋住她的臉，啜泣起來。「湯瑪金，這不是我的錯。因為我一直都有照我的訓練步驟做，不是嗎？不是嗎？一直都有……我不知道怎麼會……如果你知道這有多可怕，湯瑪金……可是他對我來說，還是一種安慰。」她轉向門口：「約翰！」她喊道：「約翰！」

他立刻就進來了，在門裡停頓了一下下，環顧四周，然後他穿著莫卡辛鞋輕柔的腳，就迅速地大步穿過房間，在主任面前雙膝跪下，用清晰的聲音說道：「我的父親！」

這個字眼（因為「父親」這個字沒有像另一個字那麼猥褻——因為它的含義，是某種距離懷胎的可憎與道德模糊還差一步的東西——只是很粗俗，一種屎尿般的低級話，而不是一種帶有色情性質的不當用語）；這種帶有喜劇般猥褻性質的話，紓解了先前相當讓人難以忍受的緊張。笑聲爆了出來，巨大的、幾乎歇斯底里的、響了又響的笑聲，就好像永遠不會停似的。我的父親——而那指的是主任！**我的父親**！喔，福特，喔，福特啊！這真的太讚了。歡呼狂吼自動繼續下去，一張張臉孔似乎都到了解體邊緣，大家笑得都淚流成河了。又有另外六隻裝著游動精子的試管打翻了。**我的父親**！

蒼白、眼神狂亂的主任，在不知所措的羞辱痛苦之中，憤怒地注視著他的周遭。

我的父親！本來顯示出平息跡象的笑聲，又比先前更大聲地爆發出來。他用手蓋住他的耳朵，然後衝出房間之外。

第十一章

在受精室裡的鬧劇後，全倫敦的上層階級，都瘋狂地想見一見在孵化與制約中心主任面前——更確切的說法是在「前」主任面前，因為那個可憐人後來立刻就辭職了，而且再也沒有踏進中心一步——雙膝一跪，撲通倒下來叫他「我的父親」（這笑話簡直棒到不像真的！）的美妙生物。反過來說，琳達沒引起任何反應；沒有人有最小的一點慾望要見琳達。說一個人曾是母親——那已然超過笑話的程度了：那是褻瀆之語。更進一步說，她不是真正的野人，是從一個瓶子裡孵出來的，就像其他人一樣接受制約：所以不可能有真正古色古香的想法。最後一點——而這是到目前為止，讓大家不想見可憐的琳達最強烈的理由——在於她的外表。肥胖；失去她的青春容貌；一口壞牙，而且臉色斑駁，還有那種身材（福特！）——你就是沒辦法看著她卻不覺得噁心想吐，對，絕對會想吐。所以最上等的人都相當堅持**不**見琳達。而琳達呢，就她這方來說，也沒有意願見他們。回歸文明對她來說就是回歸索麻，就是有可能躺在床上享受一個接一個的假期，再回來的時候永遠不必覺得頭痛或一陣噁心，永遠不必被迫經歷妳喝完龍舌蘭酒以後總是有的感受——就像是妳做了什麼極端可恥的反社會行為，讓妳從此再也抬不起頭。索麻不會玩任何一種這樣的討厭詭計。它給予的假期是完美的，而且要是假期後的早上讓人不悅，那不是本質上的問題，就只是比起假期的喜悅，這並沒有那麼愉快。補救辦法是讓假期延續下去。她貪婪地吵著要越來越多、越來越頻繁的劑量。蕭醫生起初表示反對；後來就任她予取予求。她一天用掉多達二十公克。

「這樣會在一兩個月內了結她，」醫生對伯納德透露內情。「有一天呼吸中樞會癱瘓。再也不會呼吸了，一切結束。而這也是一件好事。如果我們可以再造青春，當然事情會有所不同。但我們不能。」

當每個人都這麼想的時候（因為琳達去度索麻假期，是最方便不礙事的辦法），約翰卻令人驚訝地提出異議。

「但你給她這麼多劑量，不就是在縮短她的生命嗎？」

「在某個意義上，是的，」蕭醫生承認。「但在另一種意義上，我們其實是在延長她的生命。」這年輕人瞪著眼睛，無法理解。「索麻可能會在時間上讓你損失幾年，」這位醫生繼續說道：「但想想它能在時間之外，給你那種巨大、難以測量的延長時間。每個索麻假期，都是一點我們的祖先會稱之為永恆的東西。」

約翰開始了解了。「我那嘴唇上，眼睛裡，有永生的歡樂。[20]」他喃喃說道。

「啊？」

「沒什麼。」

「當然了，」蕭醫生繼續說道：「如果有任何重要的工作要做，你就不能讓人隨便跳進永恆。但既然她沒有任何重要的工作……」

「還是一樣，」約翰堅持：「我不相信這樣做是對的。」

醫生聳聳肩膀。「唔，當然啦，要是你寧願讓她時時刻刻瘋狂尖叫的話……」

到最後約翰被迫讓步。琳達拿到她的索麻。從那以後，她就一直待在伯納德位於三十七樓那間公寓單位屬於她的小房間裡，躺在床上，廣播與電視成天播送，廣藿香水龍頭滴滴答答，索麻藥片伸手可及——她就待在那裡；然而又完全不在那裡，時時刻刻都在遠方，在無窮遠處度假；在某個不同的世界裡度假，那裡的廣播音樂是個連色彩都有響亮聲音的迷宮，一個滑溜溜、怦怦跳動著的迷宮，（經過一定要有的美妙蜿蜒路徑）通往一個絕對有說服力的明亮核心；某種美妙得難以形容、從頭唱到尾的感覺電影；涓滴流下的廣藿香不只是香味而已——它是太陽，是一百萬支薩克斯風，是做愛時的波佩，只是比那還要更棒，棒到難以比較，而且還沒有盡頭。

---

[20]《安東尼與克莉奧佩特拉》（*Anthony and Cleopatra*）第一幕第三景，木馬版方平譯本。

「不，我們無法讓人回春。但我非常高興，」蕭醫生總結：「有這個機會看到發生在人類身上的老邁實例。非常感謝你讓我參與。」他親切溫暖地握了伯納德的手。

所以說，他們所有人追逐的是約翰。因為要見到約翰，只能透過他所認可的監護人伯納德，現在伯納德發現自己有生以來第一次，不只是被當成正常人看待，還是被當成有超凡重要性的人。沒有人再說他的人造血液裡有酒精，也沒有人嘲弄他個人的外表了。亨利．佛斯特特地表現得很友善；班尼托．胡佛給了他一份禮物，六包性荷爾蒙口香糖；社會預定部門助理主任來找他，幾乎卑躬屈膝地來討參加伯納德家其中一場晚間派對的邀請函。至於女性方面，伯納德只要暗示有可能提出邀請，就可以得到他喜歡的任何一人。

「伯納德邀我下星期三去見野人。」芬妮得意洋洋地宣布。

「我好高興，」列寧娜說道：「現在妳得承認，妳先前看錯了伯納德。妳不覺得他人其實滿好的嗎？」

芬妮點點頭。「而且我得說，」她說道：「我得到相當愉快的驚喜。」

離瓶部主管，社會預定部門主任，三位副助理受精總技師，情緒工程學院的感覺電影教授，西敏社群詩歌吟唱部事務主任，波坎諾夫斯基程序督察長——伯納德手上的名人清單是無窮無盡的。

「上星期我擁有六個女孩，」他私下對海姆霍茲．華森透露。「星期一一個，星期二兩個，星期五又兩個，星期六一個。而我要是有時間或者有那個興趣，至少還會有一打以上的人，她們只會太急著要……」

海姆霍茲默默地聽著他的吹噓，這番靜默表現出太過陰鬱的不贊同，冒犯了伯納德。

「你在嫉妒。」他說道。

海姆霍茲搖搖頭。「我相當哀傷，就只是這樣。」他回答道。

伯納德氣沖沖地走了。他告訴自己，他絕對、絕對不會再跟海姆霍茲說話了。

日子一天天過去。成功冒泡似地衝上伯納德的腦門，在這個過程中（就像任何好麻醉品該有的效果一樣）徹底讓他跟這個世界和解了——在此之前，他覺得這個世界非常令人不滿。既然這世界認可他是重要人物，世事的秩序就是好的。不過，在他的成功調停之下，他還是拒絕放棄批評這種秩序的特權。因為提出批評的舉動，加強了他自覺重要的意識，讓他覺得自己更偉大些。更有甚者，他確實真心相信有些該批評的事情。（在此同時，他也真心地喜歡自己身為成功人士，能夠擁有他想要的所有女孩。）在那些現在為了野人而對他獻媚的人面前，伯納德會招搖地擺出吹毛求疵的非正統姿態。其他人有禮貌地聽他說。不過在他背後，大家都搖頭以對。他們說道：「那年輕人會有糟糕的下場，」而讓他們提出預言時更有信心的是，他們本人會適時親自確保那個下場確實很糟。「他不會找到另一個野人再幫他一次。」他們這麼說。然而在同時，第一個野人現在在這裡；他們很有禮貌。因為他們很有禮貌，伯納德就明確地覺得自己有如巨人——有如巨人的同時，也興高采烈到飄飄欲仙，比空氣更輕盈。

「比空氣更輕盈。」伯納德說著，往上一指。

氣象部門的觀測氣球就像天空中的一顆珍珠，高踞在他們之上，在日照下閃耀著玫瑰色的光芒。

「……所謂的野人，」伯納德如此介紹：「要讓他見識到文明生活的所有層面……」

現在讓他見識的是文明的鳥瞰觀點，從查令T字塔的平臺上望去的鳥瞰觀點。站長與駐塔氣象學者扮演嚮導。不過大部分時候講話的是伯納德。暈陶陶的他，言行舉止少說也像是個來訪的世界管制官。比空氣更輕盈。

孟買綠火箭從天空中落下。乘客們著陸了。八個一模一樣的南亞多胞胎從機艙的八個舷窗往外望——他們是空服員。

「一小時一千兩百五十公里，」站長讓人印象深刻地說道。「野人先生，你覺得如何？」

約翰覺得這很好。「不過，」他說道：「愛麗兒可以在四十分鐘內替地球套上一條腰帶。[21]」

伯納德在他寫給慕斯塔法·蒙德的報告裡寫道：「野人對於文明世界的發明，顯示出的震驚或敬畏少得驚人。毫無疑問，這有一部分原因在於他曾經聽那個女人琳達，他的母X，說過這些東西。」

（慕斯塔法·蒙德皺起眉頭。「這傻瓜認為我脆弱到見不得有人完整寫出這個字嗎？」）

「還有一部分，是因為他的興趣集中在他所謂的『靈魂』之上，他堅持把靈魂視為一種獨立於物理環境之外的存在物，雖然如同我企圖向他指出的……」

管制官跳過了接下來幾句話，正要翻頁尋找某種更有趣而具體的東西時，他的眼睛被一連串相當不尋常的句子給吸引住了。「……雖然我必須承認，」他讀到這些話：「我同意野人的發現，文明的幼稚行為太過輕鬆，或者如同他的說法，代價還不夠昂貴；而我願意藉著這個機會，把管制官閣下您的注意引導到……」

慕斯塔法．蒙德的憤怒幾乎立刻就讓步給一種歡愉之情了。這傢伙針對社會秩序嚴肅地向他——向**他**——說教，真的太古怪了。這男人一定是瘋了。「我應該給他一個教訓。」他暗忖；然後頭往後一仰，大聲笑了出來。無論如何，現在還不是給他這個教訓的時候。

這是一個生產直升機用照明組的小工廠，電器設備公司的一個分支。他們約在那裡的屋頂（因為來自管制官請大家廣為傳閱的推薦信，有著魔法般的效果），由總技師與人性因素控管經理親自歡迎。他們走下樓進入工廠裡。

「每一個流程，」人性因素控管經理解釋道：「都盡可能由同一個波坎諾夫斯基群組來執行。」

而在實質上，八十三個幾乎沒鼻子短頭形的黑人德塔正在進行冷壓模程序。五十六台有四個軸在輕拍轉動的機器，由五十六個有鷹勾鼻與薑黃皮膚的伽瑪來操作。一百零七個經過熱制約的艾普

㉑這裡約翰記錯了，其實是《仲夏夜之夢》（*A Midsummer Night's Dream*）裡的帕克，在第二幕第一景自誇可以四十分鐘就繞地球一圈。

西隆塞內加爾人在鑄造廠裡工作。三十三個德塔女性，長長的頭形、沙色的頭髮，有著狹窄的骨盆，全都大約一百六十九公分高，上下差距在二十公釐以內，她們在切割螺絲釘。在組裝室裡，兩組正伽瑪侏儒正在組裝發電機。兩張矮工作台彼此相對；傳送帶在工作台之間爬動著，上面有一堆堆個別的零件；四十七個金髮腦袋面對著四十七個棕髮腦袋；四十七個獅子鼻對著四十七個鷹勾鼻；四十七個往後縮的下巴對著四十七個戽斗下巴。完整的機械組件，由十八個一模一樣、穿著伽瑪綠制服的紅褐色捲髮女孩檢查，三十四個短腿、左撇子男性負德塔來裝進板條箱，然後由六十三個藍眼睛、亞麻色頭髮又長著雀斑的艾普西隆半低能兒，裝進等候著的卡車與貨車。

「這個新世界多棒呀……」因為記憶的某種惡意擺布，野人發現自己在重複米蘭達說的話。「這個新世界多棒呀，有這麼好的人們！」

「而且我向你保證，」在他們離開工廠的時候，人性因素控管經理總結：「我們跟旗下的工人幾乎沒有發生過任何問題。我們一直覺得……」

不過野人突然間從他的同伴身邊跑開，在一團月桂樹叢後面劇烈地反胃嘔吐，就好像這扎實的地面是困在空中氣流的一架直升機似的。

伯納德寫道：「野人拒絕服用索麻，而且似乎因為那女人琳達，他的母X一直處於度假狀態而非常難過。值得注意的是，雖然他母X如此年邁，外表又極端令人反感，野人經常去見她，而且看來對她很有感情——這是個很有趣的例子，闡明早期制約可以用來塑造自然的衝動，甚至使之背道而馳（在這個例子裡，指的是從令人不快的物體面前退縮的衝動）。」

在伊頓公學，他們在高年級部的屋頂降落。在學校操場的另一頭，五十二層的勒普頓塔樓在陽光下閃爍著白色光芒。學院在他們的左邊，而在他們右邊，校內社群詩歌吟唱會館樹立起令人肅然起敬的一堆堆鋼筋水泥與透紫外線玻璃建築。在方院中央，矗立著吾主福特古色古香的鉻鐵合金舊塑像。

院長加夫尼博士，還有校長基特小姐，在他們踏出飛機時迎接了他們。

「你們這裡有許多多胞胎嗎？」他們展開考察之行時，野人相當憂心地問道。

「喔，沒有，」院長回答道：「伊頓是完全保留給上層階級男女學童的。一顆卵子，一名成人。當然，這讓教育變得更困難。不過因為他們都被要求負起責任，處理意料之外的緊急事件，這也沒辦法。」他嘆了口氣。

這時，伯納德深受基特小姐吸引。「如果妳在任何週一、週三或週五晚間有空，」他正這麼說著。他的拇指朝著野人一指。「妳知道，他很奇特，」伯納德補充道：「很有古人風味。」

基特小姐露出微笑（而他心想，她的微笑真的很有魅力）；說了「謝謝你」；會很樂意去參加他的某個派對。院長打開一扇門。

在超阿爾法教室裡待五分鐘，讓約翰又有一陣小小的不知所措。

「什麼是基本相對論？」他對伯納德耳語道。伯納德設法要解釋，後來又覺得最好算了，建議他們應該去別的教室。

走廊的一扇門後面會通往負貝塔地理教室，那裡有個響亮的聲音喊道：「一、二、三、四，」然後，帶著一點疲憊的不耐煩：「回到剛才的狀態。」

「馬爾薩斯訓練，」校長解釋道：「當然，我們大多數的女孩都是沒有生殖機能的。我自己就沒有生殖機能。」她對著伯納德微笑。「不過我們有大約八百個還未絕育的女生，她們需要持續地操練。」

在負貝塔地理教室裡，約翰學到「野人保留區這種地方，因為不利的氣候或地理條件，或者自然資源貧乏，而不值得花錢使之文明開化」。喀答一聲，房間暗下來；然後突然之間，在老師頭頂的銀幕上突然出現了阿柯瑪的**悔罪派信徒**，拜倒在聖母跟前，然後像約翰以前聽過的那樣哭嚎著，在十字架上的耶穌面前，在普空的老鷹圖像前面懺悔著他們的罪過。年輕的伊頓公學生理所當然地大笑出聲。這些還在哭泣的**悔罪派信徒**站了起來，脫掉他們上身的內衣，然後拿著打結的鞭子開始抽打自己，一鞭接著一鞭。倍增的笑聲甚至淹沒了他們經過強化的呻吟錄影紀錄。

「可是他們為什麼笑呢？」野人痛苦又大惑不解地問道。

「為什麼？」院長轉向他的時候，臉上還有一個齒牙盡露的大大笑容。「**為什麼**？因為這實在是滑稽得不尋常啊。」

在放映影片的微弱光線下，伯納德冒險做了個舉動，過去就算是在全然的黑暗中他都沒勇氣做出來。他新增的重要性讓他變得強悍，他的手臂環繞到校長的腰際。那腰肢像柳樹般柔軟地屈從了。他正要偷得一兩個吻，或許還要輕輕捏一把，百葉窗又喀答一聲打開了。

「或許我們最好繼續走。」基特小姐說道，然後朝著門口走去。

「至於這裡，」院長一會兒以後說道：「是睡眠教學控制室。」

有幾百個合成音樂盒，每間寢室裡都有一個，排列著站在環繞房間三邊的架子上；第四面牆上的小格子是紙做的聲軌紙捲，上面印著各種睡眠教學課程。

「你把紙捲塞進這裡，」伯納德打斷了加夫尼博士，解釋道：「壓下這個控制鈕……」

「不，是那一個。」院長糾正道，他被惹惱了。

「那麼就是那個。紙捲會展開。硒電池會把光脈衝轉換成聲波，然後……」

「然後就有了。」加夫尼博士總結。

「他們讀莎士比亞嗎？」他們要走到生化實驗室的半路上經過了學校圖書館，這時野人問道。

「當然不。」校長說著臉紅了。

「我們的圖書館，」加夫尼博士說：「只收藏參考書。如果我們的年輕人需要消遣，他們可以從感覺電影裡得到。我們不會鼓勵他們沉浸於任何孤獨的娛樂。」

五輛巴士——裝滿了男生與女生，唱著歌或者在沉默的擁抱之中，從玻璃化的高速公路上經過他們身邊。

「剛回來，」加夫尼博士解釋道，同時伯納德悄悄跟校長訂下就在那一晚的約會。「從史勞火化場回來。死亡制約是在十八個月大的時候開始。每個孩子一星期都在臨終醫院裡待兩個早上。所有最好的玩具都留在那裡，他們在有人死掉的日子都會吃到巧克力奶油。他們學到把死亡當成理所當然的事。」

「就像任何其他的生理過程一樣，」校長很專業地補充這句話。

八點鐘在薩佛伊大飯店。一切都安排好了。

在回到倫敦的路上，他們在電視公司位於布倫福的工廠停留。

「你介意在我去打電話的時候，在這裡等一會兒嗎？」伯納德問道。

野人等待著，觀察著。大日班人員正好下班。成群的低階工人在單軌鐵路車站前面排隊——七、八百個伽瑪、德塔與艾普西隆男女，他們的臉孔與體態差異不超過一打。對於各自帶著票的他們每一位，預定處職員把一個小小的紙板藥箱推出去。像一條長長毛蟲的男男女女緩慢地往前挪動。

「在那裡面是什麼，」（野人想起了《威尼斯商人》[22]）「在那些箱子裡？」在伯納德回來跟他會合的時候，野人問道。

「今天的索麻配給，」伯納德回答得相當口齒不清；因為他正在咀嚼班尼托·胡佛送的一片口香糖。「他們是在工作結束時拿到。四顆半公克藥片。星期六的時候會得到六顆。」

他親熱地拉著約翰的手臂，他們走回直升機那邊。

列寧娜唱著歌走進更衣室。

「妳看起來對自己非常滿意嘛。」芬妮說道。

「我**是**很高興啊，」她回答道。拉下拉鏈，咻！「伯納德半小時前打電話來。」咻，咻！她跨到她的短褲外面。「他有個意料之外的約會。」咻！「他問我今晚是否可以帶野人去看感覺電影。我必須快一點。」她匆匆朝著浴室走去。

「她是幸運的女孩。」芬妮注視著列寧娜離去以後，暗暗對自己說道。

這句話裡沒有嫉妒；好心腸的芬妮只是在陳述一個事實。列寧娜**是**幸運的；幸運地跟伯納德共享了野人無比的名氣中相當大的部分，幸運地從她這個無足輕重的人身上，反映了此刻最高程度的流行榮耀。福特女青年會的祕書長不就邀請她去演講，談她的經驗嗎？她不是被邀請去參加愛神俱樂部的年度晚宴嗎？她不是已經出現在感覺電影流行新聞上了嗎——看得到、聽得到、摸得到地出

㉒《威尼斯商人》（*The Merchant of Venice*）中的情節：女主角波西亞奉父命，請求婚者從三個箱子裡選擇一個，選到正確箱子的人就可以娶她，選錯者必須終身不娶。

現在全球幾百萬不計其數的人面前？

名流們對她的關注，讓人受寵若驚的程度也不遑多讓。派駐本地的世界管制官第二祕書已經邀她吃晚餐跟早餐了。她跟福特首席法官共度了一個週末，跟坎特伯里社群首席詩歌吟唱家共度了另一個。內外分泌公司主席不斷地打電話來，而她已經跟歐洲銀行副總裁去過多維爾了。

「當然，這棒極了。然而在某方面來說，」她對芬妮坦白說道：「我覺得我好像是用虛偽的藉口得到了某樣東西。因為，當然啦，他們全都想知道的第一件事，就是跟野人做愛是什麼感覺。我就必須說我不知道。」她搖搖頭。「大多數男人都不相信我，當然了。不過這是真的。我真希望不是這樣。」她哀傷地補充，然後嘆了口氣。「他好看得要命；妳不覺得嗎？」

「可是他不喜歡妳嗎？」芬妮問道。

「有時候我認為他喜歡我，有時候又不是。他總是盡全力迴避我；我走進房間的時候他就走出去；不肯碰我；甚至不看我。但有時候如果我突然轉過身去，我就會逮到他盯著我看；然後——唔，妳知道男人喜歡妳的時候看起來是什麼樣子。」

對，芬妮知道。

「我搞不清楚。」列寧娜說道。

她不可能搞清楚；而且她不只是困惑不已，也相當生氣。

「因為，妳懂嗎，芬妮，**我**喜歡他。」

越來越喜歡他了。唔，現在有個真正的機會，她洗完澡以後替自己噴香水的時候想到。啪、啪、啪——一次真正的機會。她高昂的興致變成一首歌流瀉出來。

擁抱我直到你讓我麻痺，蜜糖；
親吻我直到我昏過去；
擁抱我，蜜糖，暖洋洋的兔兔；
愛就跟索麻一樣好。

香水風琴正在播送一首愉快而讓人耳目一新的〈香草奇想曲〉——百里香與薰衣草、迷迭香、羅勒、桃金孃、龍蒿，構成漣漪般的琶音；一連串大膽的變調，透過辛辣的音調變成龍涎香的味道；然後是透過檀香、樟腦、香柏木與剛割下的乾草帶來的緩慢回歸（偶爾還有幾個細微的不和諧音——一絲的腰子布丁味，最微弱的一點疑似豬糞味），回到這首曲子剛起頭時那種簡單的植物芳香。最後爆出的百里香氣味消逝了；有一輪掌聲；光線亮了起來。在合成音樂機裡，聲軌紙捲開始展開。現在是一首超高音小提琴、超級大提琴與仿雙簧管的三重奏，讓空氣中充滿了它帶來的宜人慵懶。過了三十或者四十個小節——然後，在這個純演奏的背景中，一個遠超過人類能耐的聲音開始用抖音唱了起來；一會兒帶著喉音，一會兒是頭腔共鳴，一會兒又是中空如長笛，一會兒又以充滿渴望的和聲衝刺，那聲音毫不費力地從加斯巴．佛斯特[23]在音樂曲調最前線締造的低音紀錄，到達一種蝙蝠式的高亢顫音，高到超過路克蕾西亞．阿古亞麗[24]最高的高音C（一七七〇年在巴馬公爵的歌劇院裡，讓莫札特[25]大為震驚）——在名列史冊的所有歌手中，唯獨她曾經一度尖銳刺耳地發出來了。

列寧娜與野人陷進他們充氣的正廳前座座位裡，一邊嗅聞一邊聆聽。現在也是輪到眼睛跟皮膚的時候了。

室內光線變暗了；火一般明亮的字母扎實地凸顯出來，就好像自己支撐著站在黑暗之中。**《直升機裡的三週》從頭到尾超強歌唱演出、合成語音、全彩、立體聲感覺電影。伴隨同步香水風琴**。

「握住你椅子上那些球形金屬把手，」列寧娜悄聲說道：「否則你就感受不到任何感覺效果了。」

野人聽話地照做了。

同時，那些火焰般閃亮的字母消失了；有十秒鐘徹底的黑暗；然後突然之間，立體影像就出現了，閃閃發亮、而且看起來比真正的血肉之軀更無可比擬地扎實許多，比現實更像真的；那是一個身形巨大的黑人，還有一個金髮短頭形正貝塔女性，手臂彼此緊扣著。

野人驚得一跳。那種感覺在他嘴唇上！他舉起一隻手碰他的嘴巴；那種騷癢的感覺止息了；他讓自己的手落回金屬把手上，感覺又開始了。在此同時，香水風琴，呼出了純麝香。吐氣一般地，聲軌裡的超級鴿子柔聲唱出「喔—喔」；然後是一秒鐘只顫動三十二次，一種比非洲低音鼓還低沉的聲音做了回應：「啊—啊。」「喔—啊！喔—啊！」立體的嘴唇再度貼合在一起，然後阿罕布拉電影院六千名觀眾的臉部性感帶，再度感受到幾乎承受不了的電擊般愉悅。「喔喔……」

電影的情節極端簡單。第一波的喔喔啊啊（一首對唱，還有一點在那張知名熊皮上的做愛場面社會預定部門助理主任說得完全正確，熊皮上的每根毛都可以清楚地個別感受到），之後的幾分鐘，那黑人發生一次直升機意外，跌下來撞到頭。咚！多大的劇痛從前額傳來啊！一陣陣「噢」與「哎」的合唱在觀眾席裡此起彼落。

腦震盪把那黑人的所有制約都擊潰了。他對那個貝塔產生一種排他的瘋狂熱情。她抗議，他堅持。有掙扎、追逐、攻擊一位對手，最後是一個煽情的綁架場面。金髮貝塔被俘虜到空中，被留在那裡，盤旋在半空，跟一個瘋狂的黑人進行三週狂野的反社會一對一接觸。最後，在一整套的冒險行動跟許多空中的特技飛行後，三個年輕英俊的阿爾法成功地救出她。黑人被送去一個成人再制約中心，電影快樂而高雅地結束了，金髮貝塔變成她那三位拯救者的情婦。他們暫時打斷自己一會兒，唱了一首合成四重唱，有完整的超級管弦樂團伴奏，香水風琴同時釋放出梔子花香。熊皮在最後又出現了，而在一陣高亢的薩克斯風樂音裡，最後的立體之吻褪入黑暗之中，最後一點觸電般的感覺

㉓ Gaspard's Forster，疑為十七世紀的一位德國作曲家兼男低音 Kaspar Foester。
㉔ 這裡赫胥黎的拼法是 Lucrezia Ajugari，但一般拼法是 Lucrezia Agujari 或者 Aguiari。這是一位女高音，其事跡如此處所述。
㉕ 這裡大吃一驚的人不是音樂神童莫札特，而是他的父親雷歐波德．莫札特，他在寫給友人的書信裡提及此事。

在嘴脣上消失，就像一隻死去的蛾抖著抖著，越來越微弱，越來越幽微，終於沒有了聲響，變得相當平靜。

但對列寧娜來說，那隻蛾並沒有完全死去。就算在燈光亮起以後，在他們拖著腳步，慢慢跟著人群朝著電梯走去的時候，那隻蛾的鬼魂仍舊在她嘴脣上拍翅，仍舊沿著焦慮與愉悅讓人顫抖的小小路徑，爬過她的皮膚。她的臉頰潮紅。她抓住了野人的手臂，然後把那隻軟綿綿的手貼在她身側。他低頭俯視她一會兒，臉色蒼白、痛苦、充滿慾望，又對自己的慾望感到羞恥。他不配，不配……他們的眼睛一時之間相遇了。她的雙眼承諾了什麼樣的寶藏！可以為一位皇后贖身的氣質。他匆匆地望向別處，掙脫他被囚禁的手臂。他模糊地恐懼著她將不再是他自認為配不上的人物。

「我不認為妳應該看那種東西。」他說道，匆促地把任何過去或未來可能不夠完美的閃失，從列寧娜身上轉移開來，怪罪到周遭的環境上。

「像是什麼事情，約翰？」

「像是這部恐怖的電影。」

「恐怖？」列寧娜誠心地感到震驚。「可是我還以為這部電影很可愛呢。」

「它很卑劣，」他義憤填膺地說：「很不光彩。」

她搖搖頭。「我不明白你是什麼意思。」為什麼他這麼古怪？為什麼他刻意要把氣氛搞砸？

在計程直升機上，他幾乎不看她一眼。他受到從未說出的強烈誓言束縛，遵守著早就停止通行的律法，他坐在那裡避著人，保持沉默。有時候，就像是一根手指拉扯了某種繃緊的、幾乎要斷裂的繩索，他全身都隨著某種突如其來的神經質驚恐而發著抖。

計程直升機降落在列寧娜住的公寓單位屋頂。「終於。」她踏出計程直升機艙的時候得意洋洋地想。終於——雖然他剛才一直都表現得這麼古怪。站在一盞燈下，她凝視著她的手鏡。終於。對，她的鼻子有點油光閃亮。她把粉撲上的粉抖掉。在他付清計程車費的時候——剛好有時間。她擦著油亮亮的地方，心想：「他真是好看得要命。他不需要像伯納德那樣害羞。可是……任何別的男人早就做了。唔，現在終於要做了。」在那面小圓鏡子裡，一張臉的碎片突然間對著她微笑了。

「晚安。」她背後有個哽住的聲音說道。列寧娜整個人轉過身去。他站在計程直升機門口，他的視線直勾勾地盯著；顯然在她用粉撲擦鼻子的時候都一直瞪著看，他在等待——可是在等什麼呢？或者是在猶豫，試著要下定決心，而且在這所有時間裡都在思考，不斷地思考——她無法想像那是多麼異乎尋常的念頭。「晚安，列寧娜。」他重複了一次，然後做出一個奇特的怪臉，勉強試著要微笑。

「可是，約翰……我以為你要……我是說，你不覺得……？」

他關上機門，彎腰往前對司機說了什麼。計程直升機直衝入空中。

透過機艙地板的窗戶往下俯視，野人可以看到列寧娜往上抬起的臉，在街燈泛藍的燈光下顯得蒼白。嘴巴張開了，她在叫喚。她縮小的人影從他身邊迅速地遠離；屋頂縮小的廣場看起來像是透過黑暗往下墜。

五分鐘後，他回到自己的房間。他把他那本老鼠嚙咬過的書從藏匿處拿出來，用虔誠如信徒的小心翼翼翻過它有汙漬又脆弱的頁面，然後開始讀《奧瑟羅》。他記得奧瑟羅就像《直升機裡的三週》的主角一樣，是個黑人。

列寧娜擦乾眼淚，穿過屋頂走向電梯。在她下降到二十七樓的路上，她抽出她的索麻瓶。一公克，她認定這樣不夠；她受的折磨超過了一公克索麻所能應付的。但如果她服用兩公克，明天早上就有無法及時醒來的危險。她折衷處理，在她收攏成杯狀的左手掌裡倒出三顆半公克的藥片。

第十二章

伯納德必須從鎖著的門外吼進去；野人不開門。

「可是每個人都在那裡等你了。」

「讓他們等啊。」悶糊糊的聲音透過門傳回來。

「可是你很清楚的，約翰，」（在把嗓門拉到最高的時候，要聽起來很有說服力是多麼困難啊！）「我邀他們來是特地要見你的。」

「你應該先問**我**是不是想見**他們**。」

「可是約翰，你以前都會來的。」

「這正是為什麼我不想再來一次了。」

「就算是為了讓我高興吧，」伯納德大聲地好言相勸：「你不會為了讓我高興而來嗎？」

「不會。」

「你是認真這麼說？」

「對。」

「可是我要怎麼辦？」伯納德絕望地哀鳴。

「下地獄去吧！」門裡那個氣急敗壞的聲音大聲吼道。

「可是，坎特伯里首席社群詩歌吟唱家今晚在那裡啊。」伯納德幾乎哭出來了。

「Ai yaa tákwa！」只有用祖尼語，野人才能夠充分地表達他對首席社群詩歌吟唱家是什麼看法。「Háni！」經過考慮，他又補上這句；然後（帶著多少充滿嘲諷的凶暴惡意！）：「Sons éso tse-ná。」然後他朝著地板吐了口水，波佩可能也會這樣做。

到最後伯納德必須溜回去，整個人沒了氣勢地回到他的房間去，通知不耐煩的眾人說野人今晚不會出現了。大家聽到這個消息都義憤填膺。男士們憤怒，因為被騙來這裡，對這個聲名狼藉又有異端見解的無名小卒以禮相待。他們在社會階級上的地位越高，怨恨之意就越重。

「對我開這種玩笑，」首席詩歌吟唱家一直重複這句話：「竟然對**我**！」

至於女士們，她們憤慨地認為她們被虛張聲勢的藉口騙了——被一個培養瓶裡錯誤地倒進酒精的可悲小男人騙了，被一個只有負伽瑪體格的傢伙給騙了。這真是太不像話，她們也這麼說了，說得越來越大聲。伊頓公學的女校長態度特別嚴厲。

只有列寧娜什麼都沒說。她很蒼白，藍色的眼睛蒙上一層少有的憂鬱，她坐在一個角落裡，跟她周遭的人判然有別；是一種他們並沒有共同分享的情緒，將她跟他們切割開來。她來到這個派對時，充滿一種奇怪的感覺：一種焦慮的得意。「在幾分鐘內，」她進入房間時對自己說道：「我就會見到他，跟他說話，告訴他，」（因為她來的時候已經下定決心）「我喜歡他——超過我認識過的任何人。然後或許他會說……」

他會說什麼？血液衝上了她的臉頰。

「為什麼前幾天晚上，在看完感覺電影以後他那麼奇怪？表現好詭異。然而我絕對確定他確實真的相當喜歡我。我確定……」

就在這一刻，伯納德宣布了他的消息：野人不來這個派對了。

列寧娜突然間感覺到在一次「暴力激情替代治療」起頭時，通常會體驗到的所有感受——一種恐怖的空虛感，一種喘不過氣來的憂懼，一種噁心想吐的感覺。她的心臟似乎停止跳動了。

「或許這是因為他不喜歡我。」她對自己說道。而這種可能性立刻變成一種已確立的肯定事實：約翰拒絕來，是因為他不喜歡她。他不喜歡她……

「這真的有一點**太**過分了，」伊頓校長正在對火化與磷回收場主任說道：「我一想到我實際上做了……」

「對，」芬妮·克勞恩的聲音出現了：「關於酒精的事情絕對屬實。我認識的某個人認識另一個人，她當時在胚胎儲存室工作。她跟我朋友說過，我朋友又告訴了我……」

「太糟，太糟了，」亨利．佛斯特說道，跟首席社群詩歌吟唱家有同感。「你可能有興趣知道，我們的前主任本來就要把他調到冰島去了。」

伯納德快樂的自信有如緊繃的氣球，在別人說出的每句話戳刺之下，從一千個傷口裡漏氣了。蒼白、心煩意亂、自覺卑屈又激憤，他在他的賓客之間走動，結結巴巴地吐出不連貫的致歉詞，向他們保證下次野人肯定會在這裡，央求他們坐下來，拿一塊胡蘿蔔素三明治、一片維他命A肉醬餅、一杯替代香檳。他們盡責地吃著，卻對他視而不見；喝著酒，要不是當面給他難堪，就是跟別人說他的閒話，既大聲又很侮辱人，就好像他不在那裡似的。

「現在呢，我的朋友們，」坎特伯里首席社群詩歌吟唱家，用他在福特日慶祝節目中帶領活動的美麗嘹亮嗓音說道：「現在，我的朋友們，我想或許時候已經到了……」他站起來，放下他的杯子，從他紫色的黏膠纖維背心上掃掉相當多的點心碎屑，然後走向門口。

伯納德一個箭步衝上前截住他。

「你真的必須走了嗎，首席詩歌吟唱家？……現在還很早。我本來希望您會……」

對，在列寧娜私下告訴他，要是他送邀請函給首席社群詩歌吟唱家就會接受的時候，他本來並不希望會是這樣。「他人其實滿好的，你知道。」而她曾經給伯納德看過那做成一個T字型的金色拉鍊頭，那是首席詩歌吟唱家給她的，她在蘭貝斯度週末的紀念品。**來會見坎特伯里首席社群詩歌**

吟唱家與野人先生。伯納德送出的邀請函無往不利。但野人卻偏偏在所有晚上裡挑上這一晚，把自己鎖在房間裡，大吼「Háni！」甚至是（幸好伯納德不懂祖尼語）「Sons éso tse-ná！」本來該是伯納德整個生涯登峰造極的時刻，卻變成他蒙受最大羞辱的時刻。

「我本來非常希望……」他結巴地重複了一次，用充滿懇求、心煩意亂的眼神抬頭看著這位偉大的顯貴人物。

「我的年輕朋友啊，」首席社群詩歌吟唱家用一種響亮、肅穆的嚴厲語調說話了；這時有一陣群體的靜默。「讓我給你一句忠告。」他對著伯納德搖搖手指。「趁還不算太晚之前就說。一句忠告。」（他的聲音變得很陰森。）「改進你的行為，我的年輕朋友，改進你的行為。」他對著伯納德做了個T字手勢，然後轉身走開。「列寧娜，我親愛的，」他用另一種聲調喊道：「跟我來吧。」

列寧娜不帶微笑（對於她蒙受的榮耀有多大，徹底毫無感覺），也不覺得得意，順從地走在他後面，離開了房間。其他賓客隔了一段恭敬的距離以後才跟進。他們的最後一人摔上了門。伯納德完全孤獨了。

千瘡百孔、徹底洩氣的他，癱坐在一張椅子上，然後用手蒙著臉，開始啜泣。然而幾分鐘以後，他改變了想法，便吞了四顆索麻。

在樓上，野人在自己房間裡讀著《羅密歐與朱麗葉》。

列寧娜與首席社群詩歌吟唱家往外踏上蘭貝斯宮的屋頂。「快點，我的年輕朋友——我是說，列寧娜。」首席詩歌吟唱家不耐煩地在電梯門口喊道。為了看看月亮逗留了一會兒的列寧娜，垂下她的視線，匆匆穿越屋頂去跟他會合。

〈生物學的新理論〉是慕斯塔法．蒙德剛讀完的論文標題。他坐了一會兒，在深思中皺著眉，然後拿起他的筆，在標題頁上橫批幾句話：「作者對於目的的概念化所做的數學處理很新穎，又有高度原創性，卻屬於異端，而且就現有社會秩序來說，很危險又有潛在破壞性。**不得出版**。」他在這四個字底下劃線。「作者會受到持續監督。可能有必要將他轉調至聖海倫娜島的海洋生物站。」在他簽下自己的名字時，他心想，真是可惜了。這是一篇精巧的作品。可是一旦你開始承認目的方面的種種解釋——唔，你不知道結果會是什麼。就是這種想法，可能輕輕鬆鬆就讓社會高階中比較躁動不安的心靈解除制約——讓他們失去快樂就是至善的信念，反而開始相信目標在於後面的某個地方，在超越現有人類領域之處；相信生命的目的不在於維持舒適安康，而是某種意識的增強與精緻化，某種知識上的擴充。管制官思索著，這很有可能是真的。但就現在的環境來說，是無法接納的。他再度拿起筆，在「**不得出版**」四個字下面劃了第二條線，比第一條線更粗更黑；然後嘆了口氣，他想道：「要是一個人不必去考慮快樂，這篇論文會多有趣啊！」

約翰閉上眼睛，他的臉在狂喜中閃耀著光彩，他輕柔地對著空地朗讀：

她啊，從她那兒，火把借來了光輝！
非洲的黑人拿晶瑩的明珠做耳墜，
就這樣，她掛在黑夜的那張臉上；
誰能消受啊——這麼美，人間無雙！㉖

金色的T字在列寧娜胸口前閃耀著。出於好玩，首席社群詩歌吟唱家抓住了那個T字，戲謔地拉了又拉。「我想，」列寧娜突然開口，打破一段漫長的沉默：「我最好吃幾公克索麻。」

這個時候，伯納德熟睡著，在他私人的夢境樂園裡微笑。微笑，再微笑。但每三十秒鐘，他床鋪上方的電子鐘分針就冷酷無情地往前跳，發出一個幾乎察覺不到的喀答聲。喀答、喀答、喀答、喀答……然後是早晨了。伯納德回到此時此地的慘況之中。他在最低落的情緒裡搭計程直升機到制約中心去上班。成功的微酣已經蒸發了；他清醒地恢復老樣子；相對於過去幾週暫時膨脹的自信氣

㉖《羅密歐與朱麗葉》，第一幕第五景，木馬版方平譯本。

球，老樣子的他似乎史無前例地比周遭的空氣更沉重。

對於這個洩了氣的伯納德，野人自動表現出意料之外的同情。

「你比較像你在熔岩區的樣子了，」當伯納德將他可憐兮兮的故事告訴野人時，野人這麼說道。「你記得我們第一次交談的時候嗎？在小屋外面。你現在就像那時候的樣子。」

「因為我又不快樂了；這就是為什麼。」

「呃，我寧願不快樂，也不要擁有你過去在這裡的那種虛偽、騙人的快樂。」

「我喜歡那樣，」伯納德苦澀地說道：「一切都因你而起的。你拒絕到我的派對來，結果讓他們全都衝著我來！」他知道他說的話很荒唐不公平；他內心深處承認，最後甚至是大聲承認，野人現在說的全是真的：那些可能在這麼輕微的刺激下就見風轉舵，變成敵對迫害者的朋友很不值得。然而儘管伯納德有了這層認知，也承認了這些事，儘管事實上他這位朋友的支持與同情，是他現在唯一的安慰，但他對野人除了相當真誠的感情以外，還病態地繼續培養著一股祕密的不滿，要策劃某種施展在野人身上的小小報復活動。培養對首席社群詩歌吟唱家的不滿是沒有用的；也沒有可能報復社會功能預定室的主要離瓶師，或者社會功能預定助理主任。對伯納德來說，野人作為一個受害者，具備一種凌駕他人的巨大優越性：他是可以企及的。一位朋友的主要功能之一，就是承受（以一種較溫和與象徵性的形式）我們會想施加在敵人身上，卻力有未逮的懲罰。

伯納德的其他受害者兼朋友是海姆霍茲。在受到挫敗的時候，他再度前去要求他飛黃騰達時認為不值得保留的友誼。海姆霍茲付出了這份友誼；而且沒有一聲譴責，沒有一句評論就付出了，就好像他已經忘記曾經有過一場爭執。伯納德深受感動的同時，也覺得被這種寬大的行為給羞辱了——而且這種寬宏大量，完全跟索麻無關，全都是出自海姆霍茲的人格，所以就更加不尋常，也更羞辱人。忘卻一切、原諒一切的是日常生活中的那個海姆霍茲，而不是在度半公克假期的海姆霍茲。伯納德恰如其分地心懷感激（再度擁有他這位朋友是莫大的安慰），也恰如其分地心生怨恨（稍微報復一下海姆霍茲的慷慨，會是很愉快的事）。

在他們彼此疏遠以後的初次相聚裡，伯納德傾訴著他悲慘的故事，並接受慰問。直到幾天以後，在驚訝與一陣羞恥的劇痛之中，他才得知他不是唯一惹上麻煩的人。海姆霍茲也跟當局起了摩擦。

「是跟某些詩有關，」他解釋道：「我在給三年級學生上我平常的進階情緒工程課。總共十二講，其中第七講是跟韻文有關。精確地說，是『道德宣傳與廣告中的押韻使用』。我總是用許多技術性的例子來闡明我的演講內容。這次我想給他們的是我自己剛寫的。當然，純粹是瘋了；但我忍不住。」他笑出聲來。「我很好奇，想看看他們的反應是什麼。此外，」他態度更嚴肅地補充道：「我想做一點宣傳；我設法要操縱他們感受到我寫那些詩的感覺。福特啊！」他又笑了。「引起了多麼強烈的抗議！校長把我叫過去，威脅說要立刻開除我。我被盯上了。」

「可是你寫的是什麼樣的詩？」伯納德問道。

「那些詩是關於獨處的。」

伯納德眉毛一揚。

「如果你想的話，我會背給你聽。」海姆霍茲開始唸道：

昨天的委員會，
停駐不去，但一只破裂的鼓，
城市中的午夜，
眞空中的長笛，
緊閉的脣，睡夢中的臉，
每一具停止的機器，
那些沉默凌亂之地
群眾曾在之地⋯⋯
所有的沉默歡呼著，
（高亢或低吟）啜泣著，
言說著——但那聲音
屬於誰，我不知道。
就說，從蘇珊不在的

伊格麗雅不在的
手臂，她們各自的胸脯、
嘴唇還有，啊，屁股，
緩緩地形成一個存在；
誰的存在？而我問道，是何物
有如此荒謬的一種本質，
讓某物——雖然實情並非如此——
仍然應該更實在地
占據空虛的夜
更甚於我們交合的對象；
爲何此物看來竟如此卑劣汙穢？

唔，我給他們這首詩當成一個例子，而他們就對校長舉報我。」

「我不覺得驚訝，」伯納德說：「這樣便是徹底違反他們所有的睡眠教學。記得，他們已經聽過至少二十五萬次反對孤獨的警告了。」

「我知道。但我認為我想看看那效果會是什麼。」

「嗯，那你現在已經看到了。」

海姆霍茲只是大笑。在一陣靜默後，他說道：「我覺得，我好像才剛開始有點東西好寫了。我好像正開始能夠運用我覺得體內有的那股力量，那種多餘、潛伏的力量。某樣東西似乎降臨在我身上了。」伯納德心想，儘管他面臨著種種困擾，但他似乎深感幸福。

海姆霍茲與野人立刻就喜歡上對方。他們確實親熱到讓伯納德感覺到一股尖銳的嫉妒痛楚。他跟野人在那幾週全部時間裡的親密關係，遠遠趕不上海姆霍茲立刻達到的程度。注視著他們，聽他們談話，他發現自己有時候滿心怨恨地希望他從沒撮合過他們。他對自己的嫉妒引以為恥，輪流靠著意志的努力與索麻來讓自己遠離那種感覺。但這些努力不是非常成功；而且索麻假日之間，必須保持一定的間隔。那種醜惡的情緒一直捲土重來。

在他跟野人第三次見面的時候，海姆霍茲朗讀了他談孤獨的詩。

「你覺得這詩如何？」他唸完以後問道。

野人搖搖頭。「聽聽**這個**，」他這麼回答；然後他拉開抽屜，他把那本被老鼠咬過的書收藏在那裡，然後打開書本唸道：

讓歌聲最亮的鳥兒棲上
那株孤獨的阿拉伯樹梢，

放開嗓子，把喪事宣告……㉗

海姆霍茲越來越興奮地聆聽這首詩。「孤獨的阿拉伯樹梢」讓他一震；「但你這尖聲鳴叫的信使」讓他突然喜悅地微笑了；「哪一隻禽鳥專橫跋扈」讓血液衝上他的臉頰；但「死亡之曲」讓他臉色轉白，隨著一種史無前例的情緒而顫抖。野人繼續讀道：

本性就這樣受到了挑戰，
自身可以不再是自身；
唯一的本源有雙重名分，
是一還是二難以分辨。
理智已感到十分困窘，
看見兩部分長在一起……

「狂歡─解放！」伯納德說話了，用一個響亮卻毫不愉快的笑聲打斷了朗讀。「這只是另一首

㉗這一段與下一段引文都出自《鳳凰和斑鳩》（*The Pheonix and the Turtle*），木馬版屠岸、屠笛譯本。

團結禮拜詩歌而已。」他在報復他的兩位朋友彼此喜愛的程度，遠超過喜愛他。

在他們接下來兩三次會面的過程裡，他經常重複這種小小的報復行動。這樣做很簡單，而且這般砸碎、褻瀆海姆霍茲跟野人最愛的詩意結晶，會讓他們兩個都感受到非常大的痛苦，極度有效。到最後，海姆霍茲威脅如果他膽敢再度干擾，就要把他踢出房間。然而夠古怪的是，下一次的干擾——所有干擾中最有失體面的一次——是來自海姆霍茲本人。

野人在大聲朗讀《羅密歐與朱麗葉》——朗讀時（他一直把自己視為羅密歐，列寧娜就是朱麗葉）帶著一種濃烈的顫抖激情。海姆霍茲帶著困惑的興趣，聆聽著這對戀人初次相會的場景。花園場景的詩意讓他喜悅；而其中表現的情緒讓他微笑。因為擁有一個女孩子就進入這種狀態——這似乎相當荒唐。但是從詞語上的細節來看，這是多棒的情緒工程作品啊！「這老傢伙，」他說道：「讓我們最棒的宣傳技師都看起來蠢到底了。」野人露出勝利的微笑，重新開始他的朗讀。一切進行得棒極了，直到第三幕的最後一景，凱普萊特與夫人開始逼迫朱麗葉嫁給帕里斯為止。這整個場景都讓海姆霍茲坐立不安；但接著野人可憐兮兮地模仿朱麗葉喊出這句話：

上天有沒有慈悲，從高高的雲端
直看到我心底深處的滿腔悲哀？
我的好媽媽啊，求妳啦，別拋棄我！

把這婚事往後推一個月，一星期吧——
如果妳不答應，那就把新娘的合歡床
抬進陰暗的陵墓裡，跟蒂巴特……㉘

朱麗葉說出這句話時，海姆霍茲爆出一陣無法控制的狂笑。母親跟父親（醜怪的猥褻之詞）逼著女兒去擁有某個她不想要的人！而那白痴女孩不說她現在有比較喜歡的別人了（無論如何，現狀如此）！在這種猥褻的荒謬狀態下，這個情境滑稽得讓人難以抗拒。他以英雄式的努力，設法壓制住他的滑稽感節節高升的壓力；但「我的好媽媽」（透過野人充滿憤懣的顫抖語調），還有講到蒂巴特死了躺在那裡，卻顯然沒有火化，他身上的磷全都浪費在一個燈光幽暗的紀念陵墓裡，這讓他再也承受不住了。他一直笑啊笑的，直到眼淚從他臉上流淌下來——難以平息地笑個不停，同時激怒得臉色蒼白的野人從書本上端注視著他，在笑聲仍舊繼續的時候，義憤填膺地合上書本站了起來，然後擺出不再對牛彈琴的姿態，把書鎖進抽屜裡。

「然而，」在海姆霍茲的呼吸恢復到足以道歉，將野人安撫到可以聽他解釋的時候，他說道：「我很清楚一個人需要像那樣荒謬、瘋狂的情境；一個人對於任何別的事情，都不可能真正寫得好。

㉘《羅密歐與朱麗葉》，第三幕第五景，木馬版方平譯本。

為什麼那個老傢伙是個這麼神奇的宣傳技師？因為他有這麼多瘋狂、極端痛苦的事情，可以為之興奮激動。你必須受傷、憤怒不安；否則你就不可能想到真正好的、有穿透力的、X光一般的句子。可是父親跟母親！」他搖搖頭。「你不能期待我正經嚴肅地面對父親跟母親。而且誰會對一個男孩能不能得到一個女孩而興奮激動呢？」（野人皺起眉頭；但海姆霍茲正盯著地板沉思，什麼都沒看到。）「不。」隨著一聲嘆息，他做出結論：「這樣行不通的。我們需要別種瘋狂與暴力。不過是什麼呢？什麼呢？一個人能在哪裡找到這個？」他安靜下來；然後，他搖著頭，「我不知道，」他最後說道：「我不知道。」

第十三章

在胚胎儲存室的微光中，亨利．佛斯特的身形靠近了。

「今晚想去看場感覺電影嗎？」

列寧娜一語不發地搖搖頭。

「跟別人出去嗎？」他很有興趣知道他的那位朋友被別的朋友擁有。「是班尼托嗎？」他問道。

她再度搖頭。

亨利察覺到那雙紫色眼睛裡的疲憊，狼瘡光澤下的那種蒼白，還有那張不笑的緋紅色嘴巴，嘴角帶著哀傷。「妳該不會是身體不舒服吧，是嗎？」他問道，有那麼一點焦慮，就怕她可能得了某種還殘存的少數傳染病。

然而列寧娜再度搖頭。

「無論如何，妳該去看醫生，」亨利說：「一天一個醫生，遠離神經過敏，」他由衷地補上這句話，用肩膀上的一拍，清楚闡明他的睡眠教學諺語重點所在。「或許妳需要一次懷孕替代療程，」他建議：「或者來一次超強的暴力激情替代治療。有時候，妳知道的啦，標準的激情替代並不盡然……」

「喔，看在福特的份上，」列寧娜打破了她頑固的沉默，說道：「閉嘴吧！」然後她轉回去面對被她忽略的胚胎。

她還需要一次暴力激情替代治療嗎！如果她不是快要哭出來的話，她本來會大笑。就好像她自己的暴力激情還不夠多似的！她在吸滿她的注射針時，深深地嘆了一口氣。「約翰，」她喃喃自語著：「約翰……」然後是「我的福特啊，」她納悶地想：「我替這一個打過昏睡病疫苗了，或是還沒？」她就是想不起來。到最後，她決定不要冒著讓它被打上第二劑的危險，就移動到生產線的下一個瓶子去。

在那一刻之後過了二十二年，八個月又四天，有個派駐在姆萬紮區首府姆萬紮城，前途無量的年輕負阿爾法行政人員會死於錐蟲病——超過半世紀以來的頭一遭。列寧娜嘆息著，繼續做她的工作。

一小時後，在更衣室裡，芬妮勁頭十足地抗議著。「可是妳讓自己進入這種狀態，太荒唐了。就是很荒唐，」她重複強調。「而且這是為什麼？為了一個男人——才**一個**男人。」

「可是他是我要的那個。」

「妳講得好像世界上沒有另外數以百萬計的其他男人。」

「但我不要他們。」

「妳還沒試過，妳怎麼知道？」

「我試過啦。」

「但是試過多少個？」芬妮問道，同時輕蔑地聳聳肩。「一兩個？」

「好幾打。可是，」她搖搖頭，「這樣沒有任何好處，」她這麼補充說明。

「呃，妳得堅持不懈，」芬妮簡潔有力地說道。但很顯然她對自己開的這份處方信心已然動搖。

「沒有堅持到底，什麼都無法達成。」

「但在同時……」

「別想他。」

「我忍不住。」

「那就吃索麻吧。」

「我吃啦。」

「呃，繼續吃啊。」

「可是在劑量之間的安全間隔，我還是喜歡他。我會一直都喜歡他。」

「嗯，如果是這種狀況的話，」芬妮帶著決心說道：「妳為什麼不乾脆就去睡了他。不管他想要還是不想要。」

「但要是妳知道他**古怪**得多恐怖就好了！」

「這樣更有理由採取堅定的態度。」

「用講的都很好。」

「別忍受任何無謂的鬼扯。就行動吧。」芬妮的聲音就像喇叭；她就像一個福特女青年會講師，正對著青少女負貝塔們發表一篇晚間演講。「對，行動吧──立刻就去。現在就做。」

「我會嚇死。」列寧娜說道。

「呃，妳只要先吞半公克索麻。而現在我要去洗澡了。」她拖著毛巾，大步走開。

鈴聲響了，野人正不耐煩地希望海姆霍茲這天下午會來（因為他終於下定決心，要跟海姆霍茲談列寧娜，他受不了再拖著不吐露他的祕密了），他跳起身衝向門口。

「我有種不祥的預感，來人會是你，海姆霍茲。」他開門時喊道。

來人穿著白色醋酸纖維緞布水手裝，還有個圓形白帽子瀟灑地歪掛在左耳上，站在門檻處的是列寧娜。

「喔！」野人說道，好像有人重重敲了他一記。

半公克足以讓列寧娜忘記她的恐懼與尷尬。「哈囉，約翰。」她說道，面帶微笑從他身邊走過，進入房間。他自動關上門，跟在她後面。列寧娜坐了下來。然後有一陣漫長的沉默。

「約翰，你看起來不是很高興見到我，」她終於說道。

「不高興？」野人滿臉責備地看著她，然後突然間在她面前跪了下來，然後握著列寧娜的手，虔誠地親吻它。「不高興？喔，要是妳知道就好了，」他悄聲說道，然後冒險抬頭看著她的臉：「令人愛慕的列寧娜，」他繼續說道：「妳真是達到『愛慕』的頂點！人世的無價之寶。」她對他露出一個甜美誘人的溫柔微笑。「喔，妳啊，這麼完美，絕無僅有，」（她嘴唇微微分開，朝著他靠過去）「女性的優點，」（靠得越來越近）「全都集中在妳一身。[29]」又更近了。野人突然間匆忙地站了起來。「這就是為什麼，」他說話時把臉轉向一旁：「我想先做某件事……我的意思是，表現出我配得上妳。這並不是說我真的有可能配得上妳。但無論如何，要表現出我不是完全**不配**。我想做**某件事**。」

「為什麼你會認為有這種必要……」列寧娜開口了，卻沒把話說完。她聲音裡有一點不耐煩。在一個人已經往前靠，靠得越來越近，朱脣微啟——結果卻只發現自己相當突然地靠向一片虛空，因為有個笨手笨腳的蠢蛋手忙腳亂地站了起來——唔，就算有半公克索麻在這人血液裡流動，還是有理由，一個貨真價實的理由，要覺得惱怒。

㉙這一段引文都出自《暴風雨》第三幕第一景，木馬版方平譯本。

「在熔岩區，」野人前言不搭後語地嘟囔著說道：「你得要帶一片山獅皮給她——我是說，當你想要娶某個人的時候。或者是一片狼皮。」

「英格蘭沒有任何獅子。」列寧娜幾乎是在厲聲斥責。

「就算這裡有的話，」野人以一種突如其來、帶著輕蔑的怨恨之情追加說明：「我想這裡的人也會從直升機上射殺牠們吧，或者用毒氣之類的東西。列寧娜，我不會**那樣**做。」他挺起肩膀，大膽地注視著她，碰上的卻是一種惱怒不解的瞪視。他被搞迷糊了。「我會做任何事，」他繼續說下去，內容越來越不連貫。「妳叫我做的任何事。有些遊戲很吃力——妳知道的。可是越費勁，興趣卻越濃。那就是我的感覺。我的意思是，如果妳想的話，我會掃地板。」

「但我們這裡有真空吸塵器啊，」列寧娜大惑不解地說道：「這樣是不必要的。」

「不，當然不**必要**。不過從低三下四中，有時候見出了高貴的德性[30]。我願意經歷某件事，彰顯高貴的德性。妳不明白嗎？」

「但如果**有**真空吸塵器……」

「那不是重點。」

「還有艾普西隆半低能兒操作那些吸塵器，」她繼續說道：「呃，說真的，**為什麼要**？」

「為什麼？就是為了妳，為了**妳**啊。只是要表示我……」

「還有真空吸塵器到底跟獅子有什麼關係……」

「要表示我多麼……」

「或者是獅子跟高興看到**我**有什麼關係……」她變得越來越激憤。

「我多麼愛妳，列寧娜。」他幾乎絕望地說出口了。

血液湧上了列寧娜的臉頰，這是震驚的興奮得意，在內心漲潮的標誌。「你是認真的嗎，約翰？」

「但我本來不打算這樣說的，」野人大喊著，在一種極大的痛苦中扣緊他的雙手。「在我做到之前不會……聽著，列寧娜；在熔岩區，人會結婚的。」

「結什麼？」那種惱怒已經開始悄悄爬回她的聲音裡了。他現在在說什麼啊？

「結一輩子啊。他們許下諾言，要永遠共同生活。」

「多麼恐怖的想法！」列寧娜真心感到震驚。

「永保美麗的外貌，美好的靈魂會迅速昇華，延緩血色的枯槁。」[31]

「**什麼**？」

「在莎士比亞裡也是像那樣的。『在舉行過莊重、聖潔的儀式，完成那神聖的婚禮之前，如果你先玷汙了她白璧無瑕的貞操……』[32]」

㉚ 約翰引用了《暴風雨》第三幕第一景的話。

㉛《特洛伊羅斯與克瑞西達》，第三幕第二景，木馬版阮珅譯本。

㉜《暴風雨》，第四幕第一景，木馬版方平譯本。

「看在福特的份上，約翰，講點有道理的話吧。你說的話我一句都聽不懂。首先是真空吸塵器；然後是什麼白璧無瑕的貞操。你快把我逼瘋了。」她跳起來，然後就像是怕他的身心可能會一併逃離她一樣，抓住了他的手腕。「回答我這個問題：你真的喜歡我，或者不喜歡我？」

有過一段時間的寂靜；然後，他用非常低的聲音說道：「我愛妳勝過世界上的任何事物。」

「那你到底為什麼不這樣說呢？」她喊了出來，她的激憤如此強烈，甚至把她尖銳的指甲都戳進他手腕裡了。「反而鬼扯些什麼白壁無瑕、真空吸塵器還有獅子，讓我好幾個星期都這麼悲慘。」

她放開他的手，然後憤怒地把那隻手從她身邊甩開。

「如果我沒有這麼喜歡你，」她說：「我就會對你很憤怒了。」

然後突然間她的雙臂環繞住他的脖子；他感覺到她的嘴脣柔軟地貼在他自己的嘴脣上。這樣甜蜜的柔軟，這樣溫暖又帶著電流，讓他免不了發現自己想起了《直升機裡的三週》裡的那些擁抱。「喔！喔！」感覺很立體的金髮女人，還有「啊！」比真實還真實的黑皮膚摩爾人。恐怖、恐怖、恐怖……他突然激動地要自行掙脫；但列寧娜收緊了她的擁抱。

「你為什麼不這麼說？」她耳語道，同時把她的臉往後仰，以便注視他。她的眼睛裡有著溫柔的責備。

「哪怕在最幽暗的山洞裡，最方便的場合，」㉝（良心的聲音發出詩意的雷鳴）「潛伏在我們身邊的邪神妖魔最強烈的煽動，也不能誘惑我，叫清白變成淫慾。」他下定決心。

「你這個蠢男生！」她說道：「我這麼想要你。要是你也想要我，你為什麼不做？……」

「可是，列寧娜……」他開始抗議；隨著她立刻鬆開她的手臂，從他身旁走開的時候，他一時之間想著，她已經領會到他無言的暗示了。但在她解開她的白色漆皮藥片腰帶，小心翼翼地掛在椅背上的時候，他開始懷疑他搞錯了。

「列寧娜！」他焦慮地再叫一次她的名字。

她把手放到脖子上，然後往垂直方向長長一拉；她的白色水手上衣脫到摺邊處；他的疑慮濃縮成一個太過扎實的確定性。「列寧娜，妳**在**做什麼？」

拉鏈咻，咻！她的回答是沒有語言的。她踏出她的喇叭褲外。她的拉鏈連身內衣褲是貝殼的淡粉紅色。首席社群詩歌吟唱家送的金色T字懸在她乳房上。

「她們的乳頭透過了鏤空的內衣，在勾引男人的眼光……」[34] 歌聲，雷聲，還有那些神奇的字眼讓她看起來加倍地危險，也加倍地誘人。好柔，好軟，卻是這樣刺人！這樣又挖又鑽地深入理性，在決心之中鑿穿隧道。「最堅定的誓言碰上了熱辣辣的慾念，也就等於乾柴遇上了烈火。克制一些兒，否則……」[35]

[33]《暴風雨》，第四幕第一景，木馬版方平譯本。
[34]《雅典人泰門》（*Time of Athens*），第四幕第三景，木馬版方平譯本。
[35]《暴風雨》，第四幕第一景，木馬版方平譯本。

咻！渾圓的粉紅色落下分開，就像整整齊齊切好的蘋果。雙臂扭動一陣，先是右腳一抬，然後是左腳一抬：拉鏈式連身內衣軟趴趴的、像是洩了氣似地躺在地上。

她仍然穿著鞋襪，也還戴著那頂瀟灑地歪向一旁的白色圓形帽子，就這樣朝他走過去。「親愛的。**親愛的**！要是你早說出來就好了！」她伸出雙臂。

但他沒有說「親愛的」，沒有伸出雙臂，野人在恐怖中後退了，揮舞著他的雙手，就好像在設法嚇走某隻入侵的危險動物。往後退了四步以後，他被逼到牆邊了。

「你真甜！」列寧娜說著，把雙手放到他肩膀上，把她自己壓到他身上。「用你的手臂環抱我，」她命令道：「蜜糖，擁抱我直到你藥倒我。」她也能夠唸一兩句詩的，她知道那些歌詞，它們是咒語，有鼓的節拍。「親吻我；」她閉上雙眼，讓她的聲音往下沉，變成一種昏昏欲睡的低喃：「親吻我，直到我昏過去。擁抱我，蜜糖，軟綿綿的……」

野人抓住她的手腕，將她的手從他肩膀上扯下來，粗魯地把她推到手臂距離之外。

「噢，你弄痛我了，你……喔！」她突然間安靜下來。恐懼讓她忘了疼痛。她睜開眼睛，看到了他的臉——不，這不是**他的**臉，那是一個凶惡陌生人的臉，蒼白、扭曲，因為某種瘋狂而難以解釋的憤怒而抽搐著。她嚇呆了：「這是怎麼了，約翰？」她悄聲說道。他沒有回答，卻只是用那雙瘋狂的眼睛盯著她的臉看。抓住她手腕的那雙手在顫抖。他的呼吸深沉而不規律。她突然間聽到他咬牙切齒的聲音，幾乎微弱到聽不見，卻很駭人。「這是怎麼了？」她幾乎尖叫出來。

而就像是被她的吶喊弄醒了一樣，他抓住她的肩膀搖撼她。「娼妓！」他大吼：「娼妓！不要臉的婊子！」㊱

「喔，不要，不—不要，」她抗議的聲音因為他的搖晃而產生古怪的抖動。

「娼妓！」

「拜—拜託。」

「該死的娼妓！」

「一公—克索麻勝—過……」她開口要說話。

野人一把推開她，力氣大到讓她踉蹌跌倒了。「滾，」他大吼著，充滿威脅性地站著俯視她。「滾出我的視線之外，要不然我殺了妳。」他握緊雙拳。

列寧娜舉起手臂遮住她的臉。「不，拜託不要，約翰……」

「動作快點。快！」

她仍然抬著一隻手，一邊用一隻驚懼的眼睛緊盯著他的每個動作，一邊匆促地起身，然後繼續半蹲著，繼續遮著她的頭，直衝進浴室裡。

某種巨大拍擊產生的噪音就像一聲槍響，加快了她離開的速度。

㊱約翰在引用了《奧瑟羅》第四幕第二景裡奧瑟羅罵無辜妻子的話。

「噢！」列寧娜往前一跳。

安全地鎖在浴室裡後，她才有餘裕檢視她所有的傷勢。她背對著鏡子站著，扭著頭去看。從左邊肩膀往後看，她可以看到張開的手掌印清楚地浮現，在珍珠色的皮肉上是一片緋紅。她輕手輕腳地摩挲著受傷的地方。

在外面的另一個房間裡，野人跨開步伐來回走著，行軍著，隨著鼓聲與有神奇咒語的音樂行軍。「鷦鷯在勾勾搭搭，小小的金蒼蠅當著我的面幹起那下流的事兒來。」這些話在他耳朵裡令人發狂地隆隆作響。「其實幹起這回事來，她比野貓、比放青的馬還浪得多。她們的上半身完全是女人的模樣，下半截卻變成了十足的狐狸精。齊腰帶為止，她們是上天的供奉，再往下，就全都歸給魔鬼去享受。那兒是地獄，是黑暗；是硫磺火坑，在燃燒，在烤炙，在發臭、腐爛——啐、啐、啐！呸，呸！給我稱一兩麝香吧，藥鋪裡的好掌櫃，我要香香我腦子裡的那些幻象呢。」㊲

「約翰！」浴室裡有個刻意迎合的小聲音冒險說道：「約翰！」

「噢，妳這毒草啊！多鮮豔的顏色，多芬芳的氣息，叫人看了妳、聞了妳，心都會疼。這美好的書本，難道說，卻是為了寫上『娼妓』兩個字？上天要掩鼻子……」㊳

但她的香水仍然在他身旁繚繞，他的夾克上還是白白的，沾上了讓她天鵝絨般的軀體散發出香味的粉末。「不要臉的婊子，不要臉的婊子，不要臉的婊子。」無情的節奏自動敲打著。「不要臉的……」

「約翰，你想我能不能拿回我的衣服？」

他拾起喇叭褲、上衣、拉鏈連身內衣褲。

「開門！」他一邊踢門，一邊下令。

「不，我不會開的。」那聲音很害怕，卻不肯屈服。

「呃，那妳要我怎麼把衣服拿給妳？」

「從門上面的通風口塞過來。」

他照著她的建議做了，然後回到房間去做他不安的來回踱步。「不要臉的婊子，不要臉的婊子。淫慾魔鬼竟然扭著他的肥臀和馬鈴薯手指頭……」[39]

「約翰。」

他不願回答。「肥臀和馬鈴薯手指頭。」

「約翰。」

「怎樣？」他粗暴地問道。

「我想知道你介不介意把我的馬爾薩斯皮帶還我。」

㊲《李爾王》，第四幕第六景，木馬版方平譯本。李爾王在半崩潰狀態下抱怨咒罵自己的長女與次女。

㊳《奧瑟羅》，第四幕第二景，木馬版方平譯本。

㊴「淫慾魔鬼」這句話出自《特洛伊羅斯與克瑞西達》，第五幕第二景，木馬版方平譯本。

列寧娜坐著，聆聽另一個房間裡的腳步聲，一邊聽一邊納悶地想，他可能會像那樣來回踱步多久；她是不是得等到他離開公寓為止；或者給他一段合理的時間，讓他的瘋狂平息之後，她就可以安全地打開浴室門衝出去。

她正進行著這些讓人不安的揣測，卻被另一個房間裡的電話鈴聲打斷了。突然間來回踱步的聲音止住了。她聽到野人對著一片沉默交涉的聲音。

「哈囉。」

「是。」

「要是我不想剝奪自己的權利，那我就是。」[40]

「對，你沒聽到我這麼說嗎？我就是野人先生。」

「什麼？誰病了？當然我會有興趣。」

「可是這嚴重嗎？她真的狀況很糟？我立刻就去……」

「再也不在她房間裡了？那她被帶到哪去了？」

「喔，我的天啊！地址在哪？」

「公園道三號——是這樣嗎？三號？多謝。」

列寧娜聽到聽筒掛回去的喀答一聲，然後是匆忙的腳步聲。一扇門砰然關上。一陣靜默。他真的走了嗎？

她無限小心地把門打開四分之一吋，從門縫裡往外偷看；一片空曠的景象鼓勵了她；再打開一點點，然後把整個腦袋探出去；最後躡手躡腳地進入房間；心跳劇烈地站了幾秒鐘，聽了又聽；然後衝向前門口，打開來溜出去，摔上門，拔腿就跑。直到她進了電梯，實際上，在電梯井裡往下降的時候，她才開始覺得自己安全了。

㊵ 約翰這番拐彎抹角的說辭學自《第十二夜》（*Twelfth Night or What You Will*），第一幕第五景，木馬版方平譯本。

第十四章

公園道臨終醫院是個淡黃色的六十層磚造高塔。野人踏出他的計程直升機時，一隊色彩鮮豔歡樂的空中靈車從屋頂上升起，迅速地穿越公園往西飛，要前往史勞火化場。在電梯門口，管門的門房將他需要的訊息告訴他，他往下到了第十七樓的八十一號病房（門房解釋說，這是急性衰老病房）。

這是個大房間，有明亮的陽光與黃色油漆，包含二十張病床，全都有人。琳達在垂死邊緣有人陪伴——有人陪伴，還有所有現代化的方便設備。空氣一直隨著歡樂的合成旋律保持活躍。在每張床的床尾，床上行將就木的暫住者對面，都有一台電視機。電視機從早到晚一直開著，就像流個不停的水龍頭。一小時裡每隔十五分鐘，房間現行的香水味就會自動改變。「我們在嘗試，」在門口負責接待野人的護士解釋道：「我們嘗試在這裡創造出一個徹底令人愉快的氛圍——如果你能理解我的意思，就是介於一流旅館與感覺戲院之間的某種地方。」

「她在哪裡？」野人問道，不去理會那些有禮的解釋。

護士覺得被冒犯了。「你很急啊。」她說道。

「還有任何希望嗎？」他問道。

「你是說，她不會死的希望嗎？」（他點點頭。）「不，當然沒有了。當人被送到這裡來的時候，就沒有……」她被他那張蒼白臉上的悲痛表情給嚇著了，突兀地中斷了那句話。「哎，到底是怎麼回事？」她問道。她不習慣訪客發生這種狀況。（無論如何，這倒不是說這裡會有很多訪客，或者這裡有任何理由要有很多訪客。）「你身體沒覺得不舒服吧，有嗎？」

他搖搖頭。「她是我母親。」他用幾乎聽不見的音量說道。

護士用一種驚嚇、恐懼的眼神瞥向他；然後迅速地別開視線。她整個人從喉嚨到太陽穴都羞紅了。

「帶我到她那裡去。」野人說道，他努力要用一種稀鬆平常的語調講話。

仍舊紅著臉的護士帶路到病房去。他們經過的時候，那些臉孔仍然清新，沒有枯萎憔悴（因為衰老進展得如此快馬加鞭，讓臉頰沒有時間老化——只有心臟跟大腦老化）。那些進入二度童年，毫無好奇心的茫然目光，跟隨著他們前進的腳步移動。野人看得一陣惡寒。

琳達躺在一長排床鋪的最後一張上，就在牆壁旁邊。背後撐著枕頭，她正在看南美黎曼平面網球錦標賽的準決賽，縮小尺寸又沒有聲音的比賽在床尾的電視螢幕上重現。在他們那一小方被光線照亮的玻璃上，到處有小小的人影無聲無息地衝刺，像是水族箱裡的魚——另一個世界裡沉默卻激動的居民。

琳達旁觀著，露出毫不理解的模糊微笑。她蒼白、腫脹的臉上有一種愚蠢的快樂表情。偶爾她會闔上眼皮，而那幾秒鐘她似乎是在打瞌睡。然後她會微微一震，再度醒來——醒來面對網球錦標賽的滑稽場面，面對超美聲沃立澤[41]合成樂鋼琴彈奏的「擁抱我直到你藥倒我，蜜糖」，面對從她頭上的通風口吹來的馬鞭草氣味暖風——她會醒過來面對這些事情，或者更確切地說，是面對一個夢，在夢裡，她血液中的索麻會把這些東西變形、美化，成為夢境神奇美妙的組成元素，然後再度露出她充滿童稚滿足感的破碎失色微笑。

「呃，我得走了，」護士說道：「我有一批小孩要來了。此外，三號在那裡。」她指向病房。「可能隨時都會走。嗯，請自便。」她輕快地走開了。

野人在床邊坐下。

「琳達。」他握起她的手，悄聲說道。

一聽到她的名字，她就轉過來。她朦朧的雙眼因為認出來人而變得明亮。她捏捏他的手，露出微笑，嘴唇挪動著；然後，她的腦袋相當突然地往下垂落。她睡著了。他坐著注視她——搜遍那疲

㊶ Wurlitzer（沃立澤）原本是美國的知名鋼琴、樂器與點唱機廠牌。

憊的肉身，尋找著當年在熔岩區，他還小的時候俯視他的那張年輕歡樂臉龐，回想起（他閉上了他的眼睛）她的聲音、她的動作，他們共同生活中的所有事件。「從鏈球菌G到班伯里T……」她那時候的歌聲多麼美啊！還有那些孩子氣的押韻童謠，多麼神奇地顯得奇特又神祕！

A、B、C，維他命D；
脂肪在肝裡，鱈魚在海裡。

在他回憶起那些字句跟琳達重複那些話的聲音時，他感覺到熱淚在他的眼皮底下往上湧。然後是那些閱讀課：孩子在鍋裡，貓在墊子上；還有《胚胎儲存室貝塔工人實用指南》。還有在火爐旁的漫長夜晚，或者夏天在小屋的屋頂上，那時候她會告訴他關於保留區之外的「異地」的故事：那美麗無比的異地，關於那裡的記憶，就像是關於天堂的記憶，他仍然完美無缺地記得那善良可愛的天國，並沒有因為接觸到這個真實倫敦的實況、這些實際存在的文明男女，而受到褻瀆。

突然由一堆尖利嗓子引起的一陣噪音，讓他睜開了眼睛；在匆促抹去淚水後，他轉頭去看。看似無窮無盡、長得一模一樣的八歲大男性多胞胎，川流不息地湧入房間。一對又一對，一對又一對，他們來了——真是夢魘。他們的臉孔，他們重複的臉孔——在這一大堆人之中只有一張臉——長著獅子鼻的臉瞪著直看，全都有著朝天鼻孔跟淡色的凸眼睛。他們的制服是卡其色。他們的嘴巴全都張得開開的。他們進來時一邊尖叫，一邊吱吱喳喳閒聊。一時之間，他們似乎像蛆一樣爬滿病房。他們大群地湧入病床之間，往上爬、往下爬，盯著電視機看，對著病患們做鬼臉。

琳達讓他們很震驚，甚至讓他們起了戒心。一組人擠成一團站在她的床尾，用動物突然遇到未知事物時那種驚恐又愚蠢的好奇心，一直猛盯著瞧。

「喔，看啊，看啊！」他們用受到驚嚇的低微聲音說道：「她到底是怎麼啦？她為什麼這麼肥？」

他們以前從來沒見過像她這樣的一張臉——從來沒見過不年輕、皮膚又不緊緻的臉，沒見過不再苗條挺直的身體。所有這些垂死的六旬老人都有稚氣女孩的外表。相較之下，四十四歲的琳達看似一個身體鬆弛變形的高齡怪物。

「她不是很可怕嗎？」悄聲說出的評語冒了出來。「看看她的牙齒！」

突然間從床下冒出一個獅子鼻多胞胎孩子，夾在約翰的椅子跟牆壁之間，開始凝視著琳達的睡臉。

「我說……」他開口要講話；但這個句子在一聲尖叫中半途中斷了。野人抓住他的衣領，把他舉過椅子，然後迅速給他一耳光，讓他哭嚎著走開。

他的叫喊引來匆匆過來救援的護理長。

「你對他做了什麼？」她凶暴地質問：「我不准你打這些孩子。」

「喔，那就別讓他們靠近這張床。」野人的聲音因為義憤而顫抖。「這些骯髒的小混蛋到底在這裡做什麼？這真可恥！」

「可恥？你是什麼意思？他們在接受死亡制約。而且我告訴你，」她暴躁地警告他：「如果我再看到你進一步干涉他們的制約，我就會去叫門房過來把你扔出去。」

野人站了起來，朝她那裡走了幾步。他的動作跟他臉上的表情這麼有威脅性，以至於護士恐懼得後退了。他盡了很大的努力克制自己，然後一語不發地轉回去，再度在床邊坐下。

安下心來的護士帶著一點尖銳、不確定的尊嚴，說道：「我已經警告過你了，我警告過了，」護士說：「所以小心點。」但她還是把那些太過好問的多胞胎帶開了，叫他們去玩找拉鏈遊戲，她的某位同僚正在房間另一頭帶這個遊戲。

「現在去吧，去喝妳那杯咖啡因溶液，親愛的，」她對另外那位護士說道。行使權威讓她恢復了自信，讓她覺得好多了。「現在，孩子們！」她喊道。

琳達不安地動彈了一下，暫時睜開了她的眼睛，視線朦朧地看著周圍，然後再度落入睡夢中。野人坐在她旁邊，很努力試著重新捕捉他幾分鐘前的情緒。「A、B、C，維他命D，」他自言自語地重複，就好像這些字眼是一種會起死回生的魔咒。但魔咒無效。那些美麗的回憶頑固地拒絕浮現；只有嫉妒、醜惡與慘事的可恨重現。血液從波佩割傷的肩膀上流淌下來；琳達醜陋地熟睡，蒼蠅在床邊地板上潑出的龍舌蘭酒上面嗡嗡打轉；還有那些小男生在她經過時喊出的辱罵……喔，不，不！他閉上雙眼，搖著頭，費力地拒絕這些記憶。「A、B、C，維他命D……」他設法想起那些時候，他坐在她膝上，她用手臂環抱住他，然後唱著歌，一次又一次地搖晃著他，搖著他入夢。

「A、B、C，維他命D，維他命D，維他命D……」

超美聲沃立澤合成鋼琴揚起一個嗚咽著的漸強音符；突然之間，香氛循環系統中的馬鞭草換成了強烈的廣藿香。琳達身體一顫，醒了過來，困惑地瞪著準決賽選手們看了幾秒鐘，然後抬起她的臉，聞了一兩次剛噴上香水的空氣，突然間微笑了——一種孩子氣的狂喜微笑。

「波佩！」她喃喃說道，然後閉上她的雙眼。「喔，我真的好喜歡這個，我真的……」她嘆息了，然後讓自己重新陷進枕頭之間。

「可是琳達！」野人哀求般地說道：「妳不認得我了嗎？」他已經這麼努力去試，也盡力做到最好了；為什麼她就是不讓他忘記呢？他捏著她癱軟的手，幾乎是暴力的，就好像他要逼她從這種低賤樂趣的夢中醒來，從這些卑下可憎的記憶中回來——回到現在，回到現實：這駭人的現在，可怖的現實——卻是崇高的，卻是有意義的，卻是極端重要的，就因為這樣的現實如此迫切，才會讓它們變得這麼令人畏懼。「妳不認得我了嗎，琳達？」

他感覺到她的手隱約回應的壓力。眼淚開始湧入他的眼睛。他俯身靠向她，親吻了她。

她的嘴唇挪動著。「波佩！」她再度悄聲低語，而這就像有人把一整桶糞便潑到他臉上。憤怒忽然迅速地在他體內沸騰。他第二次被阻撓的哀慟激情找到另一個出口，被轉化成激昂痛楚的憤怒之情。

「可是我是約翰啊！」他吼道：「我是約翰！」然後在他憤怒的悲慘心情影響下，他真的抓住她的肩膀搖晃她。

琳達的雙眼撲動著睜開了；她看見他，認出他了——「約翰！」——卻把那張真正的臉，真正的、暴力的雙手，放到一個想像的世界裡去——放到相當於廣藿香與超美聲沃立澤的內在私密等同物之間，放到構成她夢境宇宙的變形記憶與怪異地移位的感官知覺之間。她認得他是約翰，她的兒子，卻把他幻想成熔岩區這個天堂世界的闖入者，她是跟波佩在那裡度過她的索麻假期。他很憤怒，因為她喜歡波佩，他搖晃她是因為波佩在那裡的床上——就好像這樣有什麼錯，就好像不是所有文明人都會做同樣的事情似的。「人人都屬於別的……」她的聲音忽然消失成一種幾乎聽不到的、呼吸困難的咯咯響聲。她的嘴巴張開了：她做了絕望的努力，要讓她的肺裡填滿空氣。但就好像她已經忘記怎麼呼吸了。她設法要喊出聲來——卻出不了聲；只有她瞪大的臉流露的驚恐，才揭露出她正在受苦。她的雙手伸向喉嚨，然後抓著空氣——她再也無法呼吸的空氣，對她來說已經停止存在的空氣。

野人站了起來，彎腰俯視她。「怎麼了，琳達？怎麼了？」他的聲音在哀求；就像是在懇求別人讓他安心。

她給他的眼神裡充滿了說不出口的恐怖——在他看來，是恐怖與譴責。

她設法要從床上起身，卻又倒回枕頭上。她的臉恐怖地扭曲了，嘴唇發藍。

野人轉身奔向病房前端。

「快點，快點，」他喊道：「快啊！」

站在一圈玩找拉鏈遊戲的多胞胎中央，護理長轉身回顧。第一時間的震驚幾乎立刻就變成了不贊同。「不要大喊大叫！想想這些孩子，」她皺著眉頭說道：「你可能破壞制約……可是你在做什麼？」他已經衝進圓圈裡。「小心點！」一個孩子大叫。

「快點，快點！」他抓住她的衣袖，拉著她跟他走。「快點！出事了。我害死了她。」

等到他們回到病房後端的時候，琳達死了。

野人僵在那裡靜靜站了一會兒，然後在床邊跪了下來，雙手摀住臉，控制不住地啜泣。

護士猶豫不決地站在那裡，一會兒看著跪在床邊地上的人影（多麼丟人現眼！），一會兒（可憐的孩子們！）看著那些多胞胎停止找拉鏈的遊戲，從病房另一頭盯著看，他們的眼睛跟鼻孔都盯著二十號病床周圍進行的驚人場面。她該跟他說話嗎？設法讓他恢復一點體面的自覺嗎？提醒他現在人在哪裡嗎？提醒他，他可能對這些可憐無知的孩子造成多要命的傷害嗎？用這種令人噁心的吶喊，破壞他們所有健全的死亡制約——就好像死亡是某種恐怖的事情，就好像有任何人值得那樣大驚小怪似的！這樣可能讓他們對這個主題有最災難性的看法，可能會刺激他們用全然錯誤、全然反社會的方式做反應。

她走上前去，觸碰他的肩膀。「你不能守規矩一點嗎？」她用低沉而憤怒的聲音說道。但環顧四周時，她看出大概五六個多胞胎已經站了起來，朝病房這一頭走了。圓圈已經解體了。再過一會兒……不，這個風險太大了；整組人的制約可能都會倒退六、七個月。她匆匆朝著她那些受到威脅的被保護人走回去。

「現在，誰想要吃一個巧克力閃電泡芙？」她用響亮歡樂的聲音問道。

「我！」整個波坎諾夫斯基群組的人同聲回答。二十號床完全被遺忘了。

「喔，神啊，神啊，神啊……」野人重複對自己說道。當他心中充斥著哀慟與後悔的混亂時，這是唯一一個清楚的字眼。「神啊！」他悄悄出聲說道：「神啊……」

「他到底在說什麼？」有個聲音說道，非常近，非常清楚而尖銳地穿透超美聲沃立澤發出的樂音。

野人劇烈地一震，然後露出他的臉龐，環顧四周。五個穿著卡其衣服的多胞胎，每個人右手都拿著一根吃了一部分的長長閃電泡芙，他們一模一樣的臉上有著不同的巧克力液狀汙漬，站成一排，長著獅子鼻跟凸眼的臉盯著他看。

他們跟他目光相對，同時咧嘴笑了。他們的其中一個用吃剩的閃電泡芙指著。

「她死了嗎？」他問道。

野人沉默地瞪著他們看了一會兒。然後，他靜靜地站起來，靜靜地走向門口。

「她死了嗎？」好問的多胞胎之一小跑步到他旁邊，重複問道。

野人俯視著他，還是沒有說話，就把他推開了。這個多胞胎孩子跌倒在地上，立刻開始哭嚎。野人甚至沒有回頭看。

第十五章

公園道臨終醫院負責雜役的工作人員，是由一百六十二名德塔組成的，他們分為兩個波坎諾夫斯基群組，分別是八十四名紅髮女性多胞胎與七十八名黑髮長頭型男性多胞胎。到了六點鐘，他們的工作日結束時，兩組人在醫院的門廳集合，由代理副財務主管發放他們的索麻配給。

野人從電梯裡踏出來，走進他們之間。但他的心思還在別處——與死亡，與他的哀慟與他的懊悔同在；他沒有意識到自己在做什麼，只是機械化地開始從人群中擠出一條路來。

「你憑什麼推？你以為你要去哪裡？」

高亢的、低沉的，從許多個別的喉嚨冒出來的只有兩種聲音，尖叫或怒吼。無限次地重複著，就好像一排鏡子，兩張臉孔，一張是沒有毛髮、長著雀斑、有著橘色光暈的月亮臉，另一張是瘦長、尖嘴的鳥臉，長著兩天沒刮的粗短鬍鬚，憤怒地轉向他。他們的話語，還有戳在他肋骨上的尖銳肘擊，打破了他不知不覺的狀態。他再度醒過來面對外在現實，環顧他的周遭，知道他看到了什麼——帶著一種往下沉的恐怖與厭惡感，他知道這是他日日夜夜反覆見到的錯亂景象，成群結隊無法分辨的一致性夢魘。多胞胎，多胞胎……就像蛆一樣，他們湧上來汙染琳達之死的神祕性。又是蛆，不過大隻些，完全長成了，他們現在爬到他的哀慟與懺悔之上。他停頓了，然後，以困惑又驚恐的眼睛，瞪著他周圍那些卡其色衣服的烏合之眾，他站在他們之中，高了足足一個頭。「瞧這兒，那麼多風度不凡的人兒！」[42]如歌一般的文字嘲笑似地愚弄他。「人類是多美好啊！這個新世界多棒啊……」

「分配索麻！」一個響亮的聲音喊道。「請排好隊。快過去那邊。」

一扇門已經打開了，一套桌椅搬進了前廳。聲音來自一位年輕快活的阿爾法，他帶著一個黑色鐵製現金箱進來了。一陣滿足的低語聲從滿懷期待的多胞胎之間揚起。他們完全忘了野人。他們的注意力現在集中在那個黑色的現金箱，被年輕人擺到桌上了，現在正在打開。蓋子被抬起來了。

「喔—喔！」全部一百六十二個人同時說道，就像在看煙火表演一樣。

年輕男子拿出一把小藥盒。「現在呢，」他用不容置辯的口氣說道：「請往前走。一次一個人，不要推擠。」

一次一個人，不推不擠，多胞胎們往前走了。首先是兩名男性，然後是一名女性，接著是另一名男性，然後是三名女性，然後……

野人站在那裡旁觀。「這個新世界多棒呀，這個新世界多棒呀……」在他心中，那些如歌的文字似乎改變了它們的聲調。它們透過他的慘狀與悔恨嘲弄他，用這樣醜惡譏諷的嘲笑音符來嘲弄他！它們發出惡魔似的笑聲，堅持那種低下的骯髒行為，夢魘般讓人作嘔的醜陋。現在，突然之間，它們大聲鼓吹著拿起武器。「這個新世界多棒呀！」米蘭達在宣告的是美妙的可能性，甚至把夢魘也變成某種美好高貴事物的可能性。「這個新世界多棒呀！」這是一種挑戰，一種命令。

「現在那邊不准推擠！」代理副財務主管憤怒地吼道。他猛然蓋上他的現金箱蓋子。「除非大家循規蹈矩，否則我就要停止發放了。」

德塔們低聲嘟囔抱怨，稍微彼此推了一下下，然後就靜止了。威脅很有效。剝奪索麻——可怕的念頭！

「這樣好多了。」年輕男子說道，然後重新打開他的現金箱。

琳達曾經是個奴隸，琳達已經死了；其他人應該活在自由之中，這個世界應該被變得美麗。一種補償，一種責任。那一瞬間，野人清楚雪亮地知道他必須做什麼；這就好像一扇百葉窗被打開來，一副窗簾被拉開了。

「現在呢。」代理副財務主管說道。

另一個卡其服女性走上前去。

㊷《暴風雨》，第五幕第一景，木馬版方平譯本。

「停手！」野人用嘹亮的巨大聲音叫道：「停手！」

他一路推到桌子旁邊；德塔們震驚地瞪著他看。

「福特！」代理副財務主管悄聲說道。「是野人啊。」他覺得害怕。

「聽著，我懇求你們，」野人誠摯地喊道：「請聽我一言……」[43]他以前從沒有面對公眾說過話，而他發現很難表達他想說的事情。「別拿那個恐怖的東西。那是毒藥，是毒藥。」

「我說，野人先生，」代理副財務主管露出安撫人的微笑，說道：「你介不介意讓我……」

「對靈魂與身體都是毒藥。」

「對，但是讓我繼續發放，好不好？這樣才好。」用一個人撫摸以凶惡出名的動物時那種小心翼翼的溫柔，他拍拍野人的手臂。「就讓我……」

「絕不！」野人大喊。

「可是聽著，老兄……」

「把那種恐怖的毒藥全部丟掉。」

「全部丟掉」這幾個字，刺穿經過層層包裹的冥頑不靈，觸動了德塔意識的敏感之處。一陣憤怒的嘟囔從群眾之中揚起。

「我來帶給你們自由，」野人說道，轉回去面對那些多胞胎。「我來……」

代理副財務主管聽不下去了；他溜出前廳，在一本電話簿裡查一個號碼。

「不在他自己的房間裡，」伯納德總結。「不在我這裡，不在你那裡。不在愛神俱樂部；不在制約中心或者學院裡。他能上哪去？」

海姆霍茲聳聳肩。他們下班回來，預期會看到野人在某個平常碰面的地方等他們，卻沒有看到他。這很惱人，因為他們本來打算搭海姆霍茲的四人座運動直升機，迅速地跨海到比雅里姿去。如果他不快點來，他們就趕不上準時吃晚餐了。

「我們再給他五分鐘，」海姆霍茲說道：「如果到時候他還不出現，我們就……」

電話鈴響打斷了他們。他拿起話筒。「哈囉，請說。」然後，在一段長時間聆聽以後：「福利佛裡的福特啊！」他咒罵道。「我會立刻到。」

「怎麼了？」伯納德問道。

「我在公園道醫院認識的一個人，」海姆霍茲說：「野人在那裡。似乎發瘋了。無論如何，事態緊急。你要跟我來嗎？」

他們一起匆忙地沿著走廊跑向電梯。

「可是你們喜歡當奴隸嗎？」他們踏入醫院的時候，野人正在說這句話。他的臉一片潮紅，熱

㊸《凱撒大帝》（*Julius Caesar*），第三幕第三景，安東尼演講的第一句話，他靠這番演講贏得群眾支持，讓殺死凱撒的布魯特斯等人不得不逃亡。

忱與義憤讓他眼睛發亮。「你們喜歡當小寶寶嗎？對，小寶寶。喵喵叫又嘔吐(44)。」他補上這句話，被他們動物般的愚蠢激怒了，對他要拯救的那些人倒出種種辱罵。這些辱罵從他們遲鈍愚蠢的甲殼上反彈出來；他們瞪著他，臉上是無聊的茫然表情，眼中則有著陰沉的怨恨。「對，嘔吐！」他完全在吼叫了。哀慟與悔恨，同情與責任——現在全都被忘記了，實際上都被吸收到一股濃烈的壓倒性憎恨裡，衝著這些算不上人的怪物去。「你們不想當個自由的人類嗎？你們甚至不懂人性跟自由是什麼嗎？」怒火讓他口才辯給；這些字句來得很容易，一口氣衝了出來。「你們不懂嗎？」他重複問道，但他的問題沒得到回答。「那麼很好，」他冷酷地繼續：「我會教你們；我會**讓**你們自由，不管你們想不想要。」然後，他推開一扇對著醫院內院的窗戶，開始把裝著索麻的小藥盒整把整把地扔進那個區域。

有一刻那群卡其服群眾一片靜默，僵在那裡，對這種暴殄天物的浪費景象充滿驚異與恐怖。

「他瘋了，」伯納德悄聲說道，瞪大了眼睛盯著看。「他們會殺了他。他們會……」人群裡突然冒出一陣大喊；一波動作讓叫喊聲充滿威脅地朝著野人而去。「願福特救助他！」伯納德說道，然後避開他的視線。

「福特救助自助之人。」海姆霍茲・華森發出一聲笑——實際上，是一陣狂喜的笑——從人群中間擠出一條路來。

「自由，自由！」野人大吼著，一隻手還繼續把那些索麻丟進那個區域，同時用另一隻手揮拳，打向他那些攻擊者難以分辨的臉。「自由！」然後海姆霍茲突然就到他旁邊了——「老好人海姆霍茲！」——他也在揮拳——「終於有人了！」——一有空檔也從打開的窗戶一把把地扔出毒藥。「對，人！人啊！」再也不剩任何毒藥了。他拿起現金箱，給他們看其中黑色的虛空。「你們自由了！」

德塔們嚎叫著，帶著倍增的怒火衝過去。

伯納德在戰鬥的邊緣地帶猶豫著。「他們完蛋了。」伯納德說道，然後在一股突如其來的衝動敦促下，衝上前要去幫助他們；然後又改變主意，就停下腳步；接著自覺羞恥，再度走上前去；然後再度覺得最好別這樣做，就站在那裡，承受著恥辱的猶豫不決之痛——他想著如果不幫他們，**他們**可能會被殺，但要是去幫忙了，他可能會被殺——這時候（讚美福特！）戴著防毒面具，顯得眼睛鼓凸又有豬鼻子的警察跑進來了。

伯納德衝上前去跟他們會合。他揮舞著他的手臂；這是個行動，他有在做某件事。他喊了「救命！」好幾次，聲音越來越大，好讓他自己有種正在幫忙的幻覺。「救命！救命！**救命啊！**」

警方把他推到一邊去，開始做他們的工作。三個肩膀上扣著噴霧機器的男人把濃密的索麻噴霧雲噴進空氣中。另外兩個人忙著在旁邊操作攜帶式合成音樂盒。另外四個人帶著有強烈麻醉劑的水槍，在人群中推出一條路來，然後很有章法地用一陣又一陣水霧，把比較凶猛的打鬥者撂倒。

㊹源自《終成眷屬》（*All's Well That Ends Well*）第二幕第七景。

「快點，快點！」伯納德嚷嚷著：「如果你們不快一點，他們會被殺死的。他們會……噢！」其中一個警察被他的碎嘴惹惱了，用手上的水槍噴了他一下。伯納德的兩腿似乎沒了骨頭、沒了肌腱也沒了肌肉，變成只是兩根果凍，搖晃不穩地站了一兩秒鐘，到最後甚至連果凍汁都不是了：他在地上跌成一團。

突然之間，合成音樂盒裡有個聲音開始講話了。理性的聲音，帶來美好感受的聲音。聲軌紙捲自動展開到反暴動合成演講第二號（中等強度）。聲音直接來自一顆不存在的心靈深處，「我的朋友們，我的朋友們！」聲音這麼悲憫地說道，帶著一種無限溫柔的譴責語氣，甚至讓警察在防毒面具後面的眼睛都暫時淚光閃閃：「這種行為的意義是什麼呢？為什麼你們不全都快快樂樂、規規矩矩地在一起呢？快樂又規矩，」聲音重複道。「和平，和平。」它顫抖著，壓低成一種耳語，一時之間還消失了。「噢，我真的希望你們快樂，」它又帶著一種充滿渴望的誠摯之情開始說話。「我真的好希望你們很規矩！拜託，拜託守規矩，然後……」

兩分鐘後，聲音與索麻噴霧製造出它們該有的效果。在淚水之中，德塔們彼此親吻擁抱——一次有六個多胞胎全部抱在一起。就連海姆霍茲與野人都幾乎哭了。全新的藥盒補給從財務室裡帶來了；新的分配匆促地進行了，而且，在聲音飽含豐富情感的男中音告別聲中，多胞胎們解散了，哽咽得好像他們的心要碎了。「再見，我最親愛、最親愛的朋友們，福特保佑你們！再見，我最親愛、最親愛的朋友們，福特保佑你們。再見，我最親愛、最親愛的……」

等到最後一批德塔也走掉以後，警察們關掉電流。天使般的聲音沉默下來。

「你們會靜靜就範嗎？」警察小隊長問道：「或者我們必須麻醉你們？」他充滿威脅地指指他的水槍。

「噢，我們會靜靜就範。」野人回答道，輪流輕按被割傷的嘴唇、被抓傷的脖子跟被咬過的左手。

海姆霍茲仍然用手帕按著流著鼻血的鼻子，他點頭同意。

伯納德醒過來了，也已經恢復到可以使用雙腿了，這一刻他選擇盡可能偷偷溜向門口。

「嗨，那邊那位。」小隊長喊道，然後一個戴著豬鼻防毒面具的警察就匆匆越過房間，把手按在那位年輕男子肩膀上。

伯納德轉過身去，一臉義憤填膺的無辜表情。逃走？他做夢都想不到這種事。「我不知道你到底要我做什麼，」他對小隊長說：「我真的想像不出來。」

「你是囚犯的朋友，不是嗎？」

「呃……」伯納德說道，然後猶豫了。不，他其實不能否認。「我為什麼不該是？」他問道。

「那就來吧。」小隊長說，然後帶頭朝著門口跟等待著的警車走去。

第十六章

這三個人被護送進一個房間，那是管制官的書房。

「管制官閣下很快就會下來。」伽瑪管家讓他們自己待著。

海姆霍茲笑出聲來。

「這比較像是一個咖啡因溶液派對，不像是個審判，」他說道，然後讓自己陷進最豪華的那張充氣扶手椅裡面。「開心點吧，伯納德，」他瞥見他朋友怏怏不樂的發青臉孔，就補上這句話。但伯納德不會開心起來的；他沒回答，甚至也沒看海姆霍茲一眼，就去坐在房間裡最不舒服的椅子上，他精心選擇這張椅子，隱約地希望以某種方式，表達對高層權力大發雷霆的反對態度。

在此同時，野人煩躁不安地在房間四周漫步，以一種含糊而表面的好奇心注視著書架上的書，看著那些各有編號、擺在小格子裡的聲軌紙捲與閱讀機捲筒。在窗戶下面的桌子上，躺著一大本用軟趴趴黑色人造皮革裝訂的書，上面蓋著巨大的金色T字。他把書拿起來打開。**《我的生平與工作，吾主福特著》**。這本書在底特律由福特知識宣傳社出版。他隨便翻了幾頁，這裡讀一句，那裡讀一段；他剛達成結論，認定這本書無法引起他的興趣，就在此時門打開了，駐西歐世界管制官腳步輕快地走進房間裡。

慕斯塔法・蒙德跟他們三個人都握了手；但他的話是針對野人而發的。「所以你不怎麼喜歡文明啊，野人先生。」他說道。

野人注視著他。他準備好要撒謊，要咆哮，要陰沉地保持沒有反應的狀態；然而，管制官臉上那種好脾氣的聰穎氣質讓他安心了，他決定說實話，直來直往。「不喜歡。」他搖頭。

伯納德身體一震，看起來驚恐不已。管制官會怎麼想？被貼上這種標籤，跟一個自稱不喜歡文明的人為友——這個人公然把話說出口，而且在所有人之中，偏偏是對管制官這樣講——這太可怕了。「可是，」他開口了。慕斯塔法・蒙德看了他一眼，就逼著他陷入難堪的沉默。

「當然了，」野人繼續坦承：「有些非常好的東西。舉例來說，空氣中的所有音樂……」

「有時候，一千種樂器在我的耳邊叮叮咚咚地響；有時候我聽見了一陣陣歌聲。」㊺在突然的愉悅中，野人的臉龐一亮。「你也讀過這個嗎？」他問道。「我以為在這裡，在英格蘭沒有人知道那本書。」

「幾乎沒人知道。我是極少數知情者之一。這是禁書，你懂吧。不過既然我在這裡制定法律，當然也可以打破法律。我不會受到懲罰，但馬克斯先生，」他補上這句話，轉向伯納德：「恐怕你沒辦法這樣。」

伯納德陷入更加無望的悲慘境地。

「但為什麼這書被查禁？」野人問道。遇到一個莎士比亞讀者的興奮，讓他一時之間忘記其他一切。

管制官聳聳肩。「因為它很古老；這是主要理由。老玩意在我們這裡沒有任何用處。」

「就算它們很美麗？」

「在它們很美麗的時候尤其如此。美麗很吸引人，而我們不想讓人被古老的東西吸引。我們要他們喜歡新的東西。」

「可是新的東西這麼愚蠢又恐怖。那些戲劇，除了直升機到處飛，還有你**感覺**得到別人親吻以外，什麼都沒有。」他露出厭惡的臉。「山羊、猴子！」[46]只有在奧瑟羅的話裡，他才找得到適當的工具來表達他的輕蔑與憎恨。

「無論如何，是很好的馴服動物。」管制官嘟囔著補充說明。

「為什麼你不讓他們看《奧瑟羅》作為替代？」

㊺《暴風雨》，第三幕第二景，木馬版方平譯本。

㊻《奧瑟羅》，第四幕第一景。

「我已經告訴過你了；那很古老。此外，他們無法理解那齣戲。」

對，這是真的。他記起海姆霍茲怎麼樣嘲笑《羅密歐與朱麗葉》。「唔，那麼，」在短暫的停頓以後，他說道：「就來點像《奧瑟羅》的新東西，讓他們能夠理解。」

「那就是我們一直想要寫的東西。」海姆霍茲打破漫長的沉默，這麼說道。

「而那是你永遠不會寫的，」管制官說道：「因為，不管那齣戲有多新穎，如果它真的像《奧瑟羅》，沒有人會理解。而它如果是新的，就不可能像是《奧瑟羅》。」

「為什麼不？」

「對啊，為什麼不？」海姆霍茲重複道。他也忘了這個情境中令人不快的種種現實面向。只有焦慮恐懼到臉色發綠的伯納德還記得這些；其他人對他不理不睬。「為什麼不？」

「因為我們的世界跟奧瑟羅的世界不同了。你無法不用鋼鐵來製造福利佛——少了社會不穩定，你也不可能創造出悲劇。這個世界現在穩定了。人人都很快樂；他們得到他們想要的東西，而他們永遠不會想要他們得不到的。他們很富裕；他們很安全；他們從不生病；他們不怕死；他們幸福得不知何謂激情與老邁；他們沒有母親或父親的折磨；他們沒有妻子、孩子或愛人可以激起強烈的感覺；他們被制約得這麼厲害，以至於他們實際上忍不住要表現出他們應有的行為。而要是有任何事情出了錯，還有索麻。你以自由之名拿到窗外去丟的東西，野人先生。**自由**！」他笑出聲來。「期待德塔知道自由是什麼！現在又期待他們理解《奧瑟羅》！我的好孩子啊！」

野人安靜了一會兒。「還是一樣，」他頑固地堅持下去：「《奧瑟羅》是好的，《奧瑟羅》比那些感覺電影好。」

「當然如此，」管制官同意這一點。「但那就是我們為穩定付出的代價。你必須在快樂與前人稱為『高級藝術』的東西之間做選擇。我們犧牲了高級藝術。我們有感覺電影跟香水風琴作為替代。」

「但那些東西沒有任何意義。」

「那些東西的意義就在它們自身；它們的意義是一大堆對觀眾而言愉快的感官知覺。」

「但它們是……它們是由白痴講出來的故事[47]。」

管制官笑了出來。「你對你的朋友華森先生不太有禮貌。他是我們最出色的情緒工程師之一……」

「但他是對的，」海姆霍茲陰鬱地說道。「因為那是很白痴，在根本沒什麼可說的時候寫作……」

「正是。但那需要最巨大的原創性。你是用絕對最少量的鋼鐵製造福利佛——除了純粹感官知覺以外，你幾乎什麼也沒用，就做出藝術品。」

野人搖搖頭。「這一切在我看來都相當恐怖。」

「當然是。實際的快樂，跟悲慘的過度補償相比，看起來總是相當卑下骯髒。而且當然了，穩

[47] 源自《麥克貝斯》第五幕第五景。

定遠比不上不穩定那樣壯觀。而心滿意足的狀態，一點都沒有對抗不幸際遇的那種光彩，一點都沒有掙扎著抵抗誘惑、或者受到激情與懷疑致命打擊的那種別緻美麗。快樂從來就不崇高偉大。」

「我想並不，」野人在一陣安靜以後說道。「但是非得糟得像那些多胞胎一樣嗎？」他的手掠過他的眼睛，就像是他正試圖要擦去他記得的景象：在集合桌旁那好幾長排一模一樣的侏儒，在布倫福單軌電車站那些排著隊如成群牲口的多胞胎，那些在琳達臨終病榻旁邊蜂擁成群的蛆，他那些攻擊者無盡重複的臉。他注視著他綁著繃帶的左手，然後打起冷顫。「真恐怖！」

「卻多麼有用！我看得出你不喜歡我們的波坎諾夫斯基群組；但是我向你保證，他們是建立其他一切的基石。他們就是陀螺儀，讓現狀的火箭噴射機穩定地維持在不偏不倚的航道上。」這低沉的聲音讓人興奮地振動著；比著手勢的手暗示著所有的空間，還有這個無可抗拒的機器如何猛衝。慕斯塔法·蒙德的雄辯滔滔，幾乎及於合成語音的標準了。

「我納悶的是，」野人說道：「為什麼你還製造出他們——既然你可以從那些瓶子裡拿出你想要的任何人。為什麼你不把每個人都變成超級正阿爾法？」

慕斯塔法·蒙德笑了。「因為我們不希望被割斷喉嚨，」他回答道：「我們相信快樂與穩定。一個充滿阿爾法的社會不可能不變得不穩定而悲慘。想像一個工廠裡都是阿爾法員工——也就是說，彼此不同、互不相關的個體，有優良的遺傳與制約，以至於能夠（在一定限度內）做出自由抉擇，承擔責任。想像一下！」他重複。

野人試著想像這個狀況，不是很成功。

「這是荒唐的行為。一個阿爾法——被倒出瓶子，接受過阿爾法制約的男性，如果必須做艾普西隆半低能兒的工作會發瘋，或者開始亂砸東西。阿爾法可以完全社會化——但只有在你讓他們做阿爾法工作的條件下才行。我們只能期待一個艾普西隆做出艾普西隆的犧牲，因為有個好理由：對他們來說，他們不是犧牲品；他們是最沒有抗拒能力的階級。他的制約已經鋪好他該沿著哪條鐵軌跑。他無法克制自己不這樣做；他注定如此。就算在離瓶之後，他還是在一個瓶子裡——嬰兒期與胚胎期固著的隱形瓶子。當然，我們每一個人，」管制官思索著繼續說道：「也都是在一個瓶子裡經歷人生。但如果我們恰好是阿爾法，我們的瓶子相對來說巨大無比。如果我們被限制在一個更狹窄的空間裡，我們會承受劇烈的痛苦。你不可能把上層階級的代用香檳倒進下層階級的瓶子裡。理論上這很明顯。但在實用上也已經證實過了。賽普勒斯實驗的結果很有說服力。」

「那是什麼？」野人問道。

慕斯塔法．蒙德微微一笑。「唔，如果你喜歡的話，可以稱之為重新裝瓶實驗。這個實驗始於吾主福特後四七三年。世界管制官們清空了賽普勒斯島原本的所有居民，然後用一批經過特別準備的兩萬兩千名阿爾法重新殖民那裡。全部農業與工業設備都移交給他們，讓他們照管自己的事務。結果完全實現所有理論上的預測。這個島無法適當地運作；所有工廠裡都有罷工；法律不存在，命令無人遵從；所有被派去輪班做低程度工作的人，永遠都使盡心機要做高程度工作，所有做高程度工作的人則相反——不計代價要留在原來的職位上。在六年之內，他們就打起了第一級內戰。在兩萬兩千人裡有一萬九千人被殺害以後，倖存者毫無異議地向世界管制官們請願，要他們重掌島嶼的統治權。他們確實也這麼做了。而這就是世間僅見唯一純阿爾法社會的結局。」

野人深深地嘆了一口氣。

「最理想的人口，」慕斯塔法・蒙德說：「是以冰山為模型——九分之八在水平面下，九分之一在水面上。」

「而他們在水面下快樂嗎？」

「比在上面還快樂。舉例來說，比你在這裡的朋友快樂。」他手一指。

「儘管做那樣可怕的工作？」

「可怕？**他們**不覺得可怕。正相反，他們喜歡這種工作。分量很輕，孩子氣地簡單。對心靈或肌肉都沒有壓力。七個半小時溫和、不會讓人精疲力竭的勞動，然後是索麻配給、遊戲、沒有限制的媾和與感覺電影。他們還能要求什麼？的確，」他補充道：「他們可能會要求更少的工時。而且當然了，我們可以給他們更少的工時。技術上來說，縮減所有社會低階者的工時到一天三、四小時，會相當簡單。但他們會因此變得更快樂嗎？不，他們不會的。實驗做過了，那是在超過一個半世紀前。整個愛爾蘭實施一日四小時工時。結果是什麼？擾攘不安，索麻消耗量激增；就這樣。那三個半小時多出來的閒暇遠非快樂的泉源，人們覺得被迫度假，遠離這種閒暇。發明部辦公室裡擠滿了節省勞力流程的種種計畫。數量有好幾千。」慕斯塔法‧蒙德比了個表示海量的手勢。「而我們為什麼不付諸實踐呢？這是為了勞工的緣故；把多餘的空閒強加在他們身上，是純粹殘酷的行為。在農業方面也一樣。如果我們想要，我們可以合成每一小口食物。但我們不這樣做。我們寧可讓三分之一人口在土地上工作。這是為了他們好——因為把食物從土地上生產出來，花費的時間會比從工廠裡生產**更長**。此外，我們有我們的穩定要考量。我們不要變化。每種變化都是對穩定的威脅。這是另一個理由，讓我們對應用新發明這麼謹慎。每種純科學之中的發現，都有潛在的破壞性；有時候，就連科學都必須被當成可能的敵人來看待。對，就連科學都是。」

科學？野人皺起眉頭。他知道這個字眼。但那確切來說指的是什麼，他說不出來。莎士比亞跟印第安村落裡的老人從來都沒提過科學，而從琳達身上，他只拼湊得出模糊的暗示：科學是你用來做直升機的東西，某種可以導致你嘲笑玉米舞的東西，某種讓你不會長皺紋、掉牙齒的東西。他做了一次拚命的努力，要搞懂管制官的意思。

「對，」慕斯塔法‧蒙德正在說：「那是另一個為穩定付出代價的東西。不只有藝術跟快樂不相容；科學也一樣。科學很危險；我們必須用最小心翼翼的方式替它上鎖鏈、戴嘴套。」

「什麼？」海姆霍茲震驚地說道：「可是我們一直都說科學就是一切。那是睡眠教學裡的陳腔濫調了。」

「在十三歲到十七歲之間，每週進行三次，」伯納德插嘴。

「而我們在學院裡做的所有科學宣傳⋯⋯」

「對；但那是哪種科學？」慕斯塔法．蒙德語帶譏諷地說道。「你們沒有受過科學訓練，所以你們無法判斷。我在我的時代，是個相當好的物理學家。太好了——好到足以理解我們所有的科學只是本烹飪書，有個任何人都不准質疑的正統烹飪理論，還有一份食譜清單，除非得到主廚特許，否則不准再添加。我現在就是主廚。但我一度是個很好問的年輕廚房幫工。我開始自己煮點東西。非正統的烹飪，非法的烹飪。實際上，是一點真正的科學。」他靜默下來。

「發生了什麼事？」海姆霍茲．華森問道。

管制官嘆息了。「相當接近會發生在你們幾位年輕男士身上的事。我就快要被送到某個小島上去了。」

這些話刺激到伯納德，讓他做出狂暴又不成體統的行動。「把**我**送到小島上去？」他跳起來，衝到房間對面，然後站在管制官面前比手畫腳。「你不能把我送走。我什麼都沒做，是別人幹的好事，我發誓是別人。」他指控的手指指向海姆霍茲跟野人。「喔，拜託不要送**我**去冰島！我答應我會做我該做的。給我別的機會，請給我別的機會。」眼淚開始流下來了。「我告訴你，這是他們的錯，」他啜泣起來。「而且別去冰島。喔，拜託，管制官閣下，拜託⋯⋯」在一陣屈辱的情緒爆發之下，他在管制官面前整個人跪了下來。慕斯塔法．蒙德設法要把他拉起來；但伯納德堅持要這樣卑躬屈膝；字句像河流般無窮無盡地傾倒出來。到最後，管制官必須按鈴叫來他的第四祕書。

「帶三個人來，」他下令道：「把馬克斯先生帶進一間臥室裡。給他好好來一劑索麻噴霧，然後讓他躺到床上去，把他留在那裡。」

第四祕書出去了，回來的時候帶著三個穿綠制服的多胞胎男僕。還在吼叫啜泣的伯納德被抬出去了。

「旁人會以為有人要割破他的喉管，」管制官在門關上的時候說道。「此外，如果他有最少的一點理智，就會了解到他的懲罰其實是一種獎賞。他要被送去一個小島。也就是說，在他被送去的那個地方，他會遇到他能在這個世界上見到最有趣的一群男女。所有為了這個或那個理由，變得太有自覺、無法適應社群生活的人。所有對正統感到不滿，有自己獨立看法的人。一言以蔽之，就是每一個還是一號人物的人。我幾乎羨慕你了，華森先生。」

海姆霍茲笑了。「那麼為什麼你自己不去一座小島？」

「因為到頭來，我還是比較喜歡這個，」管制官回答：「我得到選擇的機會：被送去一座小島，我可以在那裡繼續做我的純科學，或者進入管制官議會，將來有希望在適當時機成為真正的管制官。我選擇這條路，放手讓科學去了。」在一小段沉默之後，他補充道：「有時候，我相當後悔沒選科學。快樂是難以應付的主人——特別是在事關其他人的快樂時。如果一個人沒有受到制約要毫無質疑地接納它，快樂就是比真相更難應付的主人。」他嘆息了，再度落入沉默，然後用更生氣蓬勃的語調繼續說道：「唔，責任就是責任。一個人不能考慮自己的偏好。我對真理感興趣，我喜歡科學。但真理是一種威脅，科學是一種公共危險。科學就跟它的益處一樣危險。它已經賜給我們史上最穩定的平衡狀態。中國的狀況相對來說絕望地不牢靠；就連原始的母系制度都沒有我們來得穩定。我重複一次，要多謝科學。不過我們不能容許科學抵銷它自己的優良成果。這就是為什麼我們如此細心地限制科學研究者的工作範圍——這就是為什麼我幾乎被送到一座小島上。除了此刻最直接的問題以外，我們不容許科學研究處理任何別的東西。所有其他的探究，都受到最勤奮不懈的勸退。」他在一陣小小的暫停以後，繼續說道：「讀到吾主福特那個時代的人，曾經怎麼樣寫到科學進步，是很奇怪的。他們似乎想像能夠無視於其他一切，容許它無窮無盡地繼續。知識是最高的善，真理是最終極的價值；其餘一切都是次要的、附屬性的。的確，就算是那時候，觀念也開始改變了。吾主福特本人就做了許多事情，把強調重點從真理與美轉移到舒適與快樂。大量生產要求這種轉變。普遍性的快樂，讓輪子穩定地轉動下去；真理與美卻辦不到。而且，當然了，每次大眾奪取政治權力的時候，真正重要的就是快樂而非真理與美。但儘管如此，不受限制的科學研究仍然是允許的。人們仍舊繼續講到真理與美，就好像他們是至高無上的善。這一直維持到九年戰爭的時代為止。那讓他們完全改弦易轍。炭疽彈在你身邊到處開花的時候，真理、美或者知識的意義在哪裡？科學就是在這時候第一次開始受到控制——在九年戰爭之後。當時的人甚至已經準備好讓他們的胃口也受到控制。為了過安靜的生活，什麼都可以。從那時以後，我們繼續控制下去。當然，這樣對真理來說不是非常好。但這樣對快樂非常好。一個人不可能什麼都不付出就得到某種東西，快樂必須付出代價。華森先生，你正在為此付出代價——付出，因為你剛好對美太感興趣了。我則對真理太感興趣；我也付出了代價。」

「但你沒去一座小島。」野人打破一段漫長的沉默，這麼說道。

管制官露出微笑。「那就是我付出代價的方式。選擇為快樂服務。其他人的快樂——而不是我的。」在短暫停頓後，他追加這段話：「很幸運，世界上有這麼多的小島。我不知道要是少了這些島，我們該怎麼辦。我猜想，就是把你們全送進毒氣室吧。順便一提，華森先生，你喜歡熱帶氣候嗎？舉例來說，馬克薩斯群島；或者薩摩亞？或者某個更讓人心曠神怡的地方？」

海姆霍茲從他的充氣椅子上站起來。「我會喜歡壞到底的氣候，」他回答：「我相信如果氣候很差，一個人會寫得比較好。舉例來說，如果有很多風跟暴雨……」

管制官點頭表示讚許。「華森先生，我喜歡你的精神。就算我在公眾場合不會認可，但說實話我非常喜歡。」他露出微笑：「福克蘭群島怎麼樣？」

「好，我想那樣行得通，」海姆霍茲回答。「至於現在呢，如果你不介意，我會去看看可憐的伯納德怎麼樣了。」

第十七章

「藝術，科學——你似乎為了你的快樂付出相當高昂的代價，」在他們獨處的時候，野人這麼說道：「還有別的嗎？」

「呃，當然了，宗教，」管制官回答。「以前有過叫做神的東西——在九年戰爭以前。不過我忘了；我想，你很明白所有跟神有關的事。」

「唔……」野人猶豫了。他本來很樂意談談孤獨，談談夜晚，談談台地蒼白地躺在月光下，談談懸崖，談談墜入布滿陰影的黑暗，談談死亡。他本來會很樂意談談；卻無話可說。甚至用莎士比亞都說不出來。

在此同時，管制官已經走到房間另一邊，正在打開一個嵌進牆壁裡，夾在書架之間的巨大保險櫃。沉重的櫃門一旋打開來。他在門裡的黑暗中摸索著；「這個主題，」他說道：「總是引起我很大的興趣。」他抽出一本厚重的黑色書本。「舉例來說，你從來沒讀過這本書。」

野人接過了書。「《新舊約聖經合訂本》。」他把標題頁唸了出來。

「你也沒讀過這個。」這是一本小書，已經沒了封面。

「《師主篇》。」[48]

「這個也沒有吧。」他拿出另外一本書。

「《宗教經驗之種種》。威廉・詹姆斯作。」

「而我還有更多，」慕斯塔法・蒙德回到他的座位上，繼續說道：「一整套淫穢古書。神在保險櫃裡，福特在書架上。」他笑了一聲，指向他公開的圖書館——指向一架架的藏書，放滿了閱讀機紙捲與聲軌紙捲的置物架。

「但如果你知道神，為什麼你不告訴他們？」野人義憤填膺地問道。「為什麼你不給他們這些關於神的書？」

「就跟我們不給他們《奧瑟羅》的理由相同：這些是老書；它們講的是幾百年前的神。不是講現在的神。」

「可是神沒有變啊。」

「不過人變了。」

「那有什麼差別？」

「有世界上最大的差別，」慕斯塔法．蒙德說。他再度站起來，走到保險櫃旁。「曾經有個叫做紐曼紅衣主教[49]的人，」他說道。「一個紅衣主教，」他大聲強調：「就是一種首席社群詩歌吟唱家。」

「『本人乃米蘭的紅衣主教潘杜夫。[50]』我在莎士比亞裡面讀過他們。」

「你當然讀過了。唔，就像我說過的，有個人叫做紐曼紅衣主教。啊，書在這裡。」他把書抽出來。「而當我要談到這本書的時候，我也要拿出這一本。這是一個叫做曼因．德．比朗[51]的人寫的。他是個哲學家，如果你知道那是什麼意思的話。」

「一個想像範圍及不上天地之間的事物來得多的人。」[52]野人立刻就這麼說。

「確實是。我會讀給你聽，他確實在某一刻想像到其中一件事。現在，聽聽這位老首席社群詩歌吟唱家說什麼。」他把書打開到用一張紙條做記號的地方，然後開始朗讀。「我們不屬於我們自己，就好像我們占據的東西也不屬於我們自己。我們並沒有製造出自己，我們不可能超越自身。我們不是自己的主人。我們是神的所有物。這樣看這件事，不是我們的快樂嗎？認為我們屬於我們自

㊽ 十五世紀流傳下來的天主教靈修經典著作。

㊽ John Henry Newman（1801-1890），原本是英國國教主教，在探索信仰的過程中改宗羅馬天主教，對天主教的影響極大。

㊿ Maine de Biran（1766-1824），法國哲學家。

㊿① 《約翰王》（*King John*），第三幕第一景，木馬版屠岸譯本。

㊿② 約翰這句話是延伸解釋了《哈姆雷》第一幕第五景中哈姆雷的台詞：「何瑞修啊，天地之間有太多事物，不是所謂的哲學可以想像的。」

己，算是任何一種快樂，或者任何一種安慰嗎？青春與富足之人可能會這麼想。照他們想的，他們可能會認為照自己的意思——不仰賴任何人，不必想到任何看不到的事物，少了持續感謝、持續祈禱、持續參考他們怎麼處理他人意願的麻煩——去擁有每件事物，是一件很好的事情。不過隨著時間過去，他們，就像所有人一樣，會發現那種獨立並不是為人而設的——這是一種不自然的狀態——有一陣子會行得通，但不會帶著我們安全地抵達終點……」[53]慕斯塔法·蒙德暫時停下，放下第一本書，然後拿起另一本，翻過那些頁面。「以這個為例，」他說道，用他低沉的嗓音再度開始朗讀：「一個人會變老；他在自己身上感覺到那種徹底的衰弱感、倦怠感、不適感，伴隨著年齡的增長而來；然後，雖然感覺如此，想像著他自己只是病了，用這個概念來哄騙著他的種種恐懼：這種讓人煩惱的狀況是由於某種特別的原因，而他希望從中恢復，就像從一種疾病中恢復一樣。徒勞的想像啊！那種病就是老年；而它是一種恐怖的病。他們說，是對死亡與死後會有什麼的恐懼，讓人隨著年歲增長轉向宗教。但我自己的經驗已經給我這個信念：跟這種恐懼或想像相當無關，宗教情緒傾向於在我們變得老些的時候發展出來；之所以發展，是因為在激情變得冷靜，幻想與感性較少受到刺激、也較不容易興奮的時候，我們的理性在運作時變得沒那麼擾攘不安，沒那麼容易被影像、慾望與分心之事給弄得模模糊糊，以前理性會被這些東西吸收掉；隨後，神就從一朵雲後面冒了出來；我們的靈魂感覺到、看到、轉向所有光的來源；自然而然、無可避免地轉向；因為現在所有給予感官世界生命與魅力的東西，都已經開始從我們身上漏了出去，現在現象性的存在不再受到內在或外在的印象支持，我們感覺到需要倚靠某種持續的東西，某種永遠不會愚弄欺騙我們的東西——一種現實，一種絕對又永久性的真理。對，我們免不了轉向神；因為這種宗教情緒就其本質上來說如此純粹，對體驗到它的靈魂來說如此愉悅，讓它補償了我們所有其他的損失。」──慕斯塔法‧蒙德合上書本，然後往後靠回他的椅子上。「在天地之間，哲學家無法想像到的諸多事物之一就是這個，」──（他揮舞著他的手）「我們，這個現代世界。『你只能在你擁有青春與富足的時候，獨立於神之外；獨立並不會帶著你安全地到達終點。』唔，我們現在就有青春與富足，一路直達終點。接下來是什麼？顯然，我們可以獨立於神之外。『宗教情緒會補償我們所有的損失。』可是我們沒有任何損失要補償；宗教情緒是多餘的。而在青春慾望永遠不衰的時候，為什麼我們應該要去追尋青春慾望的替代品？在我們直到最後一刻都還繼續享受所有老套蠢把戲的時候，為什麼要找尋分心娛樂的替代品？在我們的心智跟身體繼續在活動中取樂時，我們有什麼需要歇息？在我們有索麻的時候，為何要追尋慰藉？在有社會秩序的時候，為什麼要追尋不變的事物？」

「那麼你認為沒有神嘍？」

「不，我認為很可能有。」

「那麼為什麼？……」

㊸出自紐曼紅衣主教的作品《教區與一般布道詞》（*Parochial and Plain Sermons*）第五卷第六篇布道詞〈對過往慈悲的回憶〉（Remembrance of Past Mercies）。

慕斯塔法・蒙德制止了他。「但他以不同的方式向不同的人顯現。在前現代時期，他顯現自己是那些書裡描述的那種存在。現在……」

「他現在如何顯現自己？」野人問道。

「喔，他顯現自己是缺席者；就好像他完全不在那裡。」

「那是你的錯。」

「稱之為文明的錯誤吧。神跟機械、科學醫藥與普遍的快樂不相容。你必須做出你的選擇。我們的文明選擇機械、醫藥與快樂。這就是為什麼我必須把這些書鎖在保險櫃裡。它們是淫穢刊物。大家會震驚於……」

野人打斷他的話。「可是感覺到有神不是自然的嗎？」

「你還不如問問用拉鏈拉上人的褲子是否自然，」管制官譏諷地說道：「你讓我想起那些老傢伙裡的另一位，他叫布萊德利[54]。他定義的哲學是，找到一個人憑直覺相信某件事的壞理由。就好像一個人會憑直覺相信任何事情似的！一個人會相信某些事，是因為他已經被制約去相信那些事了。為某個人基於某些壞理由而相信的事情，找出別的壞理由來——那才是哲學。人相信神，是因為他們已經被制約要這樣信了。」

「但還是一樣，」野人堅持己見：「在你孤獨的時候，相信神是自然的——你相當孤獨，在夜晚，想著死亡的時候……」

「但現在的人從不孤獨，」慕斯塔法．蒙德說道：「我們讓他們痛恨孤獨；我們安排他們的生活，好讓他們幾乎不可能擁有孤獨時刻。」

野人陰鬱地點點頭。在熔岩區，他曾經因為他們不讓他參與村落的社群活動而受苦，在文明的倫敦，他則因為他永遠逃不了那些社群活動、從來不能安安靜靜一個人而受苦。

「你記得《李爾王》裡面的那一小段嗎？」野人終於說道。「『上天賞罰最公正；當初尋歡作樂，犯下的罪孽，成為了日後的報應；想父親在那昏天黑地的場合生下了你，卻因此叫他喪失了一雙眼睛。』然後愛德蒙回答——你記得，他受傷了，快要死去——『你說得對，沒有錯。命運的輪子如今轉滿了一圈，我落到了原來的地步。』[55]現在那怎麼說？那裡看起來不是有個神在處置事情，在懲罰，在獎賞嗎？」

「唔，有嗎？」輪到管制官質疑了。「你可以跟一個無生育能力者沉浸於任何次數的愉快惡行裡，卻毫無被自己兒子的情婦挖出眼珠的風險。『命運的輪子如今轉滿了一圈，我落到了原來的地步。』但愛德蒙現在會在哪裡呢？坐在一張充氣椅子上，他的手臂環抱著一個女孩的腰，嚼著他的性荷爾蒙口香糖，看著感覺電影。上天賞罰最公正。毫無疑問。不過他們的律法是由組織社會的人

---

54 F. H. Bradley（1846-1924）英國哲學家，這句話出自他的著作《表象與實際》（*Appearance and Reality*）的前言。

55 《李爾王》第五幕第三景，木馬版方平譯本。以下「被自己兒子的情婦挖出眼珠」，均與《李爾王》情節有關。愛德蒙是葛樂斯德伯爵的私生子，為了奪得地位權勢陷害哥哥埃德加；勾搭李爾王之女貢納莉之後又誣告父親謀反，貢納莉因此命人挖去葛樂斯德的雙眼。

所訂定的，是最後手段；天命是從人身上得到提示。」

「你確定嗎？」野人問道：「你真的確定充氣椅子上的愛德蒙，沒有像受傷流血至死的愛德蒙一樣，受到沉重的懲罰嗎？上天賞罰最公正。他們不是用他愉快的惡行，作為貶低他的工具嗎？」

「將他從什麼樣的位置貶低下去呢？作為一個快樂、工作辛勤、消費商品的國民來說，他是完美的。當然了，如果你選擇的是我們之外的其他標準，那或許你可能會說他被貶低了。但你必須遵從同一組基本公設。你不能照著離心球遊戲的規則來打電磁高爾夫。」

「但價值並不取決於個人的意願，」野人說：「它體現著真質和實際的品味。一在於它本身確有可貴之處，二在於評估人重視。」(56)

「好了好了，」慕斯塔法・蒙德抗議道：「這樣扯得相當遠，不是嗎？」

「如果你們容許自己去思考神，就不會讓自己被愉快的惡行給貶低了。你們有理由很有耐性地忍耐事物，帶著勇氣有所作為。我曾經在印第安人身上看到這點。」

「我確定你有，」慕斯塔法・蒙德說。「但話說回來，我們不是印第安人。文明人沒有忍受任何極端不愉快事情的需要。至於有所作為——福特不允許他竟然想到這種事。如果人開始自行其是，會打亂整個社會秩序。」

「那麼克己精神又如何？如果你們有個神，你們就有理由克制自己了。」

「可是只有在不克制自己的時候，工業文明才有可能。由衛生與經濟因素強加的自我沉溺，直到最極限。不這樣做的話，輪子就停止轉動了。」

「你會有理由支持貞潔的！」野人說道，在他說出這些話的時候，臉紅了一點點。

「可是貞潔意味著激情，貞潔意味著神經衰弱。而激情與神經衰弱意味著不穩定。不穩定又意味著文明的終結。少了許多愉快的惡行，你不可能有個持久的文明。」

「可是神是一切高貴、美好、英雄式事物的理由。如果你們有神……」

「我親愛的年輕朋友，」慕斯塔法．蒙德說：「文明絕對不需要高貴情操或英雄主義。這些事物是政治無能的症狀。在像我們這樣妥善組織的社會裡，沒有人有任何機會發揮高貴情操或英雄主義。在這種情境可能發生之前，環境條件必定是完全不穩定的了。在有戰爭的地方，在效忠對象分歧的地方，在有誘惑要抗拒、要為了愛的對象征戰或抵禦外侮的地方——顯然，在那裡高貴情操跟英雄主義具有某種意義。但是這年頭沒有任何戰爭。最小心翼翼關照的事情，是防止你們彼此愛得太多。沒有所謂效忠對象分歧這回事了；你們被制約到忍不住要做你們該做的事。而你們該做的事，整體來說這麼令人愉快，有這麼多自然的衝動被允許自由展現，真的沒有任何誘惑要抗拒的了。如果因為某種不幸的機緣巧合，真的有任何不愉快的事情不知怎麼的竟然發生了，哎呀，總是有索麻可以讓你從這些事實中放個假。總是有索麻可以鎮定你的憤怒，讓你跟你的敵人和解，讓你有耐性、

㊻《特洛伊羅斯與克瑞西達》，第二幕第二景，木馬版阮珅譯本。

長期忍受下去。在過去你只能靠著做出巨大努力、在多年辛苦的道德訓練後，做到這些事。現在，你吞兩顆或三顆半公克的藥片，就達到那個境界了。現在任何人都能很有美德。你可以用一個瓶子就把你至少一半的美德帶著走。不必流淚的基督宗教——那就是索麻。」

「可是眼淚是必要的。你不記得《奧瑟羅》說的話嗎？『要是暴風雨過後，總展開這一片明媚的風光，那麼風儘管颳吧——直到把死亡叩醒。』[57]有個老印第安人以前會跟我們講一個故事，講的是瑪塔斯基的女孩。想娶她的年輕男子必須在她的花園裡鋤一個早上的地。這看起來很輕鬆；但那裡有蒼蠅跟蚊子，牠們是有魔法的。大多數年輕人會受不了螫咬。但是能忍的那一個——他得到了女孩。」

「真迷人的故事！但在文明國家，」管制官說：「你可以不必替女孩子鋤地就擁有她們，不會有任何蒼蠅蚊子來叮你。許多個世紀以前我們就擺脫牠們了。」

野人點點頭，皺著眉。「你們擺脫了牠們。對，那就像你們會做的。擺脫一切不愉快的，而不是學會忍受它。哪一樣比較高貴——在內心容忍暴虐命運的弓箭弩石，還是拿起武器面對重重困難，經由對抗來結束一切……[58]但你們兩樣都不做，既不容忍也不對抗。你們只是廢除了弓箭弩石。這樣太容易了。」

他突然間靜默下來，想起他的母親。在她位於三十七樓的房間裡，琳達漂浮在唱歌的光與香水愛撫的海洋上——漂得遠遠的，漂出空間，漂出時間，漂出她的記憶、習慣、年齡與浮腫身體的牢籠。

而湯瑪金，孵化與制約中心的前主任，湯瑪金仍然在度假——遠離羞辱與痛楚的假期，在這個世界裡他不可能聽到那些字眼、那些嘲弄笑聲，不可能看到那些醜惡臉孔，不可能感覺到脖子上纏著潮濕鬆軟的手臂，一個美麗的世界……

「你們需要的，」野人繼續說道：「是換換口味，來點帶著眼淚的東西。這裡沒有一件事付出的代價是足夠的。」

（「一千兩百五十萬，」在野人跟亨利．佛斯特這麼說的時候，亨利抗議了。「一千兩百五十萬——新的制約中心就是要花這麼多錢。一分錢都不少。」）

「把凡夫俗子和難以預料的事，交託給命運、死亡，以及危險，只為了彈丸之地。[59]其中不是有某種意義嗎？」他問道，同時抬頭看著慕斯塔法．蒙德。「跟神很不一樣——雖說當然了，神會是這樣做的一個理由。過著危險的生活，其中不是有某種意義嗎？」

「其中有很大的意義，」管制官回答：「男人與女人必須不時刺激一下他們的腎上腺。」

「什麼？」野人無法理解地問道。

「這是完美健康的條件之一。這就是為什麼我們把ＶＰＳ治療定為強制性。」

57《奧瑟羅》，第二幕第一景，木馬版方平譯文。
58《哈姆雷》，第三幕第一景，聯經版彭鏡禧譯本。
59《哈姆雷》，第四幕第四景，聯經版彭鏡禧譯本。

「VPS？」

「暴力激情替代（Violent Passion Surrogate）治療。規律地一個月一次。我們讓整個系統灌滿了腎上腺素。這是恐懼與憤怒在生理學上徹底的等同物。包含謀殺德斯底蒙娜、還有被奧瑟羅謀害的所有滋補效果，卻沒有其中的任何不便。」

「但我喜歡那些不便。」

「我們不喜歡，」管制官說：「我們寧願用舒適的方式做事。」

「但我不要舒適，我要神，我要詩歌，我要真正的危險，我要自由，我要良善，我要罪惡。」

「事實上，」慕斯塔法．蒙德說：「你正在要求不快樂的權利。」

「那麼很好，」野人挑釁地說道：「我就是在要求不快樂的權利。」

「更別提變得老醜無能的權利；得梅毒與癌症的權利；只有太少食物可吃的權利；長蝨子的權利；一邊過日子一邊持續擔憂明天會怎麼樣的權利；罹患傷寒的權利；被每一種難以形容之痛折磨的權利。」有一陣漫長的沉默。

「我要求全部這些權利。」野人最後說道。

慕斯塔法．蒙德聳聳肩。「悉聽尊便。」他說道。

第十八章

門半開著，他們進來了。

「約翰！」

從浴室冒出一個讓人不快且很有特色的聲音。

「有出什麼嚴重的事嗎？」海姆霍茲喊道。

沒有回答。那種讓人不快的聲音重複了，兩次，接著一片寂靜。然後，喀答一聲，浴室門打開來，非常蒼白的野人現身了。

「我說，」海姆霍茲擔憂地叫道：「你看起來真的病了，約翰！」

「你吃了什麼不適合你的東西嗎？」伯納德問道。

野人點點頭。「我吃了文明。」

「什麼？」

「文明毒害了我；我被褻瀆了。然後，」他用比較低的聲調說道：「我吃了自己的邪惡。」

「是，不過到底是怎麼了？……我的意思是，剛才你是在……」

「現在我被淨化了，」野人說道：「我喝了一些芥末加溫水。」

其他人震驚地瞪著他。「你是說，你故意這樣做？」伯納德問道。

「印第安人都是這樣淨化自己的。」他坐下來，然後嘆息著用手摩挲他的前額。「我應該休息個幾分鐘，」他說：「我相當疲倦。」

「呃，我倒不訝異，」海姆霍茲說。在一陣沉默之後，他用另一種語氣繼續說道：「我們是來說再見的。我們明天早上出發。」

「對，我們明天出發，」伯納德說道，野人注意到他臉上有一種新的表情：下定決心聽天由命。「順便一提，約翰，」他在椅子上往前靠，把一隻手放在約翰膝蓋上繼續往下說：「我想說，對於昨天發生的一切我有多麼抱歉。」他臉紅了。「多麼羞愧，」他不顧自己的聲音多麼不穩定，接著說道：「真是多麼……」

野人打斷他的話，然後握著他的手，很有感情地握著。

「海姆霍茲對我好得不得了，」停頓了一會兒以後，伯納德重新開始講。「如果不是有他，我會……」

「得了得了。」海姆霍茲抗議道。

有一陣沉默。儘管他們很悲傷——甚至是因為他們的悲傷；因為他們的悲傷，正是他們愛著彼此的徵兆——這三個年輕男子卻很快樂。

「我今天早上去見管制官了。」最後野人說道。

「為什麼？」

「為了問我能不能跟你們去那些島嶼。」

「那他怎麼說？」海姆霍茲熱切地問道。

野人搖搖頭。「他不讓我去。」

「為什麼不准？」

「他說他想繼續作實驗。但我寧可下地獄，」野人突然間憤怒地補上這句話：「如果要我繼續被實驗，我寧可下地獄。就算不是為了全世界所有的管制官，我明天也應該離開。」

「但是去哪裡呢？」另外兩人一致問道。

野人聳聳肩。「哪都好。我不在乎。只要我能夠獨處就好。」

從吉爾佛德開始，下行航線跟著魏河河谷到高德明，然後越過米爾佛德跟魏特利，前進到海瑟米爾，然後繼續穿過彼得菲爾德朝著波茨茅斯去。大約與此線平行，上行航線經過沃普列斯登、湯罕、普騰罕、艾爾斯德與葛雷肖特。在豬背山與辛德海之間有一些地點，兩條線相距不超過六、七公里。[60]這樣的距離對漫不經心的飛行員來說太短了——特別是在夜間，以及他們吃太多半公克索麻片的時候。有過一些意外事件，很嚴重的意外。當局決定要把上行線稍微往西移動個幾公里。在葛雷肖特與湯罕之間有四個廢棄的空中燈塔，標示出從波茨茅斯到倫敦的舊航線。這些號誌塔上方的天空寂靜而杳無人煙；現在直升機無休無止地嗡嗡輕響或轟然飛過的地方，是賽爾本、波頓與法恩罕的上空。

野人已經選擇把矗立在普騰罕與艾爾斯德之間丘陵上的舊燈塔，當成他的隱居之地。這棟建築物是鋼筋水泥做成的，而且狀況極佳——在野人第一次探索這個地方的時候，他就曾經想過這裡幾乎過於舒適，幾乎太過文明而奢華了。他答應自己，要做更困難的自我規範、更完整徹底的淨化程序作為補償，藉此平息他的良心。他在隱居地的第一個晚上，是刻意的無眠之夜。他花了好幾小時跪著祈禱，一會兒朝著自知有罪的柯勞狄曾經懇求過的上界祈禱，[61]一會兒用祖尼語對著阿翁那維羅納祈禱，一會兒又對著耶穌與普空祈禱，一會兒又對他自己的守護動物老鷹祈禱。他不時伸出他的雙臂，就好像他在十字架上，然後就這樣舉著手臂度過漫長的好幾分鐘，讓痛楚逐漸增強，直到最後變成一種讓人顫抖、痛苦難忍的劇痛；舉著手臂，自願被釘上十字架，同時他咬著牙（汗水一邊從他臉上涔涔留下）重複說道：「喔，原諒我！喔，讓我純潔！喔，幫助我變好！」一次又一次，直到他快要痛昏過去為止。

在早晨來臨的時候，他感覺到自己已經贏得住在燈塔裡的權利；雖然大部分窗戶上還有玻璃，雖然從平臺上看去的景色還是這樣美妙。他之所以選擇這座燈塔的原因，幾乎立刻就變成讓他去別處的原因。他本來決定住在那裡，是因為風景如此美麗，因為從他的制高點上，他似乎可以眺望一個神聖存在的化身具現。但他是什麼人，可以這樣放縱地每天、每個小時看到這樣宜人的景象？他是什麼人，可以住在看得見神顯現的地方？他配住的地方就只有某個汙穢的豬欄，地面的某個盲孔。他在痛楚中度過的長夜還讓他僵硬疫痛，但就因為那個讓內心安穩下來的理由，他爬上那座塔的平臺上，眺望著他重新取得權利，得以居處於其間的明亮日升世界。在北方，這個景致被豬背山長長的粉白色山脊圈住了，從豬背山的東端後方，組成吉爾佛德的七座摩天大樓如高塔般升起。看到那些高塔，野人做出厭惡的表情；但假以時日，他會跟這些塔樓和解；因為在夜晚，它們歡欣地一閃一閃拼出幾何形狀的星宿排列，或者是在開了探照燈的其他狀況下，用它們發光的手指（比出一個手勢，目前在英格蘭除了野人以外沒人懂得它的重要性在哪），嚴肅地指向蒼天深不可測的眾多祕密。

在把豬背山與燈塔矗立的沙質丘陵分開來的谷地之中，普騰罕是個九層樓高的普通小村落，有筒倉、家禽養殖場跟一個小小的維他命D工廠。在燈塔的另一側，地勢朝南方往下降，變成長著石楠灌木的長長斜坡，連到一連串的池塘。

---

⑥⓪ 這一段裡提到的城鎮區域名稱都在英國的蘇里（Surrey）郡內。

⑥① 在《哈姆雷》第三幕第三景裡，柯勞狄在哈姆雷安排的戲劇刺激下，私下祈禱上天原諒他毒殺王兄的罪過。

在這些池塘後方，在侵入的樹林之上，升起的是十四層樓的艾爾斯德巨塔。在帶著薄霧的英國空氣之中，隱隱約約的辛德海與賽爾本會吸引人的目光，望進一片藍色的浪漫遠方。但吸引野人到他的燈塔來的，不只是遠處而已；近處跟遠處一樣誘人。樹林、整片綿延開來的石楠與黃色金雀花、蘇格蘭冷杉叢，閃耀發亮的池塘與它們旁邊伸出的樺樹、池中的蓮花、一叢叢的燈心草——這些都很美麗，而且對於習慣美國沙漠不毛景象的眼睛來說，非常驚人。然後還有孤獨！好幾天過去，他從來沒看到一個人類。從查令T字塔飛到燈塔來只要十五分鐘距離；但熔岩區的丘陵幾乎不比這片蘇里荒原更為荒涼。每天離開倫敦的人群，離去只是為了玩電磁高爾夫或網球。普騰罕沒有連結站；最近的黎曼平面球場在吉爾福德。花朵與地景是這裡唯一吸引人的東西。所以，既然沒有好理由到這裡來，就沒有人來。頭幾天，野人獨自生活，不受打擾。

約翰剛來英國時為了個人用度而接受的金錢，大都花在他的裝備上了。離開倫敦以前，他買了四條黏膠纖維羊毛毯、粗細繩索、釘子、膠水、幾樣工具、火柴（雖然他打算在適當時機做個取火鑽）、一些深鍋跟平底鍋、兩打種籽包，還有十公斤的麥粉。「不，**不要**合成澱粉跟棉花廢料製替代麵粉，」他堅持：「雖然那比較營養。」不過在輪到全腺體餅乾與維他命人造牛肉時，他無法抗拒店員的說服技巧。現在注視著那些罐頭，他苦澀地譴責自己的軟弱。可憎的文明玩意！他已經下定決心，絕對不會吃那個，就算再挨餓也一樣。「這樣會教他們一課。」他懷恨在心地想著。這樣也會教他自己一課。

他數著他的錢。他希望剩下的一點點會足夠他過冬。到下個春天，他的花園會產出夠多東西，讓他能獨立於外在世界。同時，總是會有獵物的。他看到過不少兔子，池塘裡還有水鳥。他立刻著手製作弓箭。

靠近燈塔的地方有白蠟樹，而要做箭桿，有一整個灌木林充滿了筆直得漂亮的小榛樹苗。他從砍一棵小白蠟樹開始，切下六呎沒有分枝的樹幹，剝去樹皮，然後一小片一小片地削去白木頭，就像老米特西馬教過他的，直到他有了一根與他自己等高的桿子，厚厚的中央很硬挺，纖細的兩端彈性充足而輕快。這活計給他一種強烈的樂趣。在倫敦度過懶散的那幾週以後——沒有事情可做，每次他要什麼就只要壓個開關或者轉個把手——可以做某件需要技巧與耐性的事情，真是純粹的喜悅。

他幾乎完成把桿子削成形的工作了，這時他心頭一驚地領悟到自己在唱歌——**唱歌**！這就好像被自己絆了一跤，他突然間逮到自己，發現他明目張膽地犯錯。他充滿罪惡感地臉紅了。畢竟他來這裡不是為了唱歌與自娛的。這是為了逃避進一步被文明生活的骯髒給汙染；這是為了淨化與變好；這是積極地補過。他氣餒沮喪地發現，因為他全神貫注在削弓，忘記他已經對自己發過誓，他會一直記得——可憐的琳達，還有他自己像是謀殺了她的那種不仁慈態度，還有那些可憎的多胞胎，像蝨子一樣蜂擁過來，爬滿了她死亡的神祕過程，他們的出現不只是侮辱了他自己的哀慟與追悔，也侮辱了諸神本身。他發過誓要記得，他發過誓要無休無止地補過。而他在這裡，快樂地坐在自己的弓身前，唱歌，真的唱起歌來……

他進了室內，打開一盒芥末，倒了些水在爐火上煮沸。

半小時以後，三個來自普騰罕波坎諾夫斯基群組的負德塔農場工人剛好開車到艾爾斯德去，然後在丘陵頂端，很震驚地看到一個年輕男子站在廢棄的燈塔外面，腰身以上打著赤膊，然後用打結細繩做成的鞭子鞭打自己。他的背上有一條條水平的紅色，而且一條條傷痕之間都有細細的血滴流淌。貨車司機在路旁停車，然後跟他的兩個同伴目瞪口呆地看著這幕不尋常的奇觀。一、二、三——他們數著鞭打的數目。數到八次以後，年輕人打斷了他的自我懲罰，衝進樹林邊緣，到那裡劇烈地嘔吐。吐完以後，他拿起鞭子，再度開始鞭打自己。九、十、十一、十二……

「福特！」司機低聲說道。他的多胞胎兄弟們也有同樣的見解。

「福—特！」他們說。

三天後，就像美洲鷲落在屍體上一樣，記者們來了。

弓放在新鮮木頭生的慢火上烘乾變硬，已經準備好了。野人忙著做他的箭。三十支榛子樹枝已經削好曬乾，尖端裝上尖釘，小心翼翼地做好搭弦處。某天晚上他已經突襲過普騰罕的一家家禽養殖場，現在他有足夠的羽毛可以裝配在所有武器上了。第一個記者找到他，是在他在替箭桿裝羽毛的時候。那個男人穿著他的氣墊鞋，無聲無息地來到他背後。

「早安，野人先生，」他說：「我是《鐘點廣播報》的代表。」

就像被蛇咬給嚇到了似的，野人跳起身來，箭、羽毛、膠水罐與刷子往四面八方散落。

「請您見諒，」記者帶著真心的內疚說道：「我無意要……」他摸了摸他的帽子——鋁製的大禮帽，他在帽子裡帶著他的無線電收發器。「請原諒我不脫帽，」他說：「這帽子有點重。唔，就像我所說的，我代表《鐘點》……」

「你要什麼？」野人臉色一沉，問道。記者回以他最屈意奉承的笑容。

「呃，當然了，我們的讀者會深感興趣……」他把頭歪向一邊，他的微笑變得幾乎是在賣俏了。「只要請您說幾句話，野人先生。」然後隨著一連串儀式性的手勢，他迅速地解開兩條電線，它們連接到扣在腰際的攜帶式電池；接著把線同時插進他的鋁帽兩側；摸了帽子上的一個彈簧——天線就猛然彈進空氣中；再摸另一個在帽邊尖端的彈簧——就像有機關的玩偶匣一樣，一隻麥克風跳了出來，就懸在那兒抖動著，就在他鼻子前面六吋；然後把一對訊號接收器拉到他耳朵旁；壓了下帽子左邊的開關——從裡面冒出一種黃蜂似的模糊嗡嗡聲；轉動右邊的旋鈕——嗡嗡聲就被一種聽診器似的咻咻聲與咯咯響、打嗝聲與突然的尖銳噪音給打斷了。「哈囉，」他對著麥克風說道：「哈囉，哈囉……」他的帽子裡突然響起一個鈴聲。「是你嗎，愛德索？我是普利摩・梅隆。對，我已經掌握他了。野人先生現在會接過麥克風，說幾句話。您不開口嗎，野人先生？」他帶著另一種迷人笑容，抬頭望著野人。「只要告訴我們的讀者，您為什麼來到這裡。是什麼讓您這樣突然地離開倫敦。（繼續，愛德索！）還有，當然了，那根鞭子。」（野人為之一驚。他們怎麼知道那根鞭子？）「我們全都瘋狂地想知道那根鞭子的事。然後還有跟文明有關的一些話。你知道那種事情的嘛。『我對文明女孩的看法』。只要幾句話，少少幾句就好……」

野人用一種讓人不安的方式，照著字面意思從命了。他講了五個字，然後就沒了——五個字，就是他對伯納德講到坎特伯里首席社群詩歌吟唱家時用的同樣五個字。「Háni！Sons éso tse-ná！」然後他抓住那個記者的肩膀，把他的身體轉過去（那位年輕男士顯示他自己的身體很誘人地蓋得好好的），瞄準，然後用冠軍足球選手的全副力道與準確度，踢出最驚人的一腳。

八分鐘後，一份新版的《鐘點廣播報》就在倫敦街頭發售了。**〈神祕野人腳踢鐘點廣播報記者尾椎〉**，頭版標題如此寫著〈**蘇里郡聳動事件**〉。

「甚至在倫敦都很聳動，」在記者回來讀到這些文字時，他心中想道。而且更重要的是，感覺還很痛。他小心翼翼地坐下來吃他的午餐。

另外四個記者，不受他們同儕尾椎上那個警告性的瘀傷所阻撓，分別代表《紐約時報》、《法蘭克福四維連續報》、《福特科學監督報》與《德塔鏡報》，在那天下午造訪燈塔，碰上逐漸升級的暴力接待。

從安全距離外揉著屁股，《福特科學監督報》派來的男人吼道：「無知的蠢蛋！你為什麼不吃索麻？」

「滾蛋！」野人揮舞著拳頭。

另外一個人撤退了幾步，然後又轉回去了。「如果你吃個幾公克，惡事就成了非現實。」

「Kohakwa iyathtokyai！」語調是帶有威脅的嘲弄。

「痛是一種錯覺。」

「喔，是嗎？」野人說著，就拿起一根很粗的榛樹枝，大步往前走。

《福特科學監督報》的人一個箭步衝向他的直升機。

在那之後，野人得到一段時間的平靜。幾架直升機來過，探頭探腦地在高塔周圍盤旋。他朝著最糾纏不休接近他的那一架射出一枝箭。那枝箭戳穿機艙的鋁製地板；機上的人發出一聲尖銳的叫喊後，那輛直升機就用盡引擎增壓器的全力，加速直衝上天空。後來，其他的飛機都恭敬地保持它們的距離。無視於它們煩人的嗡嗡響聲（野人在想像中，把自己比擬成瑪塔斯基少女的追求者之一，在那些長翅膀的害蟲之間毫不動搖、堅持不懈），他挖掘著他將來的花園。在一段時間後，害蟲顯然覺得無聊，就飛走了；一連好幾個小時，他頭上的天空都空蕩蕩又安安靜靜，只有雲雀。

天氣熱得窒息，空中有雷聲。他挖了整個早上，正在休息，在地面上伸展身體。突然之間，關於列寧娜的念頭變成了真實的存在，赤身裸體而且摸得到，說著「甜心！」還有「用你的手臂擁抱我！」——穿著鞋子與襪子，噴了香水。不要臉的婊子！可是喔，喔，她的手臂環抱著他的脖子，她聳起的胸脯，她的嘴！我那嘴唇上，眼睛裡，有永生的歡樂。[62]列寧娜……不，不，不，不！他跳

[62]《安東尼與克莉奧佩特拉》第一幕第三景，木馬版方平譯本。

起身，然後半裸著身體，就這樣跑出屋外。荒地邊緣長著一團古老的杜松樹叢。他撲到樹叢上，擁抱的不是他慾求的滑順身體，而是滿懷的綠色針葉。尖銳、有著一千個尖端的針葉戳刺著他。他設法想著可憐的琳達，沒有呼吸、啞然無言，她緊抓著的手，她眼中說不出的恐怖。可憐的琳達，他發誓要記得的人。但糾纏著他的仍然是列寧娜的幻影。列寧娜，他承諾要忘記的人。就算有杜松針葉的戳刺，他抽搐的肉身還是察覺到她，難以逃避的真實。「甜心，甜心……如果你也想要我，你為什麼不……」

鞭子掛在門邊的一根釘子上，準備好拿來對抗記者的來臨。在一陣狂躁中，野人跑回屋子去，抓住了鞭子，揮舞著它。打結的繩索咬進他的皮肉裡。

「婊子！婊子！」他每次一擊就吼一聲，就好像它是列寧娜（而他不知道，他多麼瘋狂地希望它真的是），潔白、溫暖、帶著香味、聲名狼藉、讓他這樣緊跟不捨的列寧娜。「婊子！」然後，他用絕望的聲音說道：「喔，琳達，原諒我。原諒我，神啊。我很壞。我很邪惡。我……不，不，妳這婊子，妳這婊子！」

從他小心翼翼在三百公尺外的樹林裡建造好的藏匿處，達爾文．彭納巴特，感覺電影公司最專業的大型獵物攝影師，看到了這整個過程。耐性與技巧得到了回饋。他花了三天坐在一棵人造橡樹樹幹裡，花了三個晚上趴著穿過石楠叢，把麥克風藏在金雀花樹叢裡，在柔軟的灰色沙土裡埋電線，七十二小時極端的不舒適。但現在偉大的時刻來臨了——是最偉大的一次，達爾文．彭納巴特在他的儀器之間移動時，有些時間可以思考，他認為自從他拍下那個著名的、從頭到尾吼聲不斷的立體感大猩猩婚禮以後，這是最偉大的一次。「了不起，」在野人開始他驚人的表演時，達爾文對自己這麼說。「了不起！」他小心翼翼地瞄準他的望遠攝影機——緊跟著攝影機移動的標的物；迅速放大倍率，捕捉到一張瘋狂、扭曲臉孔的特寫（真是絕妙！）；有半分鐘切到慢動作（他答應自己，要做到精妙的喜劇效果）；在此同時，他聆聽著被錄在他影片旁音軌上的鞭打聲、呻吟聲，還有那些狂亂瘋癲的話語，測試著一點點聲音放大效果（對，這樣肯定比較好）；而他很高興地聽見，在一個暫時平靜的時刻，有一隻雲雀尖銳的歌聲；他真希望野人會轉過來，這樣他就可以拍到野人背部有血的絕妙特寫鏡頭，而幾乎在那個瞬間（真讓人震驚的幸運！），這個配合的傢伙真的轉身了，他因此能夠捕捉到完美的特寫。

「唔，這真有氣勢！」在一切結束的時候，他對自己說道。「真的很有氣勢！」他抹抹自己的臉。當他們在片場裡加上感覺效果的時候，這會是一部很了不起的電影。達爾文．彭納巴特心想，幾乎就跟《抹香鯨的愛情生活》一樣好——以福特之名起誓，這可說是意義重大啊！

十二天後，《蘇里野人》上映了，可以在西歐的每間頂級感覺戲院被看到、聽到與感覺到。

達爾文．彭納巴特的電影影響是立即且巨大的。在此片首映夜的第二天下午，約翰的鄉間獨居生活，突然間被頭上大批來臨的直升機給打破了。

他正在他的花園裡挖土——也在挖掘他自己的心，辛勞地翻著他的思想實質。死亡——他把鏟子挖下去一次，接著又一次，然後再一次。一連串的昨天，只是給凡夫俗子照亮了一條去見那死神的路。[63]一陣讓人信服的雷鳴，轟然傳過這些字句。他舉起另外一鏟子泥土。為什麼琳達死了？為什麼她被容許變得逐漸不像個人，然後終於……他打著冷顫。那塊適合親吻的肉。[64]他把腳踏在鏟子上，然後猛烈地重踩它，踩進堅硬的地面。人，在天神的手心裡，就像蒼蠅落入頑童的手裡，他傷害一條命，只是為了好玩。[65]再度打雷了；字句表明了它們是真確的——不知怎麼的，比真相本身還要真。然而同樣的那個葛樂斯德，卻叫祂們「慈悲的老天爺」。此外，上好的安息是睡眠，你常想得到，卻又非常恐懼那與睡眠無異的死亡。[66]與睡眠無異。睡眠。可能還做夢。[67]他的鏟子敲到一顆石頭；他蹲下來撿起石頭。因為在死的睡眠裡，會做哪一種夢？[68]……

頭上的嗡嗡聲變成一種轟鳴；突然間他就籠罩在陰影裡，在他跟太陽之間有某樣東西。他抬頭一看，從挖掘跟思緒裡被嚇了出來；在頭暈眼花的困惑之中抬頭看，他的心思還在比真相還要真確的另一個世界裡漫遊，仍然集中焦點在死亡與神性的廣大無限之上；抬起頭看，然後看到在他上方近處，大批盤旋著的機器。他們像蝗蟲似地來了，平穩地懸空，在他周圍的石楠叢上降落。而從這些大蝗蟲腹中，踏出穿著白色黏膠纖維法蘭絨衣服的男人，穿著醋酸纖維山東綢寬鬆褲子、或天鵝絨短褲與無袖上衣、汗衫拉鏈一半沒拉的女人（因為天氣很熱）——每架直升機裡走出一對。幾分鐘裡他們就有好幾打出現了，在燈塔周圍站著圍成寬鬆的一圈，直盯著看，大聲笑著，按著他們的相機，（就像對一隻人猿）丟出花生、一包包性荷爾蒙口香糖、全腺體奶油餅乾。而且每一刻——

因為越過豬背山而來，直升機的交通現在無止境地川流不息——他們的數量都在增加。就像在夢魘裡一樣，從好幾打變成好幾十個，從好幾十個又變成好幾百個。

野人已經朝著有遮蔽的地方撤退了，而現在，以動物被逼急了的姿態，他背對燈塔的牆壁站著，在無言的恐怖中盯著一張又一張的臉，就像是一個失去理智的男人。

在這種恍惚狀態下，一包瞄得很準的口香糖打中他臉頰的衝擊，激起他更直接的現實感。一種驚嚇的痛楚帶來的震撼——而他完全清醒了，清醒而狂怒。

「滾開！」他吼道。

人猿說話了；有一陣爆出來的笑聲跟掌聲。「好個野人老兄！好耶！好耶！」然後透過這一陣吵雜噪音，他聽到這樣的叫喊：「鞭子、鞭子、那根鞭子！」

照著這句話的暗示行動，他從門後的釘子上抓出那把打結繩索，然後對著折磨他的人揮鞭。

有一陣諷刺性的歡呼叫嚷。

他充滿威脅地朝他們逼近。一個女人在恐懼中喊了出來。那條人牆界線在最立即受到威脅的地

---

⑥③《麥克貝斯》，第五幕第五景，木馬版方平譯本。
⑥④《哈姆雷》，第二幕第二景，聯經版彭鏡禧譯本。
⑥⑤《李爾王》，第四幕第一景，木馬版方平譯本。
⑥⑥《量·度》（*Measure for Measure*），第三場第一景，聯經版彭鏡禧譯本。
⑥⑦《哈姆雷》，第三幕第一景，聯經版彭鏡禧譯本。
⑥⑧《哈姆雷》，第三幕第一景，聯經版彭鏡禧譯本。

方動搖了，然後又再度變得頑強起來，堅守立場。意識到有著壓倒性力量，讓旁觀者有了野人沒預期到他們會有的勇氣。他吃了一驚，停下來張望周遭。

「為什麼你們不放過我？」他的憤怒裡幾乎有種哀怨的語氣。

「吃幾個鎂鹽杏仁吧！」一個男人說道，如果野人進犯了，他會是第一個被攻擊的人。他遞出一個小包。「你知道，這些杏仁真的很棒，」他補充說明，臉上帶著相當緊張的勸慰笑容。「而且鎂鹽有助於讓你常保青春。」

野人無視於他的提議。「你們想從我身上得到什麼？」他問道，同時從一張咧嘴笑著的臉轉向另一張。「你們想從我身上得到什麼？」

「鞭子，」一百個聲音混亂地回答：「做那套鞭子把戲。我們要看鞭子把戲。」

然後，他們異口同聲，用一種緩慢、沉重的節奏，站在界線末端的一群人喊道：「我─們─要鞭子，我─們─要鞭子。」

其他人立刻加入呼喊，重複著這句話，就像鸚鵡學舌那樣一次又一次，音量變得越來越大，直到第七次或第八次重複時，沒有人說別的話了。「我─們─要鞭子。」

他們全都一起叫喊；而在這種噪音、這種一致性、這種有節奏感的協調活動之下，他們看似可能繼續好幾個小時——幾乎無窮無盡。但在大約第二十五次重複時，程序讓人震驚地被打斷了。又一架直升機越過豬背山抵達，平衡地懸在人群頭上，然後在野人站著的地方幾碼遠處落地，就在觀光客圍成的線與燈塔之間的露天空間裡。螺旋槳的轟轟響聲暫時淹沒了叫喊；然後，隨著機器碰到地面，引擎被關掉，「我—們—要鞭子，我—們—要鞭子。」同樣大聲且堅持的單一音調再度爆出來。

直升機門打開了，然後踏出來的先是一個金髮、臉色紅潤的年輕男子，然後是穿著一件綠色天鵝絨短褲、白色上衣，戴著騎師帽的年輕女子。

一看到那個年輕女子，野人就吃了一驚，往後一縮，變得蒼白。

年輕女子站著，對他微笑——一個不確定、帶著哀求、幾乎悽苦自卑的微笑。幾秒鐘過去了。她的嘴脣挪動著，她在說些什麼；但她說話的聲音被觀光客們大聲重複的疊句蓋過去了。

「我—們—要鞭子！我—們—要鞭子！」

年輕女人把兩手同時按在她的左側，而在她那張蜜桃般明亮、娃娃般美麗的臉龐上，出現了一種奇怪不協調的表情：充滿渴望的憂傷。她藍色的眼睛似乎變得更大、更明亮；而兩行淚水忽然從她臉頰上滑落。她再度說著聽不到的話語；然後，隨著一個迅速、熱烈的動作，她將雙臂朝著野人伸過去，往前踏出步伐。

「我—們—要鞭子！我—們—要……」

就在突然之間，他們得到他們想要的了。

「婊子！」野人像個瘋子一樣地衝向她。「臭鼬！」就像個瘋子，他用他那個以細繩結成的鞭子抽向她。

嚇壞了的她轉身要逃，卻絆到腳，跌倒在石楠叢裡。「亨利，亨利！」她喊道。但她那位臉色紅潤的同伴已經拔腿逃到直升機後面避難去了。

隨著一陣愉快興奮的譁然叫聲，那條線斷了；大家蜂擁著朝著吸引人的磁性中心聚集。痛楚是一種迷人的恐怖。

「煎熬吧，淫慾，煎熬吧！」狂亂激動的野人再度揮鞭。

他們飢渴地聚攏在旁邊，推擠爭奪，像是食槽旁的豬。

「喔，肉慾！」野人咬著牙。這回鞭子是落在他自己的肩膀上。「殺了它，殺了它！」

被疼痛的恐怖魅力給吸引，而且從內心深處，受到合作的習慣——那種對於一致性與協調性的慾望，他們的制約如此根深柢固植入他們之中的慾望——所驅使，他們開始模仿他動作裡的狂熱，擊打著彼此，就像野人打著他自己叛亂的血肉之軀，或者打著在他腳邊石楠叢裡扭動的豐滿墮落化身。

「殺了它，殺了它，殺了它……」野人繼續吼道。

然後突然間有人開始唱著〈狂歡─解放〉，然後，他們立刻都跟上了這個疊句，然後唱了起來，開始舞蹈。狂歡─解放，圈子繞了又繞、繞了又繞，用八六拍子彼此拍打著。狂歡─解放……

最後一批直升機升空離去的時候已經過了午夜。被索麻弄得昏昏沉沉，在感官刺激拉長的瘋狂狀態下精疲力竭的野人，躺在石楠叢裡酣睡。他醒來的時候太陽已然高掛。他躺了一會兒，眨著眼睛，像是貓頭鷹一般無法理解地眨眨眼睛面對光線；然後突然記起來了——記起了一切。

「喔，我的天，我的天啊！」他用手蒙住了眼睛。

那天晚上，嗡嗡響著翻過豬背山的成群直升機，是延伸了十公里長的黑雲。關於昨晚和諧狂歡的描述，已經被登在所有報紙上了。

「野人！」第一批抵達者從他們的機器下來時喊道。「野人先生！」

沒有人回答。

燈塔的門半開著。他們推開門，然後走進百葉窗遮蔽著的幽暗光線裡。穿過房間另一頭的一道拱門，他們可以看到通往更高樓層的樓梯底部。就在拱門的頂端下方，懸著一雙腳。

「野人先生！」

慢慢地，非常緩慢地，就像兩根不慌不忙的羅盤指針，那雙腳轉向右邊；北，東北，東，東南，南，南南西；然後頓了一下，過了幾秒以後，同樣不慌不忙地往左擺回去。南南西，南，東南，東……

廣 告 回 函
板橋郵政管理局登記證
板 橋 廣 字 第 143 號

郵資已付 免貼郵票

231
新北市新店區民權路108-2號9樓
野人文化股份有限公司 收

野人

請沿線撕下對折寄回

野人

書名：美麗新世界 書號：0NGA1017

好野人部落格
http://yeren.pixnet.net/blog

野人文化粉絲專頁
http://www.facebook.com/yerenpublish

野人

野人文化
讀者回函卡

姓 名　　　　　　　　　　□女 □男 生日

地 址

電 話 公　　　　　　宅　　　　　　手機

Email

學 歷 □國中（含以下）□高中職 □大專 □研究所以上
職 業 □生產／製造 □金融／商業 □傳播／廣告 □軍警／公務員
□教育／文化 □旅遊／運輸 □醫療／保健 □仲介／服務
□學生 □自由／家管 □其他

◆你從何處知道此書？
□書店 □書訊 □書評 □報紙 □廣播 □電視 □網路
□廣告DM □親友介紹 □其他

◆你通常以何種方式購書？
□逛書店 □網路 □郵購 □劃撥 □信用卡傳真 □其他

◆你的閱讀習慣：
□百科 □生態 □文學 □藝術 □社會科學 □地理地圖
□民俗采風 □休閒生活 □圖鑑 □歷史 □建築 □傳記
□自然科學 □戲劇舞蹈 □宗教哲學 □其他

◆你對本書的評價：（請填代號，1. 非常滿意 2. 滿意 3. 尚可 4. 待改進）
書名_____封面設計_____版面編排_____印刷_____內容_____
整體評價_____

◆你對本書的建議：